Körperteile

von

Dirk Breitenbach

Lichtgeschichten Photographie
– Nadira Arkoumanis –

Dirk Breitenbach wurde 1967 in Hünfeld geboren und ist seit 1985 Polizeibeamter. Nach zehn Jahren bei der Bundespolizei wechselte er 1995 zur Polizei des Landes Nordrhein-Westfalen. Nach seinem Studium für die Laufbahn im gehobenen Dienst hat er in Köln und dem Rhein-Sieg-Kreis gearbeitet.
Seit 2013 befindet er sich in Folge eines Dienstunfalls als Polizeihauptkommissar im Ruhestand. Er hat schon in mehreren Anthologien veröffentlicht.
Dies ist sein erster Krimi.

„Dirk Breitenbach gibt in seinem Episoden-Krimi einen Einblick in den Alltag der Polizeiarbeit. Seine Geschichten, getragen von einer sympathischen Crew, sind kenntnisreich und pointiert, oft hart, nie kalt. Kaum zu glauben: So fesselnd kann die Realität sein.“

Iris Schürmann-Mock (Autorin, Journalistin)

„Packender als ein ‚Tatort'! Dirk Breitenbachs wahre Geschichten erzählen – literarisch verdichtet – von den Herausforderungen des Polizeialltags.
Es muss nicht immer Mord und Totschlag sein: Diese Storys gehen unter die Haut.“

Dr. phil. Georg Schwikart (Autor, Herausgeber, Theologe)

Körperteile

von
Dirk Breitenbach

EDITION
LEMPERTZ

Vorwort

Dieser Episoden-Roman basiert auf Tatsachen und orientiert sich an der Wirklichkeit.
Die handelnden Personen sind nicht frei erfunden, aber soweit verfremdet, dass ihre Persönlichkeitsrechte gewahrt bleiben.
Wer sich wiedererkennen möchte, ist dazu herzlich eingeladen.
Die spannenden, vergnüglichen oder auch schockierenden Einsätze, über die Sie in der Folge lesen werden, haben sich tatsächlich, bis auf einen, im Rhein-Sieg-Kreis und Umgebung ereignet.
Ich wünsche Ihnen gute Unterhaltung!

Dirk Breitenbach

P.S.: Sollten Sie trotz intensiven Lektorats noch Fehler in dem Buch finden, dürfen Sie diese gerne behalten.

Kapitel 01
„Alltag“ (Spätdienst)

Mein Spiegelbild zeigt mir einen Morgenmuffel. Es blickt mich zwischen verschlafenen Lidern an, als wolle es sagen: *Schau mal auf die Uhr!*
„Ach, lass mich in Ruhe!“
Vier Uhr dreißig. Halogenstrahler beleuchten die kleine Uhr gleich neben dem Waschtisch.
Missmutig stecke ich mir meine elektrische Zahnbürste in den Mund. Der Timer passt den Takt pro Zahnreihe für mich ab. Ohne seine periodischen Vibrationen würde ich im Stehen wieder einschlafen. Wenn die Dienstwoche schon so losgeht!
Meine Hände reiben prüfend über meine Bartstoppeln und befinden sie um diese Uhrzeit für angemessen kurz. Mit wenigen Schritten überbrücke ich den kalten Fliesenteil zwischen dem kuscheligen Badvorleger und der Dusche. Dabei spüre ich kurz den Wärmekegel des anlaufenden Heizkörpers. Heißes Wasser klärt meine Gedanken und spült mir den Schlaf aus den Augen.
Das Handtuch um die Schultern, fahre ich mit den Fingern durch meine kurzen blonden Haare. In meinem Gesicht haben mehr als vierzig Jahre ihre Spuren hinterlassen. Erst das verlöschende Licht lässt die Linien verblassen, kurz bevor ich die Badtür zuziehe, damit es meine Familie in einigen Stunden schön warm hat.
Während ich mich im Schlafzimmer leise anziehe, dreht sich Anja behaglich im Bett um. Das Mondlicht fällt hell auf ihre Schulter, die von langen schwarzen Haaren eingerahmt wird. Ihr Körper wiegt leicht im Wellenschlag des Wasserbetts, dann liegt sie wieder still. Sanft küsse ich sie auf die Stirn und ernte dafür ein gemurmeltes: „Pass auf dich auf!“
„Ich liebe dich. Bis heute Nachmittag.“ Während ich meine Worte in ihren Halbschlaf flüstere, schließen sich ihre Lider bereits wieder.
Im unbeleuchteten oberen Flur unserer Doppelhaushälfte gehe ich an der Zimmertüre unserer fast erwachsenen Tochter Katharina vorbei. Ihre Nacht ist auch bald zu Ende und die Vorbereitungen auf das Abitur

werden auch heute wieder ihre ganze Aufmerksamkeit erfordern.
Unten am Absatz der Treppe drängen sich die Bilder des gestrigen Tages zurück in meine Erinnerung. Ein Unfall. Ein ganz alltäglicher Unfall war schuld an meinem verlängerten Dienst. Nun liegt eine junge Frau im Krankenhaus und bangt um ihre Gesundheit, weil ein Unbelehrbarer unter Alkoholeinfluss die Kontrolle über sein Fahrzeug verloren hat. Anschließend ist er von der Unfallstelle geflohen. Das ist beinahe die Regel. Kaum jemand ist heute noch bereit, die Konsequenzen für seine Taten zu tragen, insbesondere, wenn man gesoffen oder Drogen genommen hat.
Krachend spuckt der Toaster meine Brote aus. Ich beginne sie in unserer kleinen Küche zu schmieren, während sich der Spätdienst von gestern endgültig in meine Gedanken schleicht.

*

Kurz vor Schichtende – solche Dinge passieren immer kurz vor Schichtende – war der Unfallverursacher, ein betrunkener Mittfünfziger, ein wenig zu weit auf die Gegenfahrspur geraten. Er hatte sich mit seinem Mercedes frontal in den kleinen Corsa der jungen Frau gebohrt. Ziemliches Pech, da die L333 in Richtung Eitorf zu so später Stunde kaum noch befahren wird. Zum Glück fuhr direkt hinter dem Corsa ein weiteres Fahrzeug, das uns und die Rettungsdienste sofort alarmiert hat. Der betrunkene Mercedes-Fahrer sah dazu offensichtlich keine Veranlassung und machte sich sofort aus dem Staub.
Jasmin und Aramis, der eigentlich Michael heißt, waren als erste Streife vor Ort. Ihnen bot sich kein sehr angenehmer Anblick. Nach der hässlichen Kaltverformung lackierten Metalls hatten sich Teile beider Fahrzeuge über die Landstraße verteilt. Der stark in Mitleidenschaft gezogene Kleinwagen war so deformiert, dass die bereits eingetroffene Feuerwehr sofort Rüstwagen mit schwerem Bergegerät nachbestellt hatte. An ein Befahren der L333 war nicht mehr zu denken.
Die Rettungssanitäter bemühten sich um die Fahrerin des Corsa und der Notarzt war zusätzlich alarmiert worden. Jasmin informierte mich auf der Wache telefonisch über den Sachverhalt: „Der Zusammenstoß

war ziemlich heftig. Die Fahrerin des Corsa ist schwer verletzt. Der mutmaßliche Verursacher ist flüchtig. Wir haben zwar im Moment nicht viel Verkehr, brauchen aber trotzdem Verstärkung zur Sperrung bzw. Um- und Ableitung. Am besten relativ weit voraus, damit wir an der Unfallstelle keine Behinderungen durch wendende Fahrzeuge bekommen. Kannst du das für uns organisieren?"

Wenn es etwas zu regeln gibt, dann ist das mein Job als Dienstgruppenleiter. Einteilen, organisieren, vor Ort leiten, motivieren und versuchen, die Übersicht zu behalten.

Da der Zeuge und Melder den Fahrzeugtyp und das Kennzeichen des Flüchtigen mitteilen konnte, war es für Kai, meinen Wachdienstführer und Vertreter für den Fall, dass ich nicht im Dienst bin, ein Leichtes, über die Leitstelle eine Fahndung herauszugeben. Solche Fahndungen gehen regelmäßig an alle Wachen im eigenen Bereich, an die benachbarten Polizeibehörden – wenn davon auszugehen ist, dass sich der Flüchtige in deren Bereich bewegen könnte –, je nach Lage an die öffentlichen Verkehrsbetriebe und natürlich an die Taxidienste.

Ich schickte von der Wache einen zweiten Wagen mit Lukas und Nicole zur Unterstützung an den Unfallort. Wir sind selten stark genug besetzt, um uns den Luxus eines zusätzlichen Beamten zur Unterstützung und Sicherung des Dienstgruppenleiters erlauben zu können, und so machte ich mich allein in meinem Einsatzwagen auf den Weg zur Unfallstelle.

Die Wohnanschrift des flüchtigen Fahrers teilte mir die Leitstelle gleich nach dem Einsteigen in meinen Streifenwagen über Funk mit.

Ich gab der Leitstelle mit Hilfe meines Statusgebers im Fahrzeug bekannt, dass ich auf dem Weg in meinen Einsatz war, und schaltete das Blaulicht ein. Ich liebe es, mit blauem Blinklicht schnell durch die Dunkelheit zu brausen. Abends, wenn das Flackern gut zu sehen und auf den Straßen nicht mehr so viel los ist, verzichten die meisten von uns gerne auf das Einsatzhorn, um die Anwohner nicht zu stören. Davon abgesehen ist es selbst innerhalb des Fahrzeuges zu laut, um es ohne Not einzuschalten. Für diese Fahrt brauchte ich weder ein Navigationsgerät noch eine Landkarte. Über die Jahre findet man fast jeden Einsatzort ohne Hilfe, sodass meine zerschlissene Karte des Rhein-Sieg-Kreises ihren angestammten Platz zwischen den Sitzen behalten konnte.

Die Halteranschrift des Verursachers lag nicht weit von meinem Weg zur Unfallstelle. Ein kleiner Abstecher führte mich auf Straßen, die auf beiden Seiten von schönen, zum Teil mittelalterlichen Häusern gesäumt wurden. Enge, von Bepflanzungen eingerahmte Gassen versuchten meine Fahrt zu verlangsamen. An meinem Ziel erwartete mich eine schicke Villa in der hübschen Stadt Blankenberg. Vor der Tür, in der Einfahrt – nichts. Kein Unfallfahrzeug, keine verschlossene Garage, nur ein riesiger Carport, in dem einsam ein roter Porsche stand. In der näheren Umgebung fielen mir vereinzelt Schemen von Gesichtern hinter Gardinen auf, aber kein Mercedes mit Frontschaden. Auch auf meinem weiteren Weg zur Unfallstelle, teilweise entlang einsamer Straßen und kleiner Ortsdurchfahrten, dann wieder auf der L333, hielt ich die Augen offen. So wie die Kollegen die Unfallfolgen beschrieben hatten, konnte der flüchtige Unfallbeteiligte mit seinem beschädigten Wagen nicht mehr sehr weit gekommen sein. Die Straße führte weg von den Lichtern der Häuser, hin zur Dunkelheit der dichten Wälder. Die Scheinwerfer meines Passats zerteilten die Nacht. Eine helle, blaublinkende Spur entlang der gewundenen Landstraße. Einige Kilometer schwarzen Asphalts später waren die flackernden Lichtkaskaden der Einsatzkräfte am Horizont zu erkennen.
Beinahe hätte ich das Wrack des Mercedes übersehen.
Es stand wenige Meter in einen Waldweg hinein und der Fahrer häufte gerade Äste über sein Fahrzeug. Zum Glück hatten sich die großen verchromten Felgen in meinem Scheinwerferlicht gespiegelt. Ich bremste hart und schleuderte. Mir war der spiegelnde Ölfilm auf der Straße nicht aufgefallen. Mein Wagen drehte sich um die eigene Achse, bevor ich nach schier endlosen Sekunden mit durchgetretener Bremse mitten auf der Fahrbahn zum Stehen kam.
Mir schlug mein Herz bis zum Hals, als ich mich wieder in meinem Sitz zurechtsetzte, meine verstreuten Utensilien dem Fußraum überließ, in den sie sich geflüchtet hatten, und langsam wieder Gas gab, um an der Ölspur entlang das kurze Stück Weg zurückzufahren.
Den Einsatzwagen platzierte ich so auf der Straße, dass eventuell nachfolgender Verkehr gezwungen war, langsam an ihm und der nachfolgenden Ölspur vorbeizufahren. Das Blaulicht musste erstmal zur Absiche-

rung ausreichen. Per Funk informierte ich meine Kollegen vor Ort und die Leitstelle über die Ölspur, bestellte die Feuerwehr zum Abstreuen, teilte mit, dass ich Fahrzeug und Fahrer des anderen Unfallbeteiligten gefunden hätte, atmete kurz durch und stieg vorsichtig aus. Die Ölspur zog sich von der Straße auf den Feldweg in Richtung des versteckten Mercedes. Kein Zweifel, dass sie von ihm verursacht worden war. Ich folgte ihr auf dem festgefahrenen, jetzt zusätzlich mit Öl verschmutzten Waldweg.

Am Mercedes stand ein Mann, dessen kleine wutentbrannte Augen in das helle Licht meiner Einsatzlampe blinzelten. Er schwankte leicht hin und her, wie der Ast, den er in den Händen hielt.

„Was willst du von mir, Bulle?“, schrie er mich an. „Ich habe nichts getan!“

Ich blieb stehen und versuchte, die Situation einzuschätzen. Einer gegen einen – das war fair.

„Na, dann ist ja alles gut! Aber jetzt legen Sie erst einmal den Ast weg und dann unterhalten wir uns.“ Meine Stimme trug gut durch den Wald. Der kleine Birkenast in seiner Hand war verzweigt und hing voller Blätter. Im Schein meiner Lampe sah mein Gegenüber nicht sehr bedrohlich aus. Er war zwar groß, wirkte aber mit seinem stattlichen Bauch eher unbeweglich. Aber warum ein Risiko eingehen. Meine Hand tastete nach dem Pfefferspray.

Er hob drohend den Ast und rief: „Ich lege nichts weg und es gibt auch nichts zu reden! Hör auf, mir mit der verdammten Taschenlampe ins Gesicht zu leuchten!“

Ihn weiterhin blendend näherte ich mich um einige Meter und konnte ihm in die Augen sehen. Sie waren gerötet und blutunterlaufen, die Pupillen riesig. Langsam wich er vor mir zurück, bis ihm sein eigener Wagen den Weg versperrte. Den Ast schwenkte er weiter unkoordiniert in meine Richtung. Sein schicker schwarzer Anzug korrespondierte mit seinem in ordentlichen Wellen nach hinten gekämmten grauen Haar. Die dreckverschmierten italienischen Schuhe wirkten dagegen wie der Fehler in einem Suchbild einer Managerzeitung.

Als ich ihm mit einer schnellen Bewegung den Ast entriss, fiel er, durch meinen Schwung aus dem Gleichgewicht gebracht, der Länge nach hin.

Seinen Versuch, wieder auf die Beine zu kommen, verhinderte ich bereits im Ansatz mit einem leichten Schubser und schon saß er wieder auf seinem bügelfreien Hosenboden im Dreck.

„Polizeiwillkür! Du hast mich angegriffen!" Mit seinen Worten wehte ein intensiver Schwall Alkoholatem zu mir herüber. Mit bemüht ruhiger Stimme antwortete ich: „Nun mal ganz langsam. Erst einmal möchte ich nicht, dass Sie mich duzen. Wir haben nicht zusammen im Sandkasten gespielt."

Er setzte zu einer Erwiderung an: „Ich duze, wen …"

„Und zum Zweiten bleiben Sie jetzt auf Ihrem Allerwertesten sitzen und hören mir zu!", unterbrach ich ihn in scharfem Ton.

„Ich bin Anwalt!" Seine Stimme bekam einen schrillen Klang.

„Und ich bin einer, den das nicht stört! Sie stehen mitten im Wald auf einem Waldweg und versuchen Ihr offensichtlich unfallbeschädigtes Fahrzeug zu tarnen. Was soll das? Sie waren doch an dem Unfall beteiligt, von dem aus sich eine Ölspur bis hierher zieht."

„Ich sage nichts! Ich kenne meine Rechte!"

„Das steht Ihnen als Betroffener natürlich frei. Haben Sie Alkohol getrunken?"

Keine Antwort.

Ich leuchtete zu seinem Fahrzeug hinüber. Trotz der begonnenen Tarnung konnte man den Schaden gut erkennen. Die gesamte Fahrzeugfront war zertrümmert, die Windschutzscheibe von einem Spinnennetz aus Glasbruch durchzogen und ein Rad stand leicht schief vom Rest des Kotflügels ab.

„Wissen Sie eigentlich, wer ich bin?" Er wirkte indigniert.

„Ich denke, Sie sind Herr Seefeld, der Halter dieses Wagens, stimmt das?"

„Genau. Mein Name ist Seefeld. Fachanwalt für Verkehrsstrafsachen."

Ich stutzte, ging aber nicht weiter darauf ein. „Haben Sie sich verletzt?"

„Was?", ätzte er seine Antwort.

„Haben Sie sich verletzt? Schließlich hatten Sie vor wenigen Minuten einen schweren Verkehrsunfall. Also, haben Sie sich verletzt?" Meine Stimme wurde drängend.

„Nein … ich habe mich nicht verletzt. Ich fahre einen Mercedes – übri-

gens seit über 30 Jahren unfallfrei. Der muss so einen kleinen Zusammenstoß aushalten können." Seine Antwort nahm ich verwundert zur Kenntnis und rechnete das schnelle Geständnis seinem Alkoholzustand zu.
„Wie ist der Unfall genau passiert?"
„Keine Ahnung! Jetzt hören Sie endlich auf, mich zu belästigen! Ich habe es nun wirklich nicht nötig, Ihnen zu antworten."
Langsam und stöhnend richtete er sich auf und klopfte sich den Schmutz von den Kleidern. „Ich will, dass Sie mich in Ruhe lassen!" Er starrte mich an, als wollte er mich mit seinen riesigen Pupillen hypnotisieren.
„So funktioniert das nicht, Herr Seefeld", antwortete ich. „Hier machen nicht Sie die Regeln."
Auf die Motorhaube gestützt, kramte er nach seinem Handy: „Das werden wir sehen. Ich kenne den Polizeipräsidenten und werde dafür sorgen, dass Sie entlassen werden. Ich rufe ihn jetzt an."
Mit einem schnellen Griff änderte ich die Besitzverhältnisse seines Telefons zu meinen Gunsten. „Daraus wird leider vorerst nichts, das müssen Sie auf nachher verschieben. Bitte legen Sie jetzt alles, was Sie in Ihren Taschen mit sich führen, neben das Handy auf die Motorhaube Ihres Fahrzeuges. Ich werde Sie nun zu meiner Sicherheit durchsuchen."
Tatsächlich fand sich unter seinen Besitztümern ein Ausweis der Rechtsanwaltskammer Köln und ein Führerschein, den ich direkt einbehielt. Meine Erklärung über die Sicherstellung wartete er gar nicht erst ab und beschimpfte mich wortreich: „Sie dürfen mir meinen Führerschein nicht wegnehmen. Sie haben keine Ahnung, mit wem Sie sich anlegen. Ich werde Dienstaufsichtsbeschwerde einlegen. Das wird Sie den Job kosten. Ich schleife Sie vor Gericht!"
Bemerkenswert fand ich, dass er „Dienstaufsichtsbeschwerde", was schon nüchtern schwierig auszusprechen ist, völlig unfallfrei artikulieren konnte. Wenn man stark alkoholisierten Menschen ihren Alkoholkonsum kaum anmerkt, spricht das für starke Alkoholgewöhnung.
Vorn an der Straße hielt ein weiterer Einsatzwagen einer anderen Wache, der mir zur Unterstützung geschickt worden war. Ich wies die Kollegen kurz in den Sachverhalt ein, stellte ihnen Herrn Rechtsanwalt Seefeld vor und bat sie, bei ihm eine Blutprobe und eine ärztliche Untersuchung

durchführen zu lassen. Der bei der Polizei unter Vertrag stehende Blutprobenarzt würde bei der Gelegenheit auch mögliche Verletzungen an ihm diagnostizieren können.
Nachdem Herr Seefeld seine Tatbeteiligung zwar unfreiwillig, aber dennoch eindeutig gestanden hatte und auch das verunfallte Auto als Sachbeweis zur Verfügung stand, konnte ich nun endlich zur eigentlichen Unfallstelle fahren und war diesen unangenehmen Zeitgenossen los.
Um die Sicherstellung des Fahrzeuges und Information der Spurensicherung würden sich die beiden Kollegen ebenfalls kümmern. Ich bedankte mich bei ihnen und setzte mich, nachdem ich einige Fotos von der Örtlichkeit gemacht hatte, wieder in meinen Wagen.
Unter der Sonnenblende zog ich das Klemmbrett mit meinen Notizen hervor und vermerkte darauf die Fakten, bevor ich meine Fahrt vorsichtig, nun entlang der Ölspur, fortsetzte.

Auf meinem Weg zur Unfallstelle passierte ich Lukas, der sich um unsere neue Auszubildende Nicole kümmerte. Gemeinsam leiteten sie den spärlichen Verkehr ab. Lukas sah aufgrund seiner über ein Meter neunzig in der gelb reflektierenden Warnweste – selbstverständlich niemals ohne Dienstmütze und Anhaltestab – wie eine übergroße mobile Warnbarke aus. In seiner Freizeit fährt er als Lokomotivführer auf der Drachenfelsbahn. Ob er seine besondere Leidenschaft der Augsburger Puppenkiste zu verdanken hat, weiß er heute nicht mehr zu sagen. Nicole dagegen hat eine eher schmale Gestalt. Sie ist der Typ Langstreckenläuferin. In ihrer zu großen Weste wirkte sie ein wenig verloren. Wir nennen sie gerne auch liebevoll „olize", da man auf der Rückenpartie ihrer Jacken wegen der schmalen Schultern das „P" und das „i" von Polizei nicht lesen kann.
Noch immer blinkten mehrere Blaulichter an der Unfallstelle. In der Zwischenzeit hatte die Feuerwehr Lichtmasten aufgestellt. In deren Schein konnte man den zerstörten Kleinwagen erkennen. Scherben und abgerissene Karosserieteile, so weit das Auge reichte. Dazwischen Rettungsdienst und Feuerwehr. Das Kreischen von Trennschleifern und das Knallen der Hydraulikscheren durchbrach das organisierte Gewusel aus gerufenen Anweisungen. Schritte knirschten auf dem mit Bindemittel

abgestreuten Kühlwasser und Öl. Mein Blick wanderte über die Reste des Corsa und suchte nach dem blonden Schopf von Jasmin. Ich fand sie kniend neben dem Fahrzeug, wo sie die Spurenlage mit Sprühkreide auf dem Asphalt markierte. Aramis vermaß die Spuren, skizzierte sie und fertigte Lichtbilder an. Die beiden sind ein gutes Team. Aramis ist im Einsatz der Fels in der Brandung und Jasmin extrem empathisch.
Während sich die Rettungskräfte um die Befreiung der Verletzten kümmerten, saß diese eingeklemmt zwischen den Resten der Fahrzeugholme und wimmerte. Ihr Kopf war blutverschmiert und wurde von einer Halskrause gestützt. Türen und Dach des Wagens waren bereits entfernt. Nun versuchte die Feuerwehr, das Auto hydraulisch so weit zu strecken, dass man sie befreien konnte, ohne ihr weitere Verletzungen zuzufügen. Der Arzt sprach in sehr ruhigem Ton mit ihr, während er ihre Vitalfunktionen kontrollierte. Ich wandte mich nach einem Blick in ihr blutverschmiertes Gesicht ab und ging zu den Kollegen.
„Hey! Wie sieht's bei euch aus? Wie weit seid ihr?", rief ich Aramis zu.
„Hallo, Frank. Die Personalien des Opfers haben wir, und mit der Unfallstelle sind wir fast fertig." Aramis blickte kurz von seinem Skizzenblock auf. „Was ist mit dem anderen Fahrer?"
„Dem wird gleich eine Blutprobe entnommen. Wurden bereits die Angehörigen der Frau benachrichtigt?"
Er machte weiter Notizen in seiner Unfallskizze, während er mir zuhörte. „Das übernimmt die Feuerwehr. Ich glaube, die Mutter ist bereits auf dem Weg hierher."
Jasmin stand auf und reckte ihren schlanken Körper. Ich sah zu ihr herüber. Ich war nicht der Einzige. Auch einige der Feuerwehrmänner reckten ihre Hälse. So schöne Frauen sieht man sonst nur bei „Germany's Next Topmodel".
„Einen Abschlepper haben wir auch bestellt." Ihre blauen Augen blickten müde. „Die Frau hat es übel erwischt. Hast du ihre Beine gesehen? Sprichst du bitte mit der Mutter? Ich kann das nicht."
Unwillkürlich nickte ich. „Mach ich, dann bleibt doch noch etwas für mich zu tun übrig. Schön, dass ihr schon alles so gut geregelt habt."
„Das ist ja wohl das Mindeste!" Aramis stand jetzt dicht neben Jasmin und schien ihr durch seine bloße Anwesenheit Kraft zu geben. Oder

schützte er sie vor den verstohlenen Blicken der anwesenden Männer? Ich wandte mich ab, froh über den bisher so reibungslosen Verlauf. Danach nahm ich Kontakt mit den Rettungskräften auf. Der Löschgruppenführer kam gleich zum Wesentlichen: „Wir haben sie in ein paar Minuten draußen. Der Doc hält sie für stabil. Sie wird jetzt auf dem schnellsten Weg ins Krankenhaus gebracht. Die Beinverletzungen sind nicht unerheblich; die werden kaum ohne Folgeschäden verheilen. Braucht ihr noch was von uns?"

Ich musste meine Stimme gegen den Lärm eines anspringenden Dieselgenerators erheben: „Wenn ihr die Unfallstelle und den Auffindeort abgestreut habt und der Schrott von der Straße ist, können wir die Straße wieder freigeben. Hattet ihr Kontakt zur Mutter?"

„Ja, die ist auf dem Weg ins Krankenhaus und wartet dort auf ihre Tochter. Wir dachten, so wäre es euch vielleicht am liebsten."

Er drückte mir einen Zettel mit den Personalien und der Telefonnummer der Mutter in die Hand.

„Danke. Das ist nett! Ich wundere mich, warum noch keine Presse da ist. So ein Unfall ist doch für die ein gefundenes Fressen."

„Lass es uns nicht beschreien. Da kommt schon noch einer." Grüßend ging er in Richtung Wrack davon. Ich folgte ihm zögernd mit einigem Abstand.

Das helle Licht der Halogenscheinwerfer warf harte Schatten in das Gesicht der Verletzten. Trotz der lauten Aktivität um sie herum schienen sie und der Arzt eine Oase der Stille um sich geschaffen zu haben. Fast wie bei einem alten Liebespaar lehnten ihre Oberkörper eng aneinander. Ihr Versuch, ihren Kopf gegen seine Schulter zu lehnen, wurde von der Halskrause vereitelt. Sein Arm stützte sie, während er mit der anderen Hand ihren Puls fühlte und leise weiter beruhigend auf sie einsprach. Fragend blickte ich den Arzt an und vermied es, in das bleiche Gesicht der jungen Frau zu sehen. Er nickte mir freundlich zu und sprach weiter mit ihr: „Haben Sie jetzt nach der Spritze noch Schmerzen, Simone?"

Sie schüttelte leicht den Kopf.

„Nicht bewegen! Nur sprechen. Wir bringen Sie gleich ins Krankenhaus. Dort wartet Ihre Mutter bereits auf Sie. Sie wollen Ihre Mutter doch bestimmt sehen."

Diesmal nickte sie, während ihr schweißnasser Pony weiter an der Stirn klebte und ihr Tränen über das getrocknete Blut in ihrem Gesicht liefen.
„Nicht bewegen! Sie müssen sprechen! Das hilft Ihnen, wach zu bleiben."
Die Stimme des Arztes klang jetzt schärfer.
„Kann ich sie befragen?", wandte ich mich an ihn.
„Versuchen Sie es, dann schläft sie mir wenigstens nicht ein. Es wird ihr nicht schaden. Zumindest, wenn sie aufhört, ihren Kopf ständig zu bewegen."
Seine Worte richteten sich mehr an sie als an mich. Ich nahm mir vor, ausschließlich offene Fragen zu stellen, die sie nicht mit Ja oder Nein beantworten konnte.
„Simone – ich hoffe, ich darf Sie Simone nennen? – können Sie sich an den Unfall erinnern? Was genau ist passiert?"
„Ich weiß es nicht. Es ging alles so schnell. Auf einmal stachen mir Scheinwerfer in die Augen und blendeten mich. Danach gab es diesen fürchterlichen Knall und ich weiß nichts mehr." Ihre Antwort kam stockend und sehr leise.
„Wissen Sie noch, ob Sie auf Ihrer eigenen Fahrspur waren?"
Ich beugte mich näher zu ihr, um ihre geflüsterte Antwort zu verstehen.
„Ja, ich war auf meiner Fahrbahn und, weil ich Angst vor Wildwechsel hatte, auch ganz langsam."
Ihre Zunge wischte einen Tropfen Blut aus ihrem Mundwinkel, der sich einen Weg von der Stirn gebahnt hatte. Ich beließ es erst einmal dabei. Wozu hätte ich sie noch mehr quälen sollen? Zum Reden würde hoffentlich auch später Zeit sein.
Die gesamte Spurenlage, die den Ort des Zusammenstoßes genau bezeichnete, und die Endlage des Corsa gaben dem Gutachter und uns genügend Aufschluss über den Unfallhergang. Ein Feuerwehrmann trat neben mich an den Wagen, legte zum Schutz eine schwere Decke über Simone und gab ein Handzeichen nach hinten. „Bitte zur Seite treten!"
Das Kreischen von Metall und der aufheulende Dieselmotor begleiteten das Strecken des Wracks. Nun barst auch die letzte Scheibe, aber Simone lag frei auf ihrem Sitz. Erfahrene Hände hoben sie langsam und vorsichtig aus dem Wrack.

Die bereitstehende Liege mit der Vakuummatratze wurde zum Rettungswagen geschoben. Als dieser unter blinkendem Blaulicht abfuhr, vibrierte das Handy in meiner Jackentasche. Es war die Leitstelle, die eine kurze Lagemeldung für die Presse haben wollte. Ich fasste zusammen und fragte dann: „Warum ist keiner von der Meute hier vor Ort? Habe ich etwas verpasst?"

„Ja, Frank, hast du!", tönte es aus dem Lautsprecher. „Wir haben zeitgleich einen schweren Raub auf eine Tankstelle in Troisdorf mit bewaffnetem Täter. Offensichtlich haben sie sich auf den gestürzt. Ich brauche auch deine Einsatzkräfte so schnell wie möglich. Wann kannst du sie freigeben?"

Ich ächzte: „Gar nicht! Das sind alles Kollegen, die aus dem Spätdienst übrig geblieben sind. Die schreiben nach Einsatzende ihre Anzeigen und Berichte und danach fahren sie heim. Es bleibt bis zum Frühdienst so schon kaum noch Zeit zum Schlafen."

„Gut, dann wissen wir Bescheid. Das konnte ich auf dem Einsatzmonitor nicht sehen. Melde uns aber bitte, wenn ihr Schluss macht."

„Mach ich." Ich streckte meinen Rücken, verstaute das Handy in der Jacke und sah mich um. Als wäre die Abfahrt des Rettungswagens gleichzeitig das Signal für den gemeinschaftlichen Aufbruch gewesen, lichtete sich die Unfallstelle schnell.

Das Wrack des Corsa wurde, samt der abgeschnittenen Teile, auf den Abschlepper geladen und befestigt. Die Feuerwehr kehrte die letzten Überbleibsel des Unfalls weg und baute ihre Lichtmasten ab.

„Alles soweit fertig?" Ich trat zu Aramis und schrubbte mit dem Fuß prüfend über die abgestreute Ölspur.

„Wir haben alles. Sollen wir die Unfallanzeige heute noch schreiben? Wir haben beinahe Mitternacht!"

Er blickte mich fragend an. Ich überlegte kurz. Unfälle mit Personenschaden müssen direkt gefertigt werden, insbesondere wenn Nachfragen zu erwarten sind. Andererseits hatten wir jetzt alle schon mächtig viele Stunden auf dem Buckel und gleich morgen wieder Frühdienst.

„Lass uns auf die Wache fahren und sehen, wie weit die beiden Kollegen mit der Blutprobe sind. Wenn der ganze Papierkram so weit zusammen ist, reicht es wahrscheinlich, wenn wir den Unfall zumindest im System

anlegen. Fahrt doch schon vor, ich mache den Rest."
Jasmin saß bereits auf dem Fahrersitz und ich winkte ihr zu, als sie mit Aramis in die Nacht davonfuhr.
Nach den letzten Absprachen mit der Feuerwehr und den abrückenden Einsatzwagen sah ich mich nach dem Notarzt um, aber der war schon wieder unterwegs. In den Feierabend oder zu seinem nächsten Einsatz – wer weiß.
Auf der Rückfahrt zur Wache überprüfte ich die Ungefährlichkeit der Ölspur, meldete unseren Einsatz bei der Leitstelle ab und entließ Lukas, den Lokomotivführer, und die kleine Olize in den Feierabend. Die Straße konnte wieder für den Verkehr freigegeben werden. Gleich im ersten entgegenkommenden Wagen, gut erkennbar im Licht meiner Scheinwerfer, zeigte mir ein offensichtlich von der Sperrung genervter Mitbürger den Vogel. Dabei hätte mir ein einfaches Dankeschön völlig gereicht.

Während der Rückfahrt kam ich langsam wieder zur Ruhe und überließ mich meinen Gedanken. Seit Dienstbeginn hatte ein Einsatz den nächsten gejagt. Keine großen Sachen: ein paar kleine Sachschadenunfälle, eine hilflose Person hinter verschlossener Tür, Ladendiebstähle, Unterstützung eines Gerichtsvollziehers, unartige Verkehrsteilnehmer und eine Festnahme aufgrund eines Haftbefehls – viel Schreibarbeit.
Und jetzt dieser Unfall.
Ein einziger Augenblick kann das ganze Leben verändern. Allzu bald würde auch meine Tochter alleine mit dem Auto unterwegs sein und nichts würde sie vor solchen Gefahren bewahren können. Anja kam mir in den Sinn. Ich hatte vergessen, sie anzurufen, um Bescheid zu sagen, dass ich später kommen würde. Ich hielt an, holte das Handy wieder aus der Jacke und wählte unsere Nummer. Noch vor dem ersten Klingeln legte ich wieder auf. Sicher war sie bereits ins Bett gegangen. Sie wusste ja, dass es später werden konnte, manchmal viele Stunden.
Als ich das Telefon wieder weglegen wollte, vibrierte es in meiner Hand. Auf dem Display stand „RvK".
Also doch, ging es mir durch den Kopf, bevor ich das Gespräch annahm. „Es hätte mich auch gewundert, wenn du Buchstabenverbieger nicht

angerufen hättest“, begrüßte ich „Rolf vom Kurier“. „Wo bist du? Bei dem Raub?“

„Ja, bei dem Raub. Und dass ich dich anrufen muss, ist deine eigene Schuld. Hättest du dich nicht zu dem Unfall abgeseilt, wärest du jetzt hier und wir könnten ohne Hilfsmittel reden. Aber genug geflachst. Störe ich dich?“

„Nicht mehr als sonst!“ Das Lächeln, das sich in mein Gesicht schlich, entspannte mich. Ich mochte diesen Kerl. Er war immer freundlich, zuvorkommend, hilfsbereit und loyal. Informationen wurden bei ihm nicht missbraucht. Ich hatte noch nie ein einziges Wort in seiner Zeitung gelesen, das man ihm unter dem Siegel der Verschwiegenheit anvertraut hatte. „Was kann ich gegen dich tun?“

„Was ist bei euch los gewesen? Kannst du mir ein paar Infos geben?“

„Rolf, du weißt doch, dass das alles nachher als Pressemitteilung kommt. Gedulde dich einfach noch ein bisschen.“

„Komm, lass dich nicht bitten. Du weißt selbst, dass wir Redaktionsschluss haben, ehe der Pressebericht raus ist.“

„Okay, aber nur die groben Fakten. Bist du schreibbereit?“

„Du bist der Beste. Leg los!“

*

„Hey, Frank. Noch da?“, begrüßte mich Hans, der Dienstgruppenleiter des Nachtdienstes auf der Wache. „Kann ich den Wagen von dir übernehmen?“

Hans ist ein älterer Kollege, der irgendwie zum Inventar gehört. Bei der Polizei ist in den Führungsebenen Fluktuation angesagt. Offiziell heißt das „Verwendungsbreite zeigen“, tatsächlich bedeutet es aber auch, dass Dienstgruppen nicht zu lange mit einem Vorgesetzten zusammenarbeiten sollen, um Verbrüderungen zu vermeiden. Er jedoch scheint sich bislang an seinem Stuhl erfolgreich festgehalten zu haben.

„Klar, ich brauche den Wagen nicht mehr. Aber du musst tanken, das habe ich nicht mehr geschafft. Ich nehme nur noch meine Tasche raus.“ Bei meinen letzten Worten war ich schon auf dem Weg zu meinem Schreibtisch. An seinem Tisch bemerkte ich Kai, meinen Wachdienst-

führer, der seine Nase in einen Stapel Papiere vergraben hatte. „Kai, was machst du denn noch hier? Bist du zu Hause rausgeflogen?"
Grinsend ging ich auf ihn zu. Kai blickte auf und hielt mir einen Stapel Papier entgegen. Eigentlich hätte er, nachdem er seinen Wachtisch mit allen Infos an den Nachtdienst übergeben hatte, nach Hause gehen können. Kai ist unser Hans im Glück. Immer einen frechen Spruch auf den Lippen, immer gut drauf und für jeden Spaß zu haben. Er ist der ideale zweite Mann. Er ist so gut, dass er auch meinen Job sicher hervorragend bewältigen könnte, hat aber keine Lust darauf. Verantwortung vermiest ihm die Laune und die ist ihm heilig.
„Setz keine Gerüchte in die Welt. Zeichne lieber die Anzeigen des heutigen Tages ab." Er grinste zurück. „Ich dachte, ich helfe ein bisschen und habe die Vorgänge bereits zur Kontrolle gelesen. Sind soweit in Ordnung. Wir wollen doch alle irgendwann nach Hause. Und jetzt, wo du wieder da bist, kann ich los. Ach übrigens – die Kollegen haben die Blutprobe von dem großen Zampano freundlicherweise bei uns durchführen lassen. Der Vorgang liegt bei dem dicken Stapel dabei."
„Zampano?" Ich konnte mir vorstellen, wen er meinte.
„Genau – Zampano! Du hättest erleben sollen, was der für eine Show abgezogen hat. Ab morgen arbeitet hier niemand mehr von uns. Insbesondere ich nicht." Er machte eine kleine Pause und deutete theatralisch auf seinen langen Pferdeschwanz. „Meine Frisur hat ihn schon mächtig gestört, aber als er auch noch meinen Ohrring entdeckt hat, war es um ihn geschehen!" Gespielt betroffen wandte er sich amüsiert dem Ausgang zu. „An meiner nicht ganz vorschriftsmäßigen Uniform hat er auch rumgemäkelt. In diesem ‚Univil' dürfe ich keinerlei polizeiliche Maßnahmen treffen!"
Lächelnd erwiderte ich: „Ich hatte schon das Vergnügen mit ihm. Wobei ich ihm nicht ganz Unrecht geben kann; deine Turnschuhe und die Strickjacke sehen schon irgendwie speziell aus."
„Jetzt fang du auch noch damit an. Abends kommt doch kaum noch einer, den das interessieren könnte. Ich möchte es behaglich haben." Er umschlang seine Schultern mit den Armen und setzte bibbernd seinen Weg in Richtung Ausgang fort.
„Gute Nacht und sieh zu, dass du nach Hause kommst!"

Was für eine Marke, aber man kann ihm nicht böse sein. Ich sah ihm nach, während er in seinen alten Porsche Targa stieg und röhrend davonfuhr.

*

Während ich zu den Schreibräumen ging, wo sich Jasmin und Aramis wahrscheinlich gerade die Finger wundtippten, blätterte ich einige der Vorgänge des heutigen Tages durch und zeichnete sie ab. Aus dem Schreibraum kam mir der Duft von frischem Kaffee und belegten Broten entgegen. Die beiden aßen, tranken und tippten gleichzeitig. Der kleine Raum, kalt erleuchtet von Leuchtstoffröhren an der Decke, bot Platz für zwei PCs, an denen sich zwei Kollegen gegenübersitzen. Ein durchhängender Aktenschrank, ein Beistelltisch und ein ungepolsterter Holzstuhl bilden das restliche Mobiliar. Jasmin blickte von ihrem Bericht auf und lächelte mir zu. „Magst du auch ein Brot?"

Hatte sie vielleicht meinen Magen gehört? „Nein, ich habe keinen rechten Hunger mehr."

Ich goss mir einen Kaffee ein, setzte mich auf den freien Holzstuhl unter den Gewerkschaftskalender mit dem Datumsblatt der letzten Woche und sichtete die restlichen Vorgänge, sortierte und kontrollierte den größer werdenden Papierstapel der beiden.

„Fertig!" Jasmin lehnte sich im Stuhl zurück. Die dunklen Ränder um ihre tiefblauen Augen, eingerahmt von dem Wust an blondem Haar, machten ihr Gesicht in diesem Moment viel älter, als sie mit ihren 25 Jahren tatsächlich war.

„Dann gib mal her. Du hast schon den gesamten Vorgang geschrieben. Vorbildlich!" Ich lächelte ihr zu, während sie aufstand und sich streckte. Sichtlich erschöpft ging sie zur Tür und drehte sich zu uns um. „Ich ziehe mich um", sagte sie.

„Warte, wir helfen dir!", tönte es vom Nachtdienst aus dem Aufenthaltsraum, gefolgt von kurzem Gelächter.

„Es traut sich ja doch keiner von euch!" Jasmin wartete keine Antwort ab, sondern entschwand in Richtung der Umkleiden.

Aramis schob mir den letzten Packen Papier rüber. „Die Skizze mache ich nachher im Frühdienst."

„Geht klar. Ich muss meinen Bericht auch noch schreiben. Schau nur, dass du sie bis zur Frühbesprechung fertig hast."

Aramis nickte und machte sich auch gähnend auf den Weg zur Umkleide. Ich blickte ihm nach und las dann die gesammelten Werke. Gute Arbeit. Trotz der Dunkelheit tolle Fotos, akribische Spurensicherung, vollständiger Unfallbericht. Keiner hatte geschludert, obwohl wir alle müde waren.

Den Atemalkoholtest hatte unser betrunkener Fachanwalt für Verkehrsstrafsachen nicht mehr geschafft oder wollte ihn nicht schaffen. Spielte auch keine Rolle. Aus dem Vorgang ging hervor, dass der Arzt ihn auf mehr als vier Promille schätzte. Der hatte nicht zum ersten Mal getrunken. Wer so hohe Werte erreichte, ohne bewusstlos zu werden, war Alkohol gewöhnt. Normalerweise führen solche Werte direkt ins Krankenhaus oder zum Tod. Der Bluttest würde uns Gewissheit verschaffen.

Ich betrat den Wachraum, warf die Anzeigen des Tages in das Fach für Sachbearbeitung und legte Lars, dem Wachdienstführer des Nachtdienstes, den Unfall auf den Tisch. „Kannst du bitte heute Nacht über den Vorgang schauen? Ich denke, er ist soweit komplett, aber ich bin müde und unkonzentriert. Die Skizze und mein Bericht fehlen noch, die kommen nachher im Frühdienst dazu." Beim Sprechen konnte ich mein Gähnen nicht unterdrücken.

Lars nickte mir zu. „Klar, mach ich. Und jetzt tschüss, du musst um sechs, wenn ihr uns wieder ablöst, ausgeschlafen sein."

Nun konnte auch ich gehen, um mich umzuziehen. Hinter mir blieb das Summen der Rechner und das Geplärre des Funks zurück, während ich den gebohnerten Gang in Richtung Umkleide ging. Meine 9-mm-Automatik verschwand samt Holster mit einem satten Scheppern im Waffenfach.

Auf dem Weg zum Parkplatz kamen mir Jasmin und Aramis gemeinsam auf dem Flur entgegen. Ich nickte ihnen müde zu: „Tschüss!"

„Bis gleich", antworteten sie wie aus einem Munde.

Als ich dann einige Minuten später die Wache verlassen wollte, rief mir Hans zu: „Deine betrunkene Festnahme will sich übrigens beschweren."

„Was hat er gesagt?" Ich konnte es mir vorstellen.

„Er hat große Reden geschwungen, es war aber außer etwa zwanzig

‚Dienstaufsichtsbeschwerden' nichts Wesentliches dabei. Bevor wir ihn entlassen haben, wollte er eure Namen wissen."
Interessiert drehte ich mich zu ihm um. „Und?"
„Ich habe ihm eure Dienstausweisnummern aufgesagt. Vielleicht kann er sie sich merken."
Sein fröhliches Lachen folgte mir durch die Türe auf den Parkplatz.

Auf der Heimfahrt wehte die frische Nachtluft kühl durch die geöffneten Scheiben in unseren Familienkombi. Mein Blick fiel auf die Digitalziffern der Instrumententafel – beinahe zwei Uhr.
Zu Hause angekommen drückte ich die Wagentüre leise zu und öffnete die Haustüre, an der das Eingangslicht brannte. Das ist Anjas Art zu sagen: „Ich liebe und erwarte dich!"
Lächelnd löschte ich es, ging auf Socken die Treppe hoch und kuschelte mich vorsichtig an meine Frau.
Kurze Schichtwechsel sind die Hölle.

*

Wieder zurück im Hier und Jetzt überschwemmt mich klebrig warme Müdigkeit. Aber es hilft nichts, ich muss zum Dienst. Widerwillig packe ich meine Brotdose ein, schließe die Tür hinter mir und trete heute schon zum zweiten Mal innerhalb weniger Stunden in die Nacht hinaus.

Kapitel 02
„Glück“ (Frühdienst)

Meinen Kombi parke ich auf dem um diese Zeit noch leeren Parkplatz vor der Dienststelle. Die drei Kilometer hätte ich auch mit dem Rad fahren können, aber wie fast jeden Morgen dient mir auch heute die kühle Nachtluft als Ausrede.

Bollernd besetzt neben mir ein großer V8-Motor die nächste Parktasche. Michael. Nicht nur, dass er mit seinem schmalen Schnäuzer und dem Unterlippenbart aussieht wie einer von den Musketieren, nein, er muss auch noch in Ermangelung eines echten Pferdes einen schwarzen Mustang fahren. Das Röhren des Motors verstummt und er kämpft sich aus dem Sitz.

„Bonjour, Monsieur Aramis.“

„Moin, Frank.“

Er tippt den Türcode ein und wir betreten die Wache. Dachte ich eben, ich sähe übernächtigt aus, muss ich das nun korrigieren. Mein Blick fällt auf die müden, rot unterlaufenen Augen der ausgelaugten Nachtschicht. Ich möchte eigentlich nicht fragen, wie die Nacht war, aber was hilft es, ich brauche die Infos für meinen Dienst und die Frühbesprechung.

Hans, der Dienstgruppenleiter des Nachtdienstes, berichtet mir von den Vorkommnissen der Nacht und fasst sich dabei auffällig kurz. Keine Späße wie sonst, irgendwie ernster. Ich schaue ihn prüfend an. „War irgendwas Besonderes?“

Er schüttelt den Kopf und antwortet kurz angebunden: „Nein. Keine größeren Ruhepausen, aber auch keine dramatischen Einsätze.“

Hinter seiner ungewöhnlich verschlossenen Art muss etwas anderes stecken.

„Alles okay bei dir? Sonst bist du nie so wortkarg.“

Hans verzieht keine Miene. „Ich bin heute auch besonders müde. Nach dem letzten Nachtdienst konnte ich mal wieder nicht schlafen.“

Das kann ich nachvollziehen. Wir sind schließlich nicht mehr zwanzig. Wahrscheinlich sind alle übermüdet, seine ganze Truppe sieht angefressen aus. Gut, dass es bei uns in der Dienstgruppe im Moment ohne Probleme läuft.

*

„Morgen, Frank, konntest du alles Wissenswerte aus dem übellaunigen Nachtdienstzausel herausholen?", reißt Kai mich aus meinen Gedanken, indem er mir freundschaftlich auf die Schulter klopft. „Auf geht's, umziehen und dann frisch in die Hände gespuckt!"
Seine gute Laune ist ansteckend. Routiniert ziehen wir uns in der engen Umkleide zwischen Uniformteilen, leeren Kartons und Staubmäusen um, legen Ausrüstung und Bewaffnung an, während auch der Rest der Dienstgruppe langsam eintrudelt.
„Und, hast du an meiner Uniform etwas auszusetzen?" Er stellt sich in Positur.
Ich umrunde ihn kritisch, nicke und wir gehen lachend nach vorn.
Während Kai seinen Wachtisch besetzt, bereiten wir anderen zuerst unsere Einsatzfahrzeuge vor. Blinkend begrüßt mich die Zentralverriegelung meines Streifenwagens. Meine Einsatztasche schlittert kurz über den schmutzhemmenden Kunstlederbezug der Rückbank, bevor sie im hinteren Fußraum zum Liegen kommt. Meine Schutzweste landet auf dem Beifahrersitz.
Wir haben alle noch Arbeiten vom gestrigen Spätdienst übrig, die erledigt werden müssen. Hoffentlich bleibt es noch ein paar Minuten ruhig auf den Straßen. Sollten doch um diese Zeit die meisten Bürger noch im Bett liegen und süß träumen.
Kai hat die Wache inzwischen übernommen. Er ist als Wachdienstführer für den gesamten Ablauf innerhalb einer Wache verantwortlich. Er nimmt alle auf der Wache ankommenden Telefonate und Notrufe entgegen. Er führt die gesamte Einsatzdokumentation, verarbeitet die Funkanfragen, organisiert die Abläufe, schreibt Pläne, sorgt für frischen Kaffee, hilft über Funk mit Informationen aus, die auf dem Einsatzwagen nicht vorliegen und hält den ganzen Laden zusammen. Wenn das wacheigene Gewahrsam besetzt ist, kümmert er sich auch um die Gefangenen in den Zellen und deren leibliches Wohl. In den Spät- und

Nachtdiensten, nachdem die Kollegen der Kripo den Tagesdienst beendet haben, muss er auch noch alle auf der Wache anfallenden Anzeigen aufnehmen. Zum Essen oder Trinken bleibt da kaum Zeit. Ich bin heilfroh, dass ich den Job nicht mehr machen muss. Aber er ist unabdingbar auf dem Weg zum Dienstgruppenleiter.
Die Nachtschicht sitzt nach ihrem Dienstende auf ein alkoholfreies Bier im Aufenthaltsraum und hat dazu die Tür geschlossen. Ungewöhnlich! Was mag es Geheimes zu besprechen geben?
Meine Jungs und Mädels haben sich inzwischen auf die Schreibräume verteilt und arbeiten ihre Vorgänge ab. Ich setze mich in mein Büro und schreibe den Einsatzbericht vom gestrigen Unfall. Aramis bringt mir seine Unfallskizze rein und ich kann den Vorgang vervollständigen. Ein ganz schön dicker Haufen Papier wandert ins Körbchen für die Sachbearbeitung. Danach kümmere ich mich mit Kai um die Schicht- und Urlaubsplanung sowie die anstehenden Sondereinsätze.
Heute haben wir mit Aramis und Jasmin nur einen vorgeplanten Einsatzwagen. Olize, unsere Azubine, ist auf einem Seminar und so besetze ich mit Lukas einen zweiten Wagen, damit wir die in einem Frühdienst zu erwartenden Einsätze überhaupt schaffen können.
„Lukas, willst du mit zur Frühbesprechung beim Wachleiter?"
„Auf keinen Fall! Zu viel Behördenpolitik. Mach du das schön alleine! Ich habe noch Unmengen zu erledigen."
„Stimmt, du musst noch Brötchen besorgen. Ich hätte gerne zwei Stück mit Käse." Grinsend drücke ich ihm einen Fünfer in die Hand und wende mich zum Gehen.

*

Im Büro des Wachleiters sitzen bereits die meisten Teilnehmer der Frühbesprechung. Regelmäßig treffen sich zu diesem Anlass der Dienstgruppenleiter des beginnenden Frühdienstes, der verbliebene Dienstgruppenleiter des Nachtdienstes und manchmal auch einige Vertreter der Dienstgruppen, die Freischicht haben. Dazu kommen die Mitarbeiter des Geschäftszimmers und der Leiter des örtlichen Kriminalkommissariats. Wir begrüßen uns mit Handschlag und tauschen frotzelige Net-

tigkeiten aus. Man kennt und schätzt sich. Als alle ihren Platz gefunden haben, beginnt der Chef die Besprechung.
Der Chef heißt für alle einfach nur Chef. Es ist seine gelassene Autorität, die es ihm ermöglicht, auf einen Namen zu verzichten. Er ist Mitte, vielleicht Ende 50. Genau weiß ich es nicht. Aber er muss noch ein paar Jahre. Seine schütteres Resthaar ist kurz gehalten und schmiegt sich um eine Tonsur, die seit vielen Jahren um die Vorherrschaft auf seinem Kopf kämpft. Am Ende wird sie sie gegen einen riesigen Schnauzbart verlieren, der, an beiden Enden eingedreht, schon jetzt beinahe das gesamte Gesicht einnimmt und eine große Narbe auf seiner rechten Wange verdeckt. Alle rätseln seit Jahren, aus welchem Einsatz die Narbe stammt, aber es gibt noch keine sachdienlichen Informationen dazu. Wahrscheinlich ist er als Kind einfach nur beim Spielen in einen Stacheldrahtzaun gerannt.
Ich wappne mich für Einsatzzahlen, Einsatzreaktionszeiten, Kriminalstatistik, Sondereinsätze und andere Begehrlichkeiten, die mir den Morgen madig machen könnten.
„Guten Morgen! Ich will euch heute nicht langweilen, sondern mit einem neuen Fall aus Bonn bekannt machen.“ Der Chef guckt wichtig und genießt die kurze Pause, um sich unserer Aufmerksamkeit sicher zu sein. Seine Finger spielen an den Bartspitzen.
„In Bonn-Beuel wurde gestern Abend ein blauer Müllsack am Rheinufer angetrieben.“ Wieder eine Pause, wieder spielende Finger.
„Dann sollten wir bei den Müllwerkern von *bonnorange* anrufen“, witzelt mein Sitznachbar.
Der Chef bedenkt ihn mit einem strafenden Blick, der ihn verstummen lässt.
„In dem Sack befand sich ein Bein! Da Beine in der Natur normalerweise nicht alleine auftreten, ist davon auszugehen, dass es jemandem fehlt. Um den rechtmäßigen Träger des Beines ausfindig zu machen, hat das Polizeipräsidium Bonn eine Sonderkommission ins Leben gerufen. Meiner Erfahrung vertrauend gehe ich aber davon aus, dass sie sich bald in Mordkommission umbenennen muss.“
„Gibt es weitere Infos zu dem Fall? Wird es eine Öffentlichkeitsfahndung mit Lichtbildern des Beins geben?“ Wieder mein Nachbar. Ich

knuffe ihn in die Seite. Hat der heute einen Clown gefrühstückt?
„Nein, die wird es nicht geben“, nimmt der Chef die Frage meines Nachbarn auf. „Aufgrund der Tatsache, dass es lediglich stark behaart ist, sonst aber keine besonderen Merkmale aufweist, wie z.B. lackierte Fußnägel, sind aus dieser Richtung keine Hinweise zu erwarten. Bisher liegt uns auch noch keine passende Vermisstenmeldung vor. Aber das wird zur Zeit verifiziert.“
Ich schaue in fröhliche, grinsende Gesichter. Wüsste ich es nicht besser, würde ich denken, dass in diesem überfüllten Büro ein Haufen unsensibler und verrohter Typen sitzt. In Wirklichkeit sucht sich jeder seine Methode, um mit solchen Geschehnissen umzugehen. Um ausgeglichen arbeiten zu können, sollte man schreckliche Dinge nicht zu nahe an sich herankommen lassen.
„Eine Begegnung mit einer Schiffsschraube nach einem Selbstmord kann man wegen dem Müllsack wohl ausschließen, oder?“, frage ich.
Wie zu erwarten, nickt der Chef kurz. „Wie gesagt, ich halte es für sehr wahrscheinlich, dass hier ein Mord passiert ist.“
Das Telefon des Chefs klingelt; er hört kurz zu, lässt seinen Bart los und wendet sich dann an mich: „Frank, du musst runter auf die Wache. Zur morgendlichen Öffnung einer Bank in Köln gab es einen Raub mit Schusswaffe. Für die Ringfahndung werden alle Wagen benötigt.“
„Na dann …“ Ich nicke in die Runde und haste die Treppe runter.

*

Lukas steht mit laufendem Motor und der obligatorischen Dienstmütze vor der Tür und ich muss nur noch reinspringen. Ich komme auf meiner Schutzweste zum Sitzen. Aramis und Jasmin sind bereits in Richtung ihres Ringpunktes unterwegs. Bei einer Ringfahndung ist es wichtig, die zuvor festgelegten Ringpunkte um den Tatort herum schnellstmöglich zu erreichen. An den Kontrollstellen werden dann die vorbeikommenden Fahrzeuge gesichtet, notiert oder angehalten.
Dementsprechend hat Lukas es eilig. Ich bin noch nicht ganz angeschnallt, da quietschen die Reifen und unser Horn plärrt los. Den Funk drehe ich auf volle Lautstärke, um ihn gegen den Lärm des Einsatzhorns

verstehen zu können, lege mir mein Klemmbrett auf den Schoß und schreibe die ersten Infos zum Bankräuber mit. Beschreibung, Fluchtfahrzeug, Kennzeichen, Fluchtrichtung, Bewaffnung …

Lukas schlägt vor, auf dem Weg zum Ringpunkt über die A3 zu fahren, Räuber nutzen gerne schnelle An- und Abfahrtswege. Ich schließe mich seiner Argumentation an und Lukas jagt den Passat die Bedarfsauffahrt zur Autobahn hoch und fährt mit hoher Geschwindigkeit über den Standstreifen, um sich in den fließenden Verkehr einzufädeln.

Auf dieser Höhe hat die A3 drei Spuren und wir wechseln nach ganz links, wo ein Polizeiwagen auf der Jagd hingehört. Wir überholen einige Fahrzeuge, als einige hundert Meter vor uns ein roter Golf auftaucht, der zum Überholen ansetzt.

Gebannt sehe ich auf das Fahrzeug vor uns und dann ungläubig auf mein Klemmbrett mit den Infos. Ich tippe Lukas auf den Arm und zeige nach vorne auf den roten Golf. „Das gibt es doch nicht. Das ist der Wagen!"

„Wo?" Er blickt mich ungläubig an.

„Na da, der rote Golf." Ich kneife die Augen zusammen. „Das Kennzeichen stimmt."

„Den kriegen wir locker!" Während Lukas das Lenkrad fester fasst und weiter beschleunigt, versuche ich, mich auf die Situation einzustellen.

So eine Hochgeschwindigkeitsverfolgung ist immer schwierig. Da kann viel schiefgehen. Unbeteiligte Dritte könnten durch einen Unfall in Mitleidenschaft gezogen werden, der Verfolgte könnte überreagieren.

„Meinst du, der hat uns gesehen?" Lukas hofft, dass ich Nein sage, aber er kennt die Antwort selbst. Nicht bei einem gut erkennbaren Streifenwagen, nicht bei dem Tempo, mit dem wir aufgeschlossen haben, und schon gar nicht mit blinkendem Blaulicht und Horn.

„Halt ein bisschen Abstand, aber bleib dran. Sieh zu, dass er nicht in Panik gerät. Ich möchte nicht, dass es zu einem Unfall kommt", warne ich ihn eindringlich. Gar nicht so einfach gegen den Lärm.

„Ich versuche es!" Langsam vergrößert Lukas den Abstand zum Fluchtfahrzeug.

Ich schalte das Horn aus, schnappe mir das Hör-Sprechteil des Funkgerätes, auch Peiker genannt, und gebe meinen Funkspruch durch: „An

die Leitstelle und alle eingesetzten Wagen im Einsatz Bankraub Köln! Wir haben das Fluchtfahrzeug vor uns auf der A3 in Richtung Frankfurt, kurz vor der Ausfahrt Siebengebirge. Es handelt sich um den beschriebenen roten Golf. Das Kennzeichen ist gesichert abgelesen. Wir können bisher nur einen Fahrer erkennen, Haarfarbe und Haarschnitt könnten mit der Beschreibung übereinstimmen. Es wäre von Vorteil, wenn wir zeitnah Verstärkung bekommen könnten. Wir fahren direkt hinter dem Verdächtigen und sind ihm mit Sicherheit aufgefallen."
Die Antwort der Leitstelle kommt sofort: „Wir koordinieren die Verstärkung und informieren die Polizei in Rheinland-Pfalz, falls ihr über die Landesgrenze kommt. Der Einsatz wird von der Tatortbehörde Köln geführt. Bitte wechselt den Funkkanal, schaltet für Köln euren Einsatzstatus durch und denkt an eure Eigensicherung!"
Was hatten die Kollegen aus der Tatortbehörde gesagt? Bewaffnet! Er hat in der Bank einen Schuss abgegeben, somit verfügt er wahrscheinlich über eine scharfe Waffe. Handelt es sich um einen Einzeltäter? Sitzt wirklich nur eine Person da vorne in dem Auto?
Adrenalin schießt durch meine Adern. Mich hat das Jagdfieber gepackt. Den lassen wir uns nicht durchs Netz rutschen! Wenn er uns schon vor die Nase fährt, dann schnappen wir ihn auch! Am besten, bevor uns die Einsatzleitstelle in Köln andere Anweisungen gibt.
Lukas fährt konzentriert. Seine Handknöchel treten weiß hervor, so fest hält er das Lenkrad. Ich spreche ihn an: „Bau jetzt bitte eine Minute lang keinen Unfall, ich muss noch meine Schussweste anziehen." Da ich auf der Schutzweste sitze, schnalle ich mich kurz ab, lege die Weste an und verschließe den Gurt wieder. „Fertig! Von mir aus kann es losgehen." In meiner Stimme klingt Aufregung mit.
„Sollen wir versuchen, ihn abzudrängen?" Lukas schaut mich irritiert an. „Nein, auf keinen Fall! Ich will nicht riskieren, dass er einen Unfall baut oder sogar aus Verzweiflung um sich schießt!" Ich blicke von der Seite auf den Tacho. „Wir sind viel zu schnell. Wir können ihn bei dem Tempo weder rammen noch sonst wie beeinflussen. Wir bleiben einfach dran und geben Standortmeldungen durch. Halt Sicherheitsabstand, aber verlier ihn nicht aus den Augen!"
Lukas ist ein guter Fahrer. Wenn der Golf nicht viel stärker motorisiert

ist als unsere mit allerlei Einsatzmitteln schwer beladene Dieselkiste, habe ich keine Sorge. Ich atme durch, lehne mich bewusst in meinem Sitz zurück, lese am Straßenrand die Kilometrierung ab und gebe sie über Funk durch. Allerdings sind Dranbleiben und Abwarten keine meiner Kernkompetenzen. Mittlerweile sind aus allen Himmelsrichtungen Polizeifahrzeuge auf dem Weg zu uns. Die Standort- und Statusmeldungen flirren durch den Äther. Viele Jäger sind des Hasen Tod.

Der Wagen vor uns fährt zwar schnell, aber keineswegs riskant. Ich kann sehen, wie der Fahrer immer wieder in den Rückspiegel sieht und uns beobachtet. Kurz entschlossen drücke ich auf den Schalter *Stopp Polizei.* Auf unserem Dach blinkt die Aufforderung nun in roten Lettern. Lukas sieht mich fragend an. „Hältst du das für eine gute Idee?"

„Ich weiß nicht, aber irgendwie macht es die Situation auch nicht schlechter. So hat er eine neue Handlungsoption. Über Außenlautsprecher brauche ich ihn bei diesem Tempo nicht anzurufen. Das kann er nicht hören." Während ich spreche, knete ich den Peiker in meinen Händen.

„Hmm!" Mehr sagt Lukas nicht dazu.

„Das gibt es doch nicht. Der hält tatsächlich an", unterbricht Lukas aufgeregt meine nächste Standortdurchsage. Ich werde nach vorne in den Gurt gedrückt, als er ebenfalls hart abbremst, um hinter dem Golf zu bleiben. „Sieh dir das an! Er zieht auf den Standstreifen und verzögert massiv. Was hat der vor?"

Während sein Gesicht Verblüffung zeigt, gehen mir Fragen über Fragen durch den Kopf. *Ist er etwa nicht der Täter? War in der Fahndungsbeschreibung ein Fehler? Hat er einen Trick auf Lager? Liegt auf der Rückbank ein Komplize, mit dem wir nicht rechnen?*

Ich ziehe meine Pistole aus dem Holster und mache mich fertig, sodass ich bei Bedarf das Auto schnell verlassen kann. Schön den Finger hinter dem Abzug halten, nicht, dass sich aus Versehen im Fahrzeug ein Schuss löst. Vor einigen Monaten ist das Kollegen passiert. Sie sind mit ihrem Einsatzwagen auf ein Fluchtfahrzeug aufgefahren und der Beifahrer hat in den Wagenboden geschossen. Durch den hohen Schalldruck waren beide Kollegen erst einmal eine Zeit lang taub. Und die Berichte, die sie

danach fertigen durften, waren sicher auch kein Spaß.
Lukas folgt dem Golf über alle Fahrspuren bis auf den Standstreifen und hält mit einigen Metern Abstand hinter ihm an. Der Golf steht mit seiner rechten Seite ganz dicht an der Leitplanke, von dieser Seite ist kein Rankommen. Ich muss über die rechte Fahrspur der Autobahn zur Fahrertüre.
Verdammt, das wird gefährlich! Eine Festnahme bei fließendem Verkehr. Meine Gedanken fliegen.
Wir müssen jetzt nichts mehr sagen, wissen beide, was zu tun ist. Alles geht plötzlich blitzschnell. In solchen Situationen zeigt es sich, ob man miteinander trainiert hat und ob man sich auf seinen Partner verlassen kann. Diese enge Gefahrengemeinschaft, in der jeder für den anderen einsteht, nicht zuletzt mit seiner Gesundheit oder mehr, bildet sich durch Berufszugehörigkeit, aber vor allem durch in vielen gemeinsamen Einsätzen erworbenes Vertrauen.
Noch während unser Wagen ausrollt, springe ich heraus. Ich halte die Automatik schussbereit in der rechten Hand, mein Rettungsmesser mit dem Gurtschneider in der linken und renne auf die Autobahn zur Fahrertüre des Golfs. Im Laufen werfe ich einen kurzen Blick auf die Rückbank und den Beifahrersitz: Offensichtlich keine weiteren Insassen.
Ich reiße die Fahrertür auf, schreie den Fahrer an, die Hände auf dem Lenkrad zu lassen, bedrohe ihn mit der Waffe und schneide im gleichen Moment mit meiner linken Hand seinen Gurt durch. Da er offenbar unbewaffnet ist, stecke ich meine Pistole wieder ins Holster zurück und zerre ihn aus dem Auto auf die Fahrbahn. Er wehrt sich nicht, wirkt phlegmatisch. Mit meinem ganzen Gewicht knie ich auf seinem Rücken, hebele seine Arme nach hinten und lasse die Handschellen klicken.
Der Luftzug von den dicht an uns vorbeirasenden Fahrzeugen beutelt uns durch. Beinahe jeden Wagen hätte ich mit ausgestreckter Hand berühren können. Dass sich eine Fahrbahn so schmal anfühlen könnte, hätte ich nicht erwartet. Im Sekundentakt fliegen Autos an uns vorbei. Wow, der war jetzt aber richtig nah! Der Sog von dem LKW hätte mich beinahe aus dem Gleichgewicht gehoben. Jetzt aber nichts wie weg hier! Ich nehme den Druck vom Rücken meines Festgenommenen und achte mehr schlecht als recht darauf, dass sein Kopf beim Aufstehen nicht in

den fließenden Verkehr gerät. Er kommt unsicher zum Stehen, pendelt zurück in Richtung Fahrbahnmitte und ich muss kräftig an ihm ziehen, um ihn gerade noch so vor dem nächsten LKW um das kurze Heck des Golfs herumzuwuchten. Erstmal runter von der Fahrbahn auf den Seitenstreifen.

Das war ganz schön riskant. Ich atme tief durch und spüre, wie ich wieder ruhiger werde. Der Tunnelblick, der mir eben geholfen hat, zielgerichtet zu handeln, verschwindet und meine Fixierung auf den Täter lässt nach. Den scheine ich vorerst im Griff zu haben. Ich blicke mich um und orientiere mich neu.

Lukas hat super reagiert und den Streifenwagen so auf der Fahrbahn platziert, dass beinahe die gesamte rechte Fahrspur durch unser Dienstfahrzeug blockiert ist. Aber trotz des Blaulichts und der Warnblinkanlage zieht der Verkehrsfluss auf der zweiten und dritten Spur weiter unvermindert schnell an uns vorbei. Was zum Teufel muss auf einer deutschen Autobahn eigentlich passieren, damit auch nur einer vom Gas geht? In jedem der vorbeifahrenden Fahrzeuge sehe ich in neugierige Gesichter. *Schön, wenn euch die Show gefällt.*

Ich zerre den Festgenommenen an den Handschellen weiter und leite ihn von der trügerischen Sicherheit der Standspur über die Leitplanke ins Gras der angrenzenden Wiese. Lukas macht die Fahrspur frei und fährt hinter den Golf. Der starke Verkehr übernimmt sofort wieder alle Fahrspuren, sodass er auf der Beifahrerseite aussteigen muss, um mich zu unterstützen.

Mit einem behänden Sprung folgt er mir auf das Bankett neben der Leitplanke.

„Ich habe die Festnahme und unseren Standort durchgegeben. Wir müssten gleich Unterstützung bekommen.“ Er keucht beim Sprechen. Allerdings nicht so sehr wie ich. „Danke! Das war klasse! Ohne dein reaktionsschnelles Handeln würden wir jetzt vielleicht in unseren Einzelteilen auf der Autobahn liegen.“ Ich zeige auf unseren Festgenommenen.

„Kein Problem. Die nächste Beurteilung steht bald an – merk es dir einfach.“ Er lächelt verschmitzt.

Apropos Festgenommenen. Ich sollte die Festnahme auch tatsächlich aussprechen. Mein Handeln müsste zwar ausgereicht haben, um ihm seine Situation zu verdeutlichen, aber sicher ist sicher. Er liegt derweil neben mir auf der Grasnarbe und rührt sich nicht. Lukas beginnt ihn nach Waffen abzutasten, während ich ihn anspreche und ihn über seine Rechte belehre.

Wir finden keine Waffe, allerdings hat er sich über den Schreck eingenässt, was die Aufgabe für Lukas nicht angenehmer macht. Angeekelt wirft er die Einweghandschuhe ins Gras.

Ich setze unseren Festgenommenen gegen die Leitplanke und trete einige Schritte zurück. Sein Uringeruch steigt uns unangenehm in die Nase. Er selbst wirkt peinlich berührt, guckt todunglücklich und sagt noch immer kein Wort, während ich versuche, mich an seinen Namen zu erinnern. *Berger.* Genau, der Halter des Golfs heißt Erik Berger.

„Herr Berger, wir haben etwas Zeit, bevor die Kollegen der Kripo eintreffen. Sie haben heute Morgen in Köln eine Bank überfallen. Wo ist die Beute? Im Fahrzeug? Am besten geben Sie gleich sofort alles zu, dann sparen Sie sich unangenehme Vernehmungen bei der Kripo."

„Im Kofferraum."

Ich blinzle überrascht. Kein Leugnen, kein Lügen, keine Gegenwehr? Das kann ich fast nicht glauben. Warum ist er so kooperativ?

„Sie schreiben doch in Ihrer Anzeige, dass ich Ihnen alles gestanden habe?" Seine Stimme klingt bittend, beinahe flehentlich.

„Natürlich. Ihre Hilfe wird Ihnen vor Gericht sicher positiv zugerechnet." Ich lächle ihm zu. Das ist also sein Motiv. Er hat aufgegeben und versucht zu retten, was zu retten ist.

Mit frischen Handschuhen steigt Lukas erneut über die Leitplanke. Er verschwindet am Golf, wedelt kurze Zeit später mit einer kleinen automatischen Pistole in der rechten Hand und einer schwarzen Sporttasche in der anderen. Die Tasche scheint gut gefüllt zu sein.

„Ich habe die Beute und du mehr Glück als Verstand", ruft Lukas gegen den Verkehrslärm. Aber ich kann die Ironie in seiner Stimme trotzdem hören. „Auf dem Fahrersitz lag diese kleine, niedliche Walther PPK. Gut, dass er sie nicht benutzt hat."

Er entnimmt das Magazin und entlädt die Pistole, während er zum Streifenwagen zurückgeht, um sie zu asservieren.

Eine Walther. Da habe ich echt Glück gehabt. Sie wird gerne genutzt, da sie klein und zierlich ist, aber dennoch eine sehr gute Wirkkraft hat. Bekannt wurde dieses Modell durch James Bond, der sie bei seinen Abenteuern als Dienstwaffe benutzt.

Mittlerweile treffen immer mehr Streifenwagen ein, die sich mit Pylonen, Warntafeln und Leuchten um die Verkehrssicherheit kümmern und die Sicherstellung des Fluchtwagens organisieren. Der Rest der Kollegen steht um uns herum, klopft uns auf die Schultern und beglückwünscht uns zu unserem Erfolg. Ich fühle mich unwohl dabei, denn es lief taktisch nicht alles optimal und dass uns der Täter vor die Nase gefahren ist, war pures Glück.

Mittlerweile wirkt die Autobahn um uns herum wie ein Großraumparkplatz der Polizei. Der Einsatzleiter der Autobahnpolizei ist ebenfalls eingetroffen und verscheucht wild gestikulierend alle Einsatzkräfte, die nicht unmittelbar benötigt werden.

Wir steigen mit Herrn Berger in einen VW-Bus, wo er mit seiner nassen Hose auf dem gummierten Boden sitzen muss. Er sieht elend aus. Die Hose im Schritt und an den Beinen nass, den Kopf gesenkt und die Augen fast geschlossen. Ich glaube, ihm wird in diesem Moment erst so richtig bewusst, was soeben geschehen ist.

Seine verschwitzten blonden Haare sind zerzaust. Das dunkle T-Shirt spannt über einem trainierten Oberkörper. Ich bin froh, dass er sich nicht zur Wehr gesetzt hat. Das hätte für uns beide übel ins Auge gehen können.

„Herr Berger, was genau ist heute passiert? Warum haben Sie die Bank überfallen und warum haben Sie Ihre Flucht nicht fortgesetzt?"

Meine Stimme soll mitfühlend und interessiert klingen. Ich muss wissen, warum er so schnell aufgegeben hat und wie viel Glück ich hatte, nicht von ihm angegriffen oder gar beschossen zu werden.

„Ich wollte das alles nicht. Aber … ich brauche das Geld. Ich habe es wegen der Schulden getan. Meine Tochter ist krank." Er bricht kurz ab, bevor er weitererzählt. „Unsere Bank hat alle unsere Kredite gekündigt. Was hätte ich machen sollen? Da kam mir die Idee mit dem Banküberfall. Und am Anfang hat auch alles gut geklappt. Die Beute wäre groß genug gewesen und ich konnte fliehen. Ich hätte nie gedacht, dass Sie

mich so schnell ausfindig machen würden."
Ich auch nicht! Aber das denke ich nur.
Seine Hände ringen miteinander, als er fortfährt: „Nachdem ich auf der Autobahn war, fühlte ich mich sicher … bis Sie plötzlich hinter mir waren. Ich habe Panik bekommen und wusste nicht mehr, was ich machen sollte. So weit hatte ich meinen Plan nicht durchdacht. Was wäre, wenn Sie auf mich geschossen hätten? Das hätten Sie doch bestimmt gedurft, schließlich war ich bewaffnet! Ich wollte nicht sterben. Ich muss doch für meine Tochter da sein!"
„Warum haben Sie eine scharfe Waffe dabeigehabt und in der Bank geschossen?"
Diese Tatsache passt nicht in mein Bild von ihm. Ich insistiere weiter: „Es muss Ihnen doch klar gewesen sein, was passiert, wenn Sie erwischt werden. Sie haben in Kauf genommen, dass jemand verletzt oder getötet wird!"
„Ich wollte in der Bank ernst genommen werden. Sie müssen das verstehen – es war doch für meine Tochter. Wollen Sie ein Bild von ihr sehen?" Seine Hände rucken hoch, werden jedoch von den Handschellen gestoppt.
„Ich habe Ihr Portemonnaie", sage ich und hole eine braune Kunstlederbörse aus einem der Asservatenbeutel.
In der ersten Klappe schaut uns ein hübsches, vielleicht zehnjähriges Mädchen mit blonden Locken an. „Eine hübsche Tochter haben Sie."
Ein Leuchten zuckt durch sein Gesicht, dann wird er wieder traurig. „Leider werde ich sie jetzt längere Zeit nicht mehr zu Gesicht bekommen."
Darauf wissen auch wir keine Antwort und schweigen für den Rest der Fahrt.

*

Auf der Wache übergeben wir Herrn Berger an die bereits eingetroffenen Kollegen der Kripo Köln. Er bekommt die Möglichkeit, sich zu waschen und einen der alten Polizeisportanzüge, von denen wir für solche Gelegenheiten immer genug zur Verfügung haben.

Für uns geht das Schulterklopfen weiter und wir flüchten in mein Büro, um den Schreibkram zu erledigen. Gut, dass Anzeigen immer sehr objektiv in Berichtsform verfasst werden, so kann ich mir sparen, darauf einzugehen, dass ich mir in Zukunft zweimal überlegen werde, jemanden mitten auf der Autobahn festzunehmen.
Mittlerweile haben Kollegen unseren Streifenwagen von der Autobahn wieder zur Wache gefahren.
Lukas und ich unterschreiben unsere Festnahmeanzeige, die eben aus dem Drucker kommt. Ich lehne mich auf meinem Bürostuhl, der gefährlich knarrt, zurück und murmele, mehr zu mir selbst: „Dann hätten wir erstmal alles. Täter und Beweismittel gesichert, Dokumentation komplett und den Rest macht die Kripo in Köln."

„Frank, schau mal. Der Pressebericht ist da." Der Chef ist extra mit wippendem Schnauzbart runter auf die Wache gekommen und steht nun im Türrahmen meines Büros. „Gute Arbeit!" Erst schüttelt er uns die Hand, dann reicht er mir ein Blatt.
Lukas und ich lesen: „Aufgrund schneller polizeilicher Ermittlungen konnte der Tatverdächtige nach Raub auf eine Sparkassenfiliale in Köln-Merheim bereits während seiner Flucht über die A3 von starken Polizeikräften festgenommen werden. Die Beute wurde in voller Höhe sichergestellt. Der 36-jährige männliche Einzeltäter wird noch heute dem Haftrichter vorgeführt."
„Das haben *wir* geschafft!" Stolz schwingt in der Stimme des Chefs mit.
„Na ja, ein bisschen Glück war auch dabei." Mir ist etwas unwohl bei der ganzen Lobhudelei.
„Ach was!", tut der Chef meine Bedenken ab. „Das war super und unsere Wache steht gut da! Das ist, was ich von meinen Leuten erwarte!"
„Gibt es eigentlich etwas Neues von unserem Bein?", versuche ich, dem Gespräch eine neue Richtung zu geben.
„Noch nicht, aber wir erwarten in den nächsten Stunden neue Ergebnisse. Die Bereitschaftspolizei und die Hundestaffel haben sich das Ufer auf beiden Seiten der Fundstelle vorgenommen. Bis morgen zu eurem Frühdienst werden wir schlauer sein. Dann macht es gut. Gleich ist Dienstschluss für euch."

Ich nicke, gehe zu meinem Wachdienstführer und blicke über seinen schwarzen Pferdeschwanz auf die drei Bildschirme der Einsatzdokumentation. „Kai, stehen noch Einsätze an?"
„Nein, wir sind auf Stand. Aramis und Jasmin haben alles andere abgearbeitet. Willst du etwa noch mal rausfahren?"
„Nein, mir sitzt noch der Schreck in den Gliedern", antworte ich, während ich mich mit Lukas auf den Weg zur Kaffeemaschine mache.
„Welcher Schreck?" Kai schaut uns verständnislos nach.

*

Kaum eine Stunde später stehe ich zuhause unter der Dusche und lasse mir vom warmen Wasser den Tag abspülen. Ich habe von der Dusche aus einen schönen Blick auf das von nachmittäglichem Licht beschienene Siebengebirge. Kleine Quellwolken kratzen an einigen seiner „Gipfel". Ich entspanne und genieße noch einige Minuten die plätschernde Massage auf meiner Haut.
Nackt und mit feuchten Haaren verlasse ich das Bad, um mich anzukleiden, als ich Anja entdecke, die es sich in unserem Bett bequem gemacht hat. Sie sieht mich mit ihren dunklen Augen an und fragt: „Magst du kuscheln?"
Das Leuchten in meinen Augen ist ihr Antwort genug.

Kapitel 03
„Bong“ (Frühdienst)

Heute geht es mir nicht gut. Wir haben gestern Abend noch spontan mit Freunden bei uns gesessen. Anja hat wie immer lecker gekocht. Dazu gab es einen französischen Pastis als Aperitif, eine gute Flasche Rotwein aus dem spanischen La Mancha und zum Abschluss einen kleinen italienischen Ramazotti. Wahrscheinlich ist es die Mischung, die mich heute leiden lässt.
Da ich spät dran bin, verzichte ich darauf, mir ein Brot für den Dienst zu schmieren. Wer weiß, ob ich überhaupt Zeit finden werde, es zu essen.
Ich gehe noch einmal hoch ins Schlafzimmer und küsse Anja, die friedlich schlummert. Es ist ein Ritual. Wir verabschieden uns immer, wenn wir das Haus verlassen. Was wäre, wenn einer von uns nicht wiederkäme und wir hätten uns nicht ein letztes Mal verabschiedet?

*

Mit mir kommen zwei Streifenwagen des Nachtdienstes auf der Wache an. Heute ist mein zweiter Frühdienst. Wir grüßen uns und betreten gemeinsam die Wache. Die Kollegen streben direkt in den Aufenthaltsraum, wo die Kaffeemaschine auf sie wartet. Mein Weg führt mich in mein Büro, um die Schicht von dem Dienstgruppenleiter des Nachtdienstes zu übernehmen.
Über den alten Monitor des Computers läuft als Bildschirmschoner die aktuelle Uhrzeit. 05:45:06; 05:45:07; 05:45:08. Im Licht der Leuchtstoffröhren spiegelt sich auf dem Display eine Staubschicht, auf der man mit den Fingern *Tic Tac Toe* spielen könnte.
In einer Ecke des Büros steht ein runder Kleiderständer, der über und über voll mit Jacken hängt, die einmal Generationen von Polizisten gehört haben müssen. Von der reflektierenden Warnweste über die Lederjacke bis hin zur Schutzweste ist alles vertreten. Oben auf dem Ständer stapelt sich ein Sammelsurium von Mützen. Teilweise hängen hier Exemplare, für die Sammler historischer Uniformen Spitzenpreise

bezahlen würden. Alles über die Jahre hinweg liegen geblieben oder vergessen worden. Ich müsste mal schauen, ob mein Windbreaker dabei hängt. Den habe ich bereits seit einigen Tagen nicht mehr gesehen. Auf einem Sideboard an der Wand stehen Ablagekörbchen für Infos, Faxe, E-Mails, Eingangskörbchen für die Vorgänge der Kollegen, die noch nachgesehen und abgezeichnet werden müssen. Darunter und im deckenhohen Schrank daneben stehen Ordner mit mehr oder weniger wichtigen Informationen, die so voll sind, dass bei den meisten von ihnen die Hebelmechanik nicht mehr geschlossen werden kann.
Zwischen der Tür zum Flur und der zum eigentlichen Wachraum steht ein verschlossener Waffenschrank mit allerlei Sonderwaffen und sonstigen Ausrüstungsgegenständen, die lediglich bei Bedarf ausgegeben werden.
Hans, der Dienstgruppenleiter der Nachtschicht, tritt hinter mir ins Zimmer und schließt beide Türen. Das ist unüblich, sofort bin ich hellwach. Ich sehe ihn fragend an. „Guten Morgen, Hans, haben wir Geheimnisse?"
Er setzt sich auf den Stuhl hinter dem Schreibtisch und lehnt sich zurück. Das Knarzen der Rückenlehne verstummt, als sie die Endposition erreicht hat. Ich drehe den zweiten Stuhl mit der Lehne nach vorne und stütze meine Arme darauf. Mein Blick wandert über eine bis auf den letzten Winkel vollgeschriebene Notizunterlage, an abgebrochenen Bleistiften und dienstlichen Billigkugelschreibern vorbei in sein Gesicht. Es gelingt mir nicht, seine Gedanken zu erraten. Meine hochgezogene Augenbraue soll mein uneingeschränktes Interesse bekunden.
Hans tut sich offensichtlich schwer damit, zu beginnen. „Ich fange am besten mit dem primär Dienstlichen an. Wir haben gestern Abend einen Haftbefehl reinbekommen, den ihr heute Morgen umsetzen müsst. Die Leitstelle weiß Bescheid und der Einsatz ist bereits im System angelegt. Lars und Kai besprechen bestimmt schon die Details. Ihr müsst auch gleich los, bevor uns der Vogel ausfliegt.
Davor aber bitte noch eins … Wir… also ich … habe ein Problem … Du hast doch früher mal mit Holger zusammengearbeitet."
Ich nicke. „Was ist mit ihm?"
Holger und ich waren vor Jahren auf einer anderen Wache zusammen in

einer Dienstgruppe. Wir hatten allerdings nie engeren privaten Kontakt.
„Er ist weg." Hans blickt mich eindringlich an.
„Wie, er ist weg? Holger ist riesig, der geht doch nicht einfach so verloren. Was ist passiert? Lass dir nicht alles aus der Nase ziehen!"
„Wie du sicher weißt, hat Holger Eheprobleme." Hans unterbricht sich kurz, um aber sofort weiterzusprechen: „Das hat sich offensichtlich deutlich verschlechtert. Seine Frau ist ausgezogen."
„Was grundsätzlich eine gute Nachricht ist", bemerke ich flapsig. „Seine Frau ist eine Geißel Gottes. Die paar Gelegenheiten, zu denen ich sie ertragen musste, habe ich mich jedes Mal gefragt, wie Holger das auf Dauer aushalten kann."
„Da sind wir uns einig." Ein kleines Lächeln huscht über Hans' Gesicht, weicht aber sofort wieder seiner Sorge. „Holger sieht das aber anders. Sie ist weg und hat Isabell, ihre gemeinsame Tochter, mitgenommen. Niemand weiß, wohin. Eigentlich müssten wir eine Vermisstenanzeige aufnehmen. Holger hat uns aber vor seinem Verschwinden gebeten, darauf vorerst zu verzichten."
„Und jetzt sind sie alle weg? Es gibt keine Nachrichten?", frage ich verwirrt.
„Nein", antwortet Hans, „und das, obwohl wir seit Tagen inoffiziell in der Dienstzeit und teilweise auch in unserer Freizeit nach ihnen suchen. Ich kann das jetzt nicht mehr unter den Teppich kehren. Holger fehlt unentschuldigt. Das Risiko, dass etwas schiefgeht oder bereits schiefgegangen ist, ist mir zu groß geworden. Hast du noch eine Idee?"
„Wir sollten mal über den Tatbestand der Kindesentziehung nachdenken!"
Ich weiß, dass das nicht die Antwort ist, die er sich erhofft hat. Er hebt auch sofort abwehrend beide Hände in meine Richtung. Ich kann die Sorge in seinen Augen erkennen.
„Dann lass uns jetzt erstmal abgleichen, was ihr bis jetzt alles gemacht habt. Habt ihr deshalb die letzten Tage immer die Tür zum Aufenthaltsraum zugemacht? Ich hatte mich schon gewundert."
Hans nickt bestätigend. „Und, hast du eine Idee?", drängt er.
„So auf Anhieb nicht. Ich muss darüber nachdenken. Geht er an sein Handy?"

„Nein, er drückt uns weg", meint Hans ärgerlich. „Er muss doch wissen, welche Sorgen wir uns machen."
„Das bedeutet aber im Umkehrschluss, dass er dazu noch in der Lage ist und wir theoretisch sein Handy orten könnten." Ich versuche, etwas Positives beizutragen. Ich muss aber auch die Frage stellen, um die sich alles dreht: „Hast du Sorge, dass er sich oder anderen etwas antun könnte?"
Er schüttelt wortlos den Kopf, setzt zum Sprechen an und zuckt dann nur die Achseln. Ich habe diesen alten Haudegen noch nie so hilflos gesehen. Auf seinem Konto liegen gefühlt eine Million Einsätze Erfahrung, aber nun drückt ihn die persönliche Sorge um einen Kollegen und dessen Familie so sehr, dass er wie gelähmt wirkt.
„Pass auf – ich sehe fürs Erste zwei Optionen." Ich setze mich aufrecht hin. „Entweder du machst die Sache auf der Stelle dienstlich publik und lässt die gesamte Maschinerie anlaufen, mit allen dienstlichen Konsequenzen für Holger, oder …"
Hans schüttelt eindringlich den Kopf: „Das kann ich ihm nicht antun!"
„Zum einen hat er sich das selbst angetan, aber vor allem solltest du bedenken, dass wir ihn so viel schneller finden können, ohne dass jemand zu Schaden kommt."
Hans schüttelt weiter den Kopf. So komme ich nicht weiter.
„Oder aber, wir geben ihm noch diesen einen Tag und suchen weiter. Wir haben heute kurzen Wechsel und heute Abend wieder Nachtdienst. Wir lösen euch aus dem Spätdienst. Hat sich die Angelegenheit bis dahin nicht geregelt, schreibe ich für dich die Vermisstenanzeigen und leite alle weiteren Maßnahmen ein. Länger trage ich euer Stillhalten nicht mit!"
„Und bis dahin? Wir haben doch alles versucht!" Hans wirkt unzufrieden.
„Und bis dahin denken wir nach, was weiter getan werden kann. Am besten sprichst du mit Kai, der kennt Holger viel länger als ich und vor allem besser. Klärt ab, ob er weitere Ideen hat. Habt ihr mit den Wachen in Richtung Eifel gesprochen? Ich glaube, da wohnen seine Eltern, irgendwo in der Nähe von Daun. Zu denen hatte er intensiven Kontakt, sonst könnte ich mich nicht daran erinnern."
Hans schüttelt zweifelnd den Kopf. „Seine Mutter ist tot und sein Va-

ter weiß nichts. Da haben wir erst gestern vorsichtig nachgefragt. Aber wir könnten tatsächlich die Wachen in Rheinland-Pfalz unter der Hand informieren. Sein Auto ist auffällig genug. Danke erstmal, ich kläre den Rest mit Kai." Die neue Idee lässt ihn vitaler wirken. Er steht von seinem Stuhl auf, der ihn mit einem metallischen Stöhnen entlässt. „Fahr schon mal raus und mach deine Festnahme, wir reden später weiter." Er drängt mich aus der Tür und ich stehe vor Kai.
„Hast du deine Handschellen dabei?", fragt er mich.
Verdutzt greife ich an meinen Gürtel und nicke.
„Na, dann mal los!" Er dreht sich zu einem Stapel Papiere auf seinem Tisch. „Deine Mannschaft wartet schon. Ich habe dir Lukas und Nicole als zweiten Wagen eingeteilt. Bei dir fährt Aramis mit. Jasmin hilft mir bei der Suche nach Holger. Lars hat mich über die ‚Situation' informiert. Noch Fragen?"
Er drückt mir den Haftbefehl und ein paar leere Seiten Durchsuchungsprotokolle in die Hand und schon werde ich wieder aus der Tür geschoben. Heute habe ich wohl nicht so viel zu sagen.

*

Vor der Wache steht ein Streifenwagen mit laufendem Motor. „Ist der Herr jetzt auch endlich soweit", tönt es lachend aus der offenen Tür. „Deine Klamotten sind schon im Auto."
Ich lasse mich auf den Beifahrersitz fallen, auf dem, wie immer, meine Schutzweste liegt. Das ist zwar nicht ganz vorschriftsmäßig, aber selbst bei den Spezialeinheiten geübte Praxis. Wenig Einschränkungen während der Fahrt und doch immer griffbereit. Die Kollegen tolerieren meine Marotten.
„Wohin reiten wir, Aramis?"
Ich blicke ihn von der Seite an. Er nimmt mit seinen durchtrainierten 90 Kilogramm bei etwas über einem Meter achtzig die gesamte Fahrerseite für sich ein. Sein rechter Arm liegt lässig auf der Mittelarmstütze, während er zügig durch die frühen Morgenstunden fährt. Es ist nicht viel Verkehr, sodass wir auf Sonderzeichen wie Blaulicht oder Horn verzichten können. Ich blättere durch den Vorgang, der auf meiner Sei-

te des Armaturenbretts lag und von der ersten Linkskurve auf meinen Schoß befördert worden ist.
Aramis informiert mich: „Wir fahren nach Augustin in den Wohnpark. Der Junge heißt Marcel Neubert und ist wegen Drogenhandels verurteilt. Er hätte gestern in die JVA-Siegburg einfahren sollen – und nun rate mal …"
„Wir sollen ihm helfen, den rechten Weg zu finden?"
„Genau. Einsammeln, in der Wohnung ein wenig umsehen und im Knast abgeben." Er lenkt in die nächste Kurve.
„Ich lese in der Akte nichts von gewalttätig. Gibt es in dieser Richtung Erkenntnisse?" Beim Sprechen bilden sich kleine Atemwölkchen in der kühlen Luft, die durch die geöffnete Seitenscheibe ins Auto strömt.
„Nein, da ist nichts bekannt." Aramis bremst den Wagen ab.
„Wissen wir, um welche Wohnung es sich handelt?", frage ich nach und habe die dunklen langen Gänge in den Häusern vor Augen. Wir waren hier schon oft im Einsatz.
„Ja, es ist die dritte Wohnung rechts im Hochparterre, nach hinten raus", antwortet Aramis prompt.
Wir sind da und halten gleich neben dem zweiten Streifenwagen. Mein zweites Team ist bereits vor Ort, der Wagen offensichtlich leer. Wir nehmen die Handfunkgeräte aus der Fahrzeughalterung, ich stecke den Haftbefehl in die vordere Tasche meiner Schutzweste, die ich mittlerweile angelegt habe, und spreche Lukas und Nicole über Funk an: „Wo seid ihr? Wir nähern uns jetzt dem Eingang."
Die Antwort kommt leise und ist trotz Funkübertragung so gut intoniert, dass man meinen könnte, Lukas stände direkt neben mir: „Die Wohnung liegt im Hochparterre. Wir sind schon mal auf den Balkon geklettert. Hier ist alles ruhig und dunkel. Die Jalousien sind oben, sehen aber auch nicht so aus, als würde man sie jemals wieder herunterlassen können. Auf dem Balkon steht allerlei Plunder rum. Alles total versifft."
„Okay, dann klingeln wir vorne. Schau'n wir mal, ob unser ‚Saubermann' zuhause ist." Ich gehe neben Aramis zum Hauseingang des Hochhauses und blicke auf gefühlt hundert Klingelknöpfe.
„Prima, der Hauseingang ist offen. Das Glück ist mit den Gerechten!" Selbstzufrieden zieht Aramis die Tür ganz auf und lässt mir mit einer

gezierten Bewegung den Vortritt. „Alter vor Schönheit!"
Ich spare mir eine Erwiderung.
Schon nach wenigen Schritten erreichen wir die Wohnungstür. An ihr fallen der Spion und etwa ein Dutzend Hebelspuren auf. Relikte vergangener Öffnungsversuche. Rechts daneben hängt eine Klingel nur an ihrem Klingeldraht. Der Name darauf ist auch im Licht meiner Lampe nur schwer zu entziffern.
„Wir sind hier richtig!"
Mein Daumen drückt die Klingel, die aber unter dem Druck nachgibt. Erst mit beiden Händen gelingt es mir, ihr ein Klingeln zu entlocken. Aramis und ich öffnen beide zur gleichen Zeit unsere Pistolenholster. Die Pistolen lassen wir aber stecken und greifen zum Pfefferspray.
Hinter der Tür ist nichts zu hören. Wir stehen rechts und links der Türe in Deckung, während ich einen langen Hals mache und versuche, an der Tür zu lauschen.
„Riechst du das?", frage ich Aramis leise. Nun reckt auch er seinen Hals und rümpft angeekelt die Nase. Er nickt. Ich hebe das Funkgerät und frage leise: „Hat sich bei euch schon etwas bewegt?"
„Ich glaube schon", kommt es zurück, „bin mir aber nicht sicher. Ich meine, etwas gehört zu haben. Das Klingeln war auf jeden Fall laut genug." Das war jetzt Nicole am Funk. Ihre glockenhelle Stimme hallt durch den leeren Flur.
„Dann muss ich wohl ein bisschen eindringlicher klingeln." Ich lasse die Sprechtaste des Funkgerätes los und klingle in der Wohnung Sturm. Gleichzeitig hämmert Aramis an die Tür: „Hier ist die Polizei! Öffnen Sie SOFORT die Tür!"
Trotz gespanntem Horchen ist kein Laut zu vernehmen.
„Der ist zuhause!", meint Lukas. „Ich habe eben durch das Fenster einen Schatten sehen können. Es schleicht jemand durch die Wohnung. Wahrscheinlich sieht er jetzt gerade durch den Spion."
Ich hämmere erneut gegen die Tür und wiederhole: „Polizei! Öffnen Sie die Tür!" Allerdings füge ich hinzu: „Sonst werden wir die Türe aufbrechen!"
„Ihr könnt mich mal!" Eine gedämpfte Stimme dringt durch die Tür. „Macht doch, was ihr wollt!"

„Los jetzt. Machen Sie auf! Das bringt doch nichts. Die Warterei kostet uns Zeit und Sie eine neue Tür!"
„Mir doch scheißegal! Ihr blufft doch nur!"
Wieder lege ich mein Ohr an die Tür und glaube zu hören, wie er zurück ins Schafzimmer schlurft. Zorn macht sich in mir breit.
Über Funk gebe ich durch: „Lukas, der versucht, uns für dumm zu verkaufen. Wir werden jetzt die Tür aufbrechen. Macht euch fertig." Gleichzeitig gebe ich Aramis ein Zeichen, seinen Türöffner in der Schuhgröße 46 fertigzumachen.
„Wartet noch einen Moment. Ich glaube ..."
Über Funk ist ein heftiges Klirren zu hören.
„...Tatsächlich, hier ist offenbar eine Balkonscheibe kaputt. Ich muss mit meiner ‚Mag Light' *ganz aus Versehen* dagegen gestoßen sein. Oh, was für ein *Pech* aber auch! Wir gehen jetzt rein!"
Lukas ist uns zuvorgekommen. Aramis und ich grinsen uns an. Unser Lokomotivführer hat doch immer gute Ideen. Leider muss ich mir jetzt überlegen, wie ich dieses aktive Versehen in der Festnahmeanzeige formulieren soll. Am besten schreibt Lukas die selbst, überlege ich, als plötzlich überraschend die Wohnungstür aufgerissen wird.
Vor uns steht ein Mann, der laut Haftbefehl zweiundzwanzig Jahre alt sein soll. Tatsächlich sieht er aus wie Ende dreißig. Sein Gesicht ist kalkweiß, seine Augen wässrig. Er sieht abgemagert und verlebt aus, ohne Spannkraft. Seine Haare sind viel zu lang, ungepflegt und stehen wirr von seinem Kopf ab.
Aber das Makaberste ist das riesige braune Loch in seinem Gesicht, aus dem nun Töne sprudeln: „Habt ihr sie noch alle?! Ihr könnt doch nicht einfach meine Terrassentüre einwichsen! Ich dachte, ihr macht nur Spaß. Ihr tickt doch wohl nicht sauber! Verpisst euch – ich will schlafen!" Gleichzeitig will er mir die Tür vor der Nase zuwerfen.
Ich starre noch immer gebannt staunend auf das braune Loch in seinem Gesicht. *Was ist das?*, frage ich mich. *Ist das da in seinem Gesicht etwa Scheiße? Hat er sich mit einem Klostopfer kreisrund Scheiße ins Gesicht geschmiert?* Dem infernalischen Geruch nach zu urteilen, der aus der Wohnung strömt, ist das eine zumindest denkbare Möglichkeit.
Auch Aramis starrt in das Gesicht des Mannes, ist aber dennoch geistes-

gegenwärtig genug, einen Fuß in die Tür zu stellen. Er drückt sie mit seinem Gewicht weiter auf, ohne auf die leichtgewichtige Gegenwehr von innen zu achten.

Uns kommen ganze Schwärme von Fliegen entgegen. Es müssen Tausende sein. Kleine und so große, dass ich mir nicht sicher bin, ob es sich tatsächlich um Fliegen handelt. Sie fliegen gegen unsere Uniformen, gegen unsere Köpfe, in die Augen, versuchen, uns unter den Hemdkragen zu krabbeln. Die ganze Wohnung ist voll davon.

Mit Händen und Armen wedelnd treten wir in den Wohnungsflur. Es ist ekelhaft und der Gestank, der uns entgegenströmt, unbeschreiblich, aber ich habe noch immer nur Augen für das Gesicht mit dem braunen Kreis um Mund und Nase.

„Was um Himmels willen haben Sie da im Gesicht?" Ich kann mir die Frage nicht verkneifen.

Er wirkt verblüfft, unterbricht sein Gezeter und fasst sich an die Wange. „Wo?"

Seine rechte Hand wischt durch sein Gesicht und verschmiert den bisher konturierten Kreis in eine braune Masse, die sich jetzt über seine gesamte rechte Wange verteilt. Mir wird schlecht und ich muss würgen. Dazu der Gestank und die Fliegen, die versuchen, bei jedem Wort in seine und unsere Mundhöhlen zu dringen. Beinahe geben meine Beine nach. Der Mann geht auf Aramis zu und sieht diesen Hilfe suchend an.

„Ist es jetzt weg?"

Aramis weicht zwei Schritte zurück und zieht seine Einweghandschuhe aus der Jackentasche. „Bleib mir bloß vom Leib, sonst setzt es was!", schreit er ihn an.

Gut, dass er nicht mit einem Degen bewaffnet ist. Ich hätte sonst für nichts garantiert.

Ich habe in Anbetracht einer möglichen körperlichen Auseinandersetzung schon vorher meine Schnittschutzhandschuhe angezogen. Die sind abwaschbar. Dennoch verspüre ich keinen Drang, mit ihm in Kontakt zu geraten.

Ich schalte das Licht im Flur ein und tausche damit das Halbdunkel gegen schummerige Helligkeit. Mein Finger klebt am Schalter fest und ich wünsche mich in die Dunkelheit zurück.

„Hast du so etwas schon mal gesehen?“, presst Aramis aus zusammengekniffenen Lippen hervor. Er ist aschfahl und sieht sich ungläubig in der kleinen Wohnung um. Ich antworte ihm mit einem Kopfschütteln. Um den Mund erneut zu öffnen, reicht mein Mut nicht.
Vom Wohnraum aus kommen uns Lukas und Nicole entgegen. Beide halten sich den Kragen ihrer Jacken vor die Nase. Lukas wird zusätzlich wie immer von seiner Dienstmütze geschützt. „Wenn ich das geahnt hätte, wären wir wieder gefahren und hätten gesagt, dass er nicht da war. Was stinkt hier so erbärmlich?“ Er hilft Nicole, in dieser unfassbaren Anhäufung von Müll Trittmöglichkeiten für ihre Schritte zu finden.
Unwillig schalte ich auch im größten Zimmer der Wohnung das Licht ein. Die Wohnung besteht aus einem Flur, einem Wohn-Schlafraum mit Kochzeile und einem Badezimmer. Aber nirgends ist Platz, um seine Füße zu setzen. Überall häufen sich Müll, Essensreste, Möbelstücke, Kleidung, Leergut und Fäkalien. Kotreste neben der Couch, oder was immer das vorher für ein Möbelstück gewesen sein mag. Jetzt hängen nur noch Stoffreste über einem Holzkonstrukt. Flüssigkeitsflecken und Kotschmierereien an den Wänden, in den Ecken und auf einem Stuhl, an dem die Lehne fehlt. Mir wird von Sekunde zu Sekunde schlechter, während mir klar wird, was ich hier sehe und rieche. Aus den Augenwinkeln sehe ich, wie Nicole die Wohnung fluchtartig verlässt, um auf dem Balkon Luft zu schnappen. Ich kann es ihr nicht verübeln. Auch ich habe so etwas vorher noch nicht gesehen – oder gerochen.
Wir kämpfen alle gegen unsere Übelkeit, während wir uns umsehen. Niemand spricht, um sich nicht zu übergeben. Unser Drogen-Junkie steht neben mir und wischt sich noch immer in seinem Gesicht rum, hält es uns allen entgegen und fragt, ob er jetzt sauber sei, erntet aber ausschließlich Abscheu und Entsetzen. Eigentlich müssten wir ihn verhaften, ihm Handschellen anlegen, die Personalien kontrollieren, aber …
Nicole kommt wieder ins Zimmer, würgt erneut und verschwindet wieder auf dem Balkon.
Ich kämpfe mich gegen den Gestank ins Bad und es verschlägt mir endgültig den Atem. Das Klo steht offen und ist bis oben mit Kot, Urin und was weiß ich gefüllt. Wasser muss längere Zeit über seinen Rand auf die verschmierten Fliesen geflossen sein. Mit der Badewanne ist es ähnlich;

die rötlich braune Farbe lässt getrocknetes Blut vermuten. Mir ist unfassbar schlecht, und als ich die Ratte in der Zimmerecke sehe, juckt es mich am ganzen Körper.
„Los, Aramis, macht die Türen zu!", rufe ich ins Wohnzimmer.
„Hast du einen Knall? Es ist so schon kaum auszuhalten!", schallt es zurück.
„Hier sind Ratten. Es wäre gut, wenn die nicht durchs ganze Haus laufen würden." Ich trete beim Sprechen aus dem Bad und rutsche beinahe aus. Nirgendwo kann man sich festhalten.
Nicole huscht an mir vorbei, schließt die Wohnungstür und bleibt draußen. Ich lächele hinter geschlossenen Lippen. Gute Idee!
Der Typ drängt sich an mir vorbei ins Badezimmer und sieht in den Spiegel, während ich mich frage, ob er mich vielleicht berührt hat. Er starrt in den verschmierten Spiegel und wischt sich mit frischer Spucke die letzten Reste der braunen Masse aus dem Gesicht. Ich weiß kaum noch wohin mit meinem Ekel. Die anderen stehen im Wohnzimmer und rühren sich nicht.
„Ich verstehe gar nicht, was ihr habt. Das war doch nur Hasch! Ihr seid vielleicht zimperlich."
Er sieht mich vorwurfsvoll an.
„*Was* ist nur Hasch?", frage ich nach, ohne den Mund weiter als nötig zu öffnen.
„Na, der Rand von der Bong! Das Braune in meinem Gesicht. Du wolltest doch wissen, was das ist. Du hast mich ganz schön erschreckt!" Er kramt erleichtert in einer Ecke voller Müll und Essensresten, um mir eine riesige Bong entgegenzuhalten.
Ich kenne natürlich Bongs, die zum Rauchen von Marihuana dienen, aber eine so große habe ich noch nie gesehen. Insbesondere das Mundstück, das derart riesig ist, dass es den Mund und die Nase gleichzeitig umschließt. Anscheinend hatte sich der Rauch durch den häufigen oder langandauernden Gebrauch auf seiner Gesichtshaut abgesetzt und einen braunen Ring gezeichnet.
„Geiles Teil, oder?" Er sieht mich stolz an, dreht sich um und kramt danach weiter in seiner Müllhalde. Er zieht eine Handvoll Tütchen hervor, besieht sie sich und sucht dann weiter. Mir wird klar, dass er mir

jetzt gleich eine Bong anbieten wird, um dann mit uns gemütlich einen durchzuziehen.
„So, jetzt nehmen Sie mal die Finger aus dem Müll, kommen zu mir und legen Ihre Hände über Kreuz auf den Rücken." Der Gestank scheint mir bereits weniger auszumachen. Ich kann wieder langsam und flach atmen. Kaum tritt er wieder auf mich zu, dreht sich mein Magen erneut um. Seinen Oberkörper ziert eine ehemalige Schlafanzugjacke, an der die Ärmel abgerissen sind. Sie ist steif vor Dreck und vorne offen, sodass man alle Rippen unter der Haut erkennen kann. Er trägt eine Jogginghose, die so schlabberig ist, dass sie kaum auf den dürren Hüften hält. Auf der Hose zeichnen sich überall getrocknete Flecken ab. Die Füße sind nackt. Ich greife zu meinen Handschellen, überlege es mir anders und nehme ein paar Kabelbinder, um ihn zu fesseln. Ich glaube zwar nicht, dass er uns angreifen wird, aber ich möchte verhindern, dass er einen von uns auch nur berührt. Er lässt es sich widerspruchslos gefallen.
Lukas tastet sich mit seinen Schuhen durchs Wohnzimmer, schiebt hier etwas zur Seite, hebt dort etwas an, als ihm plötzlich eine Ratte am Hosenbein hochklettert. Er schreit auf und springt zur Seite. In der Wohnung ist jedoch nirgends Raum für einen ungezielten Sprung. Er rutscht auf einigen Konservendosen aus, deren Inhalt klebrig über den Boden läuft. Hätte Aramis ihn nicht gestützt, wäre er bestimmt inmitten dieser Ekelhölle verschwunden und nie wieder aufgetaucht.
„Schließt bitte die Terrassentür so gut wie möglich. Wir gehen! Das ist ein Job für den Kammerjäger und das Ordnungsamt. Sieht einer von euch einen größeren Haschvorrat oder eine Cannabisplantage?" Ich blicke mich fragend um. Beide schütteln übereinstimmend den Kopf.
„Wer hat die Kamera?"
Aramis hält sie hoch, ohne ein Wort zu sagen. „Dann mach bitte in allen Räumen Fotos, du weißt schon – Überblick und einige aussagekräftige Details."
Der Gestank hat auch sein Gutes. So kann er nicht murren, vergräbt seine Nase noch tiefer in seinem Jackenkragen und zieht vorsichtig los, meinen Auftrag auszuführen.
„Dann mal raus hier." Ich bücke mich und greife nach vier der kleinen Haschtütchen, die nicht ganz so dreckig wirken, und packe sie in einen

Asservatenbeutel mit geruchsdichtem Zippverschluss. Dann nehmen Lukas und ich den Festgenommenen in die Mitte und folgen ihm in einigem Abstand in den Wohnungsflur, durch den wir ihn mit kurzen Handlungsanweisungen leiten.

„Herr Neubert, besitzen Sie einen Ausweis?“ Auch wenn ich nicht möchte, ein paar Mal werde ich meinen Mund in dieser Wohnung noch öffnen müssen und auch das Atmen bleibt mir nicht erspart.

„Natürlich, meine Papiere sind alle hier in meiner Jacke. Was bitte halten Sie von mir?“ Offensichtlich kann er meine Zweifel nicht nachvollziehen und deutet mit dem Kopf auf ein Jackett, das an einem Nagel an der Flurwand aufgehängt ist. Es ist vielleicht etwas verschossen, aber zumindest wirkt es beinahe sauber. Lukas nimmt es vom Nagel und zieht eine Geldbörse mit dem Ausweis hervor.

„Wir haben den Richtigen“, kommentiert er „Und sieh mal hier!“ Er hält mir die Börse so entgegen, dass ich in das Scheinfach sehen kann. „Mehrere hundert Euro, vielleicht ein paar tausend.“

„Lasst die Finger von der Kohle! Dafür habe ich lange sparen müssen.“

Lukas und ich sehen uns fragend an, während ich antworte: „Machen Sie sich keine Sorgen, wir passen auf das Geld und Ihren Ausweis auf. Es geht nichts verloren. Und bevor ich es vergesse – Sie sind verhaftet, weil Sie gestern nicht zum Haftantritt bei der JVA-Siegburg erschienen sind. Hier ist der Haftbefehl.“

„Ich habe den Termin wohl verschlafen. Legen Sie den Wisch einfach irgendwo hin.“ Sein Atem ist noch intensiver als der Gestank im Flur. Ich weiß nicht, wo ich den Haftbefehl in diesem Dreck hinlegen soll, und so hefte ich seinen Durchschlag kurz entschlossen an den Nagel, an dem bis eben die Jacke hing.

„Kann ich das bitte mitnehmen?“ Er deutet auf sein Jackett.

„Na, ich trage es Ihnen bestimmt nicht“, sagt Lukas und drückt es Herrn Neubert in eine der gefesselten Hände. Wir gehen los, verschließen die Tür mit dem Schlüssel, der von innen gesteckt hat, und betreten den Hausflur. Hier kann man wieder atmen und die Fliegen haben sich etwas verteilt.

Auch Nicole sieht wieder etwas besser aus. Aramis hat sich im Wohnungsflur eilig an uns vorbeigedrängt und steht nun ebenfalls bei uns.

„Das war heute dein Benjaminbonus“, sage ich zu Nicole. „Du wirst später nicht einfach gehen können, wenn es eklig wird.“ Ich lächele sie freundlich an, um meinem Satz die Schärfe zu nehmen.
„Und wie transportieren wir ihn jetzt?“ Nicole scheint ihre kleine Schwäche wiedergutmachen zu wollen.
„Wir bestellen einen VW-Bus. Wir können dann langsam mit geöffneter Seitentür fahren. In der JVA können sie ihn dann abduschen.“ Mir kommen beim Sprechen Szenen aus *Rambo* in den Sinn, in dem der Held mit einem Feuerwehrschlauch abgespült wird.
„Das übernehmen wir!“ Nicole scheint sich meinen gar nicht so ernst gemeinten Hinweis tatsächlich zu Herzen genommen zu haben. Ich sehe Lukas an, der angewidert das Gesicht verzieht, und sage: „Danke, ich organisiere euch einen VW-Bus.“
Danach drücke ich ihm die restlichen Papiere aus meiner Schutzweste in die Hand. „Du machst das schon, Großer!“ Aufmunternd klopfe ich ihm auf die Schulter und drehe mich zu Aramis um. „Wir schreiben den Bericht zur Verhaftung und den Bericht ans Ordnungsamt. Lüftet den Bulli danach bitte ordentlich oder spritzt ihn zur Not mit Wasser aus. Bis nachher.“
Aramis und ich setzen uns in unseren Wagen und sind beide froh, nicht länger bleiben zu müssen. Durch die geschlossene Scheibe kann ich noch sehen, wie Lukas uns etwas hinterherruft und zum Scherz mit der Faust in der Luft droht.

*

Auf der Wache gehen wir beide unabgesprochen an allen Büros vorbei zur Dusche und waschen uns den Gestank von der Haut und aus der Nase. Unsere Uniformen verschwinden in großen blauen Müllsäcken, die wir verknoten. Zuhause werden sie direkt in die Waschmaschine kommen. Wenn sie nicht sauber werden, werden wir sie in der Kleiderkammer ersetzen lassen müssen. Unsere Schuhe und meine Handschuhe reinigen wir im Innenhof der Wache mit dem Schlauch.
Während wir noch dabei sind, die Sachen abzuspritzen, kommt Elke, die Sekretärin des Chefs, zu uns auf den Hof. Sie ist eine hübsche, brü-

nette Mittvierzigerin mit auffälliger Oberweite, die sie mit einer engen Bluse und tiefem Ausschnitt in Szene setzt. Sie ist freundlich und allseits beliebt, weshalb man ihr auch gerne einige ihrer kleinen sympathischen Unzulänglichkeiten verzeiht. Neulich erst sollte sie mit der alten elektrischen Schreibmaschine Aufkleber beschriften und geriet schier außer sich, weil die Maschine defekt sei. Nachdem ein freundlicher Helfer die Maschine über den An-/Ausschalter mit Strom versorgt hatte, konnte es auch schon losgehen.

„Frank, wenn du fertig bist, sollst du zum Chef hochkommen!“ Sie lächelt uns zu. „Kann ich euch helfen?“

„Nein, nein, musst du nicht. Das ist echt eklig, das machen wir selbst. Aber danke. Richte dem Chef aus, dass ich gleich oben bin.“ Dabei rümpfe ich meine Nase in Richtung Schuhe.

„Ist gut“, erwidert sie, lächelt uns aufmunternd zu und macht sich wieder auf den Weg zum Hintereingang.

„Guten Morgen, Frank.“ Der Chef unterbricht das Zwirbeln seines Bartes, um mir die Hand zu reichen.

„Tach, Chef, du wolltest mich sprechen?“ Fragend blicke ich ihn an.

„Im Grunde nichts Wichtiges. Ich wollte dir mitteilen, dass das Blutprobenergebnis von eurem Rechtsanwalt heute gekommen ist.“

„Und?“

„4,63 Promille Blutalkoholkonzentration. Sie haben sogar einmal nachgetestet, weil das Ergebnis so hoch war.“ Beim Sprechen fährt der Chef mit dem Finger über das Ergebnis auf dem Untersuchungsbogen, als ob er es sonst nicht glauben könnte.

„Alle Achtung!“, erwidere ich. „Jeder andere wäre damit sicher tot! Aber das Unglaubliche für mich daran ist, dass man sich mit ihm fast ganz normal unterhalten konnte. So was habe ich noch nie erlebt. Das Wort ‚Dienstaufsichtsbeschwerde‘ hat er zig Mal fehlerfrei in den Mund genommen. Das hättest du erleben sollen!“

Ich unterbreche mich, um nach kurzer Überlegung fortzufahren: „Ich würde gerne einen Bericht an die Rechtsanwaltskammer in Köln verfassen. Ich habe seinen Kammerausweis gesehen – er ist dort Mitglied.“

Der Chef zieht eine Augenbraue hoch: „So ein Bericht ist unüblich.“

„Richtig“, stimme ich ihm zu, „aber wenn einer, der Fachanwalt für ‚Verkehrsstrafsachen‘ ist, sich einen solchen Aussetzer leistet, kann man das doch nicht einfach ignorieren.“
Er nickt. „Meinen Segen hast du. Ich lasse das aber über die Führungsstelle auf dem Dienstweg laufen. Falls einer der Oberhäuptlinge etwas daran auszusetzen hat, kann er sich mit dir in Verbindung setzen.“
„Gut!“ Zufrieden ziehe ich mir einen Stuhl ran. „Hast du noch ein paar Minuten Zeit?“
„Was gibt es?“ Er zwirbelt wieder seinen Bart.
„Wir sollten heute Morgen einen Haftbefehl vollstrecken …“
Ich setze mich bequem hin und erzähle ihm unseren Vormittag im Detail. Als ich geendet habe, verzieht er angewidert das Gesicht. „Gut, dass ich von der Straße runter bin.
Apropos runter. Die Taucher haben im Rhein noch einen Arm und den Kopf unserer unbekannten Leiche gefunden. Beides wiederum in den gleichen blauen Müllsäcken verpackt wie das Bein. Ich denke, dass die Identifizierung nicht mehr lange auf sich warten lassen wird, zumal sich auf allen bisherigen Körperteilen Tätowierungen finden, die Rückschlüsse auf eine Zugehörigkeit zum Rockermilieu nahelegen. Mittlerweile geht man auch verschiedenen Vermisstenanzeigen nach. Eine davon ist aus unserem Bereich.“
„Dann wollen wir hoffen, dass wir das Körperpuzzle bald komplett haben. Halt mich auf dem Laufenden. Ich muss jetzt wieder los, meinen Schreibkram erledigen und sehen, was es sonst noch zu tun gibt.“ Ich stehe auf und schiebe den Stuhl zurück. „Wir sehen uns morgen zur Frühbesprechung nach meinem Nachtdienst.“
„Bis morgen.“
Ich winke Elke im Vorbeigehen zu, vertiefe mich kurz in ihren Ausschnitt und gehe wieder die Treppe runter auf die Wache.
In unserem Dienstgebäude sind mehrere Dienststellen untergebracht. Im Erdgeschoss liegt die Wache mit den Gewahrsamszellen, in der ersten Etage residieren unser Chef und das örtliche Kriminalkommissariat. In der dritten Etage liegen einige Büros und ein großer Besprechungsraum, der als Befehlsstelle für Sondereinsätze oder Kommissionen genutzt werden kann.

Im Wachraum setze ich mich neben Kai vor den Einsatzmonitor. Lukas und Nicole sind von der JVA aus wieder auf dem Weg zum nächsten Einsatz.
Mein Name wird durch den Flur gerufen.
„Ich bin hier vorne im Wachraum!“, rufe ich zurück. „Was gibt es?“
Aramis steckt seine Nase zur Tür rein. „Ich habe eben mit dem Ordnungsamt telefoniert und denen den Bericht per Mail geschickt.“ Er drückt mir einen kleinen Stapel Papiere in die Hand. „Die wollen sich direkt darum kümmern. Ist der Wohnungsschlüssel hier auf der Wache?“
Kai nickt. „Ja, der ist hier bei mir.“
„Der wird gleich vom O-Amt abgeholt.“
„Alles klar“, antwortet Kai, greift hinter sich in seinen Formularschrank und zieht aus einem der Fächer ein Übergabeprotokoll, auf dem er den Schlüssel bereitlegt.
„Kai, was gibt es Neues von Holger?“
„Dein Hinweis mit den Eltern hat mich auf eine Idee gebracht“, antwortet er. „Ich weiß, dass Holger immer sehr an seiner Mutter gehangen hat, insbesondere als sie vor einigen Jahren schwer krank geworden ist. Wir haben die Kollegen in Rheinland-Pfalz informiert und lassen von ihnen herausfinden, wo die Mutter begraben liegt. Das ist zwar nur eine Idee, aber die beste, die wir derzeit haben. Hans telefoniert alle uns bekannten Kontaktadressen noch einmal ab. Mehr fällt uns im Moment nicht ein. Eine Handyortung können wir erst machen lassen, wenn wir die Anzeige aufnehmen und einen Richter ins Boot holen. Meinst du nicht, wir sollten Hans stoppen und die Angelegenheit selbst und vor allem offiziell in die Hand nehmen? Immerhin hängen wir jetzt mit am Fliegenfänger.“ Seine Worte an mich sind eindringlich.
„Du hast sicher Recht, aber wir warten bis heute Abend, 22 Uhr. Das habe ich ihm versprochen.“
„Wie du meinst, aber ich halte das für einen Fehler!“ Er dreht sich wieder zu seinen Einsatzmonitoren.
„Ich auch!“ Ich lege kurz beide Hände ermutigend auf seine Schultern. „Lass uns abwarten.“

Den Rest der Schicht bin ich mit Schreibarbeiten beschäftigt, während die beiden Einsatzwagen die letzten anstehenden Einsätze abarbeiten. Jasmin hat wieder zu Aramis aufs Auto gewechselt, sodass jetzt alles wieder seinen normalen Gang nimmt.

Zur Ablösung frage ich Hans nach einem Ergebnis der Suche, ernte jedoch nur ein müdes Kopfschütteln.

„Du musst schlafen, du siehst zum Fürchten aus“, dränge ich ihn.

„Ich habe eben ein paar Minuten auf der Blutliege geschlafen. Es wird gehen!“

Damit muss ich mich wohl zufriedengeben.

Die Blutliege steht in einem unserer Schreibräume. Sie dient normalerweise unserer Kundschaft, um sich hinzulegen, wenn ihnen der Arzt eine Blutprobe entnehmen will und ihr Kreislauf schlappmacht. Kreislaufzusammenbrüche kommen durchaus vor, nicht nur, wenn man vorher Alkohol oder Drogen konsumiert hat.

„Dann sehen wir uns gleich zum Nachtdienst!“ Ich hebe grüßend die Hand und verschwinde in Richtung Umkleide.

*

Zuhause wartet als erstes Essen des fortgeschrittenen Tages ein leichtes Mittagessen auf mich. Nach einem Frühdienst kann ich nicht so viel essen, weil ich vor dem folgenden Nachtdienst noch schlafen muss. Ich erzähle Anja von dem Tag und auch von Holger, den sie selbst von mehreren Feiern persönlich kennt. Sie macht mir keine Vorwürfe, aber ich kann deutlich spüren, dass auch sie mit Hans und meiner Entscheidung, weiter zu warten, nicht einverstanden ist.

„Bis gleich. Ich lege mich jetzt hin und versuche zu schlafen.“ Ich strecke mich gähnend und bin schon auf der Treppe.

„Schlaf gut! Ich habe etwas Leckeres für heute Abend vorbereitet. Du kannst dich schon mal freuen.“ Anjas Worte begleiten meinen Weg ins Schlafzimmer, wo ich die Jalousien herunterlasse, um die Mittagssonne auszusperren.

Als sie mich gegen 18 Uhr weckt und sich zu mir legt, habe ich kaum geschlafen. Meine Gedanken sind gewandert: von Holger zu der Festnahme auf der Autobahn, dem betrunkenen Rechtsanwalt und weiter zu einer Bong, aus der dicker brauner Rauch aufsteigt, der sich in meiner Nase festsetzt.

Kapitel 04
„Alles, was geht“ (Nachtdienst)

Zum Schichtwechsel zwischen Spät- und Nachtdienst ist der Parkplatz vor der Wache normalerweise eher spärlich besetzt. Die Dienststellen mit Tagesdienst sind schon lange zuhause. Bürger, die um diese Zeit noch Anzeige erstatten wollen, sind eher selten und so stehen nur noch die paar Fahrzeuge der Wachmannschaft vor der Tür.
Heute muss ich allerdings auf die zweite Parkplatzhälfte ausweichen, um meinen Kombi abstellen zu können.
„Einen fröhlichen guten Abend wünsche ich. Was ist denn hier los?“, frage ich in die Runde, als ich die Wache betrete. Offensichtlich haben sich alle im Wachraum versammelt und tauschen die neuesten Infos aus. „Wo kommen da draußen die vielen Dienstwagen her?“
„Neuigkeiten von der Wasserleichenfront“, antwortet mir Kai, ohne auf meine Fragen einzugehen. Er ist natürlich schon auf dem neuesten Stand. „Das Opfer, Peter Schuster, ist aus unserem Zuständigkeitsbereich. Seine Frau hat ihn vor ein paar Tagen als vermisst gemeldet.“
Hans fügt hinzu: „Deswegen hat man die Mordkommission in Bonn um zwei Beamte aus dem Rhein-Sieg-Kreis erweitert. Verantwortlich bleibt aber die Kriminalhauptstelle Bonn.“
„Welche Kollegen?“, frage ich neugierig.
„Rüdiger und Manfred“, bekomme ich zur Antwort.
„Manfred? Warum ausgerechnet der?“, stöhne ich. Ich mag Manfred nicht. Ich halte ihn für einen arroganten Fachidioten, der sich gerne mit den Lorbeeren anderer schmückt. Von normaler Polizeiarbeit hat er keine Ahnung. Rüdiger dagegen ist ganz nach meinem Geschmack. Handfest und immer gut drauf. Wir haben zusammen studiert. Nach dem Studium hat er nicht wie ich eine Führungsfunktion angestrebt, sondern sein Glück bei der Kripo gesucht, zuerst in einem örtlichen Kriminalkommissariat. Mit der Zeit ist man auf ihn aufmerksam geworden. Er hat den Ruf, akribisch zu ermitteln und ganz hervorragende Vernehmungen durchzuführen, sich quasi durch seine Fälle durchzubeißen. Beide arbeiten inzwischen für das Kriminalkommissariat 1. Während

große Polizeibehörden wie Köln ganze Kriminalgruppen mit mehreren untergliederten Kommissariaten haben, bearbeitet bei uns das KK1 zentral alle Todesermittlungen, Sexualdelikte, Brandstiftungen, Freiheitsdelikte, Umweltdelikte, Vermisstensachen und häusliche Gewalt.
„Du weißt doch, dass Manfred von oben protegiert wird. Keine Ahnung, wer da an den Strippen gezogen hat“, kommt es aus dem Hintergrund, „und die Mordkommission Bonn hat bei uns in der zweiten Etage eine größere Nebenstelle eingerichtet, um die Ermittlungen in unserem Zuständigkeitsbereich zu vereinfachen. Die sitzen alle noch oben im großen Besprechungsraum. Da geht jetzt richtig die Post ab.“
„Kennt man die genauen Personalien des Opfers? Ist die Person polizeilich bekannt?“
„Nein, ich denke nicht, dass wir ihn kennen. Ich zumindest habe den Namen noch nie gehört und seine Kriminalakte gibt auch nicht viel her. Er hatte wohl vor einigen Jahren gute Kontakte zur Rotlichtszene in Köln, aber seit seiner Hochzeit ist das, zumindest was uns hier betrifft, vorbei.“ Kai schiebt mir den Auszug aus der Kriminalakte und die Personenauskunft des Einwohnermeldeamtes über das Wachpult. Dort stehen unter anderem Namen, persönliche Daten wie Geburtstag, Geburtsnamen, Familienstand und natürlich die Anschrift verzeichnet.
Ich habe den Namen noch nie gelesen und auch die Anschrift in Troisdorf-Oberlar sagt mir nichts. „Er hat zwei minderjährige Kinder“, stelle ich fest. „Ein Mädchen, lass mich rechnen, von zehn Jahren und einen Jungen, der müsste jetzt zwölf geworden sein.“ Ich schiebe den Zettel zu Kai zurück und drehe mich zu Hans, der plötzlich neben mir steht.
„Wir zwei? Reden?“, fragt er. Er wirkt auf mich viel vitaler als noch am Mittag.
Ich deute zustimmend auf unser Büro. Er nickt und geht vor.
„Ich wollte dich nicht zuhause anrufen“, beginnt er, sobald sich die Tür hinter uns geschlossen hat, und strahlt plötzlich über jede Falte seines Gesichts. „Wir haben ihn gefunden. Und seine Frau mit der gemeinsamen Tochter auch!“
„Na, das ist doch super!“ Ich freue mich aufrichtig, besonders, wo ich doch so ein schlechtes Gefühl bei der Sache hatte. „Du hättest mich

ruhig anrufen können. Ich konnte sowieso kaum schlafen. Wie und wo habt ihr ihn gefunden?"
Wir nehmen unsere Plätze wie beim letzten Gespräch ein, nur dass Hans sich dieses Mal nicht in seinem Stuhl zurücklehnt und mir dessen Knacken und Knarzen erspart.
„Dein Tipp mit den Eltern, aber vor allem die Idee von Kai, er könnte sich am Grab seiner Mutter aufhalten, waren die Lösung. Die Kollegen aus Daun sind im Laufe des Tages immer wieder an dem Friedhof und verschiedenen anderen Anlaufadressen vorbeigefahren und tatsächlich, gegen 17 Uhr stand sein Wagen auf dem Friedhofsparkplatz. Holger stand am Grab seiner Mutter. Er hielt offensichtlich Zwiesprache mit ihr." Er zögert, dann setzt er hinzu: „Er hatte die Dienstwaffe dabei."
„Verdammt! Habt ihr das vorher nicht überprüft?", entfährt es mir, aber Hans wiegelt ab: „Es ist alles gut gegangen. Die Kollegen haben mit ihm gesprochen, ihm die Waffe ohne Probleme abgenommen und ihn zu uns auf die Wache gebracht. Sein Wagen steht allerdings noch am Friedhof. Könntet ihr den heute Nacht holen?"
„Wenn wir Zeit haben – sicher. Und dann? Wo ist er jetzt?", setze ich nach.
„Als ich vorhin mit ihm gesprochen habe, konnte ich suizidale Absichten nicht gänzlich ausschließen. Deshalb habe ich ihn überredet, sich freiwillig zur Behandlung ins Landeskrankenhaus nach Bonn zu begeben. Die fehlenden Schichten habe ich ihm von seinem Überstundenkonto abgezogen und ab heute wird er als krank geführt. Ich hab ihm zwar den Kopf waschen wollen, aber du hättest ihn sehen sollen, er ist völlig fertig. Ich denke, so ist es jetzt erstmal am besten für alle."
„Und er hat einfach so eingewilligt?" Ich schüttele bei dem Gedanken den Kopf. *Ich weiß nicht, ob ich mich einfach so einweisen lassen würde. Er muss wirklich verzweifelt sein!*
Eine andere Frage brennt mir unter den Nägeln: „Was ist mit seiner Frau und der Tochter?"
„Die sind bei einer Freundin in Hamburg. Holger hatte die letzten Tage immer wieder telefonischen Kontakt mit ihnen. Ich habe vorhin auch mit ihr telefoniert: Sie gibt zwar der Beziehung keine Chance mehr, will aber in nächster Zeit zurückkommen und sich mit Holger auseinander-

setzen, wenn er wieder auf dem Damm ist. Da können die vom LKH in Bonn sicher vermittelnd behilflich sein."
„Glaubst du ihr?", will ich wissen.
„Das ist nicht wichtig!", antwortet mir Hans. „Holger glaubt ihr, das muss mir reichen!"
Da ist er wieder, mein Hans. Er hat die Dinge wieder im Griff. Gut, dass Holger ihn auf seiner Seite hat.
„Wo ist die Dienstwaffe und was schreibst du zu der Angelegenheit?"
Mehr brauche ich nicht mehr zu wissen. Hans braucht keine Hilfe mehr.
„Seine Pistole ist in meinem Waffenfach und ich weiß noch nicht, ob und was ich schreibe. Das hängt von den Entwicklungen ab. Aber unter der Hand können wir es jetzt nicht mehr regeln, dafür sitzen bereits zu viele mit im Boot." Er stößt sich mit beiden Händen von der Tischkante ab.
Ich nicke, stehe ebenfalls auf und öffne wieder die Tür zum Wachraum. Im Vorbeigehen angele ich mir meinen Windbreaker vom Haken des Kleiderständers, den ich dort eben wiederentdeckt habe.
Der Spätdienst ist bereits auf dem Weg nach Hause oder auf einen alkoholfreien Schlummertrunk zur Nachbesprechung im Aufenthaltsraum, und so tummelt sich nur noch meine Schicht im Wachraum. Erneut sind die Wasserleiche und die Ermittlungen dazu Thema. Wilde Spekulationen wetteifern miteinander, bevor der erste Einsatz des Abends die Runde sprengt: Lukas und Nicole übernehmen den „Hilferuf hinter verschlossener Tür": Ein alleinstehender Herr klopft von innen gegen seine Wohnungstür und ruft um Hilfe. Ein Nachbar hat uns alarmiert. Kai informiert zeitgleich die Feuerwehr, die das notwendige Werkzeug hat, um die Tür zu öffnen und die erforderliche Hilfe zu leisten.
Jasmin und Aramis verschwinden wieder einmal sehr einträchtig zum Fertigen ihrer übrig gebliebenen Vorgänge des Vormittags in die Schreibräume.
Kai und ich gehen die Planung für die nächste Woche durch. Ab dann sind wir auch wieder beinahe komplett. Susanne und Pit sind dann aus dem Urlaub zurück. Es wird wieder dienstfrei möglich sein, woran in den letzten beiden Schichtfolgen aufgrund der dünnen Personaldecke nicht zu denken war.

„Ich bin weg", schallt es aus dem Flur, als Hans die Wache verlässt und zu seinem Wagen geht.
„Schlaf gut!", rufen wir ihm nach.

*

„Hier ist die Polizei. Wie kann ich Ihnen helfen?", meldet sich Kai am Telefon. Er hat seine Haare wie immer zu einem Pferdeschwanz gebunden und trägt zu seiner Uniformhose Turnschuhe und einen Pullover.
„Ich kann Sie ganz schlecht verstehen. Sprechen Sie bitte lauter und vor allem langsamer." Einen Moment lang hört er konzentriert zu. „Verstehe ich Sie richtig, dass bei Ihnen im Moment eingebrochen wird?" Er wedelt, um Aufmerksamkeit heischend, mit der Hand in meine Richtung und stellt das Telefon auf Lautsprecher.
„Bitte schnell, so kommen Sie doch! Ich kann ihn schon an der Eingangstür hören!" Die weibliche Stimme klingt verzweifelt und verschwimmt immer wieder zu einem Flüstern. „Mein Name ist Gerling. Kommen Sie schnell nach Heckhaus. Oh Gott, jetzt rappelt er schon wieder an der Klinke!"
Hinter vorgehaltener Hand fragt mich Kai: „Wo um Himmels willen liegt Heckhaus?"
Ich zucke die Achseln: „Den Namen habe ich noch nie gehört. Ist das überhaupt bei uns im Kreisgebiet?"
„Welche Straße in Heckhaus? Wo genau wohnen Sie?" Kai tippt den Ortsnamen in seinen Einsatzrechner, der uns den Ort auf der Karte anzeigt; er liegt im Kreisgebiet.
„Straßennamen? Hier in Heckhaus gibt es nur Heckhaus, keinen Straßennamen. Kommen Sie doch schnell! Er wird uns umbringen!"
„Wer ist er und wer ist uns?", fragt Kai nach.
„Mein Ex, was denken Sie denn? Mein Sohn ist bei mir. Was soll ich Ihnen noch erzählen, bevor Sie endlich kommen?!"
Ich orientiere mich auf dem im Monitor dargestellten Kartenausschnitt. Heckhaus liegt direkt an der Kreisgrenze in der Nähe von Much. Kai hat den Hörer wieder auf stumm geschaltet, er weiß, dass ich für die Fahrt

erst einmal genug Informationen habe. Den Rest werden wir gleich über Funk regeln.
„Aramis, Jasmin!“, schreie ich durch den Flur, „Einsatz! Wir müssen los. Eine Frau und ihr Sohn werden von ihrem Ex bedroht! Los, los!“
Jasmin stürzt aus einem der Schreibräume. „Michael hat Magenprobleme. Der sitzt auf dem Klo.“
„Verdammt! Okay, dann fährst du bei mir mit! Schmeiß deinen Kram zu mir ins Auto. Kai, ich fahre mit Jasmin. Mach einen Einsatz auf, informiere die Leitstelle und schick mir Unterstützung! Woher ist mir egal! Ich gehe von häuslicher Gewalt aus! Nimm bitte gegenüber der Leitstelle auf keinen Fall das Wort ‚Bedrohungslage‘ in den Mund.“ Denn das hätte uns jetzt noch gefehlt. Heerscharen von Polizisten würden in Begleitung der Spezialeinsatzkommandos in dem beschaulichen Örtchen Heckhaus einfallen. „Aramis soll nachkommen, sobald er kann!“
Noch in der Türe rufe ich: „Das Kaff liegt ganz in der Nähe der Bereichsgrenze zum Oberbergischen. Die sollen aus Gummersbach auch Wagen starten lassen! Vielleicht können die schneller da sein als wir.“
Jasmin wirft eben ihre Einsatztasche auf den Rücksitz meines Streifenwagens, als ich mir die Schutzweste überziehe. Sie wirft sich auf den Beifahrersitz, startet das Blaulicht, schnappt sich das Bedienteil des Funkgerätes und stellt es auf höchste Lautstärke.
Behindert durch die Schutzweste setze ich mich hinter das Steuer und starte den Motor. Holprig dieselnd kommt Leben in den Passat.
„Tipp bitte den Ort ins Navi ein! Ich fahre schon mal grob in Richtung Much!“
Der kalte Motor jault auf und übertönt meine Stimme problemlos. Quietschend macht der Passat einen Satz nach vorne und wird von mir direkt in die erste Kurve gepresst. Jasmin versucht im Navi Heckhaus einzugeben, ihr Finger verrutscht in den hart gefahrenen Kurven jedoch immer wieder auf dem Display. „Fertig, aber es ist keine Hausnummer verzeichnet.“
„Egal“, erwidere ich, „dann muss uns die Leitstelle über Funk lotsen.“
Das Display des Navis zeigt mir die Wegstrecke als rote Markierung und die voraussichtliche Fahrtdauer.
„Fünfunddreißig Minuten!“, rufe ich bitter. „Da brauchen wir gar nicht

erst loszufahren." Ich schlage unwirsch auf das Lenkrad. „Lass uns umdrehen und einen Kaffee trinken. In der Zeit hat der doch schon alle zwei Mal um die Ecke gebracht und zwischendurch noch die Anruferin vergewaltigt!"
Jasmin schaut erstaunt über meinen Wutausbruch zu mir rüber. Sie achtet kurz nicht auf den Streckenverlauf und schlägt im nächsten Kreisverkehr, in dem ich einfach gegen seine Richtung links abbiege, mit dem Kopf gegen die B-Säule.
„Aua, verdammt!" Es ist kein Vorwurf herauszuhören. Sie weiß, dass wir schnell sein müssen, sehr schnell. 35 Minuten Fahrzeit sind nicht akzeptabel.
Angespannt beschleunige ich aus der nächsten Kurve heraus, bremse vor dem nächsten Kreisel scharf an und fahre quasi gerade darüber hinweg. Versuche, jede Kurve in eine Gerade zu verwandeln, hat unser Fahrtrainer immer gesagt – und daran halte ich mich jetzt. Gas geben, bremsen, einlenken – wieder Gas geben … Vollgas – Bremse, bis der Notbremsassistent einsetzt.
Der schwere Kombi mit dem überladenen Gepäckabteil ist eine Heckschleuder und neigt antriebsbedingt im gleichen Moment zum Untersteuern.
„Seit wann nennst du Aramis eigentlich bei seinem Vornamen?"
Jasmin ist überrascht von meiner Frage. „Seit … ach, ich weiß auch nicht. Michael passt einfach besser zu ihm."
„Findest du?" Was soll's? Ich muss mich jetzt konzentrieren.
Auffahrt auf die B56 mit weit über hundert Sachen. Mein Heck will an mir vorbeiziehen, gegenlenken, an den Pendelschlag denken – Vollgas. Ich beschleunige, was der Motor hergibt. Ohne die vielen kleinen Helferlein, die versteckt arbeitenden Fahrassistenten, mit denen das Fahrzeug vollgestopft ist, wäre die Kiste sonst nicht in dieser Weise fahrbar. Das Auto ist ein schneller Reisewagen, aber nicht für diese Art von Einsatz gebaut.
Mein Fuß tritt das Gaspedal durch, während wir an der Ausfahrt der Kraftfahrstraße vorbeihuschen. Bei knapp über 200 km/h geht ihm bergauf die Puste aus. Jetzt verengt sich die Straße auf nur noch einen Fahrstreifen und es beginnt der anspruchsvolle Teil der Strecke.

Weiter voll auf dem Gas, hören wir den Funk mit. Kai überträgt alle relevanten Teile des Telefongespräches live.
„Können Sie das Haus nach hinten verlassen?", fragt er.
„Nein, hinten ist keine Tür, nur vorne." Neben ihr ist ein Weinen zu hören.
„Dann gehen Sie mit Ihrem Sohn und dem Telefon ins Bad und verschließen Sie die Tür! Das Telefon ist doch bestimmt mobil." Kai spricht ruhig und eindringlich.
Sie flüstert ihre Antwort ins Telefon: „Ja, ist es. So, wir sind jetzt im Bad. Was soll ich machen?"
„Lassen Sie alle Lichter aus und verhalten Sie sich still. Haben Sie ein großes Handtuch oder einen Bademantel im Bad?" Seine Fragen und Anweisungen kommen präzise.
„Ja, aber warum ...?"
Er unterbricht sie sofort wieder: „Dann bedecken Sie sich so damit, dass Sie noch sehen können, aber darunter sprechen. So verhindern wir, dass er Sie durch den Hall in Ihrem Bad frühzeitig hören kann, während wir weiter telefonieren. Meinen Sie, dass er vielleicht weiß, wo Sie sind?"
„Hier im Haus nicht, aber er weiß, dass wir da sind. Mein Wagen steht vor der Tür." Sie hat den Überblick, trotz ihrer Panik, noch nicht verloren. „Er macht an der Haustür einen derartigen Lärm, dass ... Mein Gott, ich glaube, jetzt schlägt er mit einem Werkzeug auf die Tür ein!"
Das Wummern auf Holz ist durch das Telefon und über Funk bis zu uns deutlich zu hören. „Frank, fahr schneller!", treibt Jasmin mich weiter an. Das Live-Telefonat nimmt uns beide mit, jagt uns Angst ein, Angst um die Frau und ihren Sohn.
„Mehr geht nicht!", stoße ich zwischen zusammengebissenen Zähnen hervor, als wir mit 200 Sachen über die Kuppe bei Franzhäuschen fliegen. Voll anbremsen, um nicht aus der Kurve zu fliegen, Vollgas links an der Verkehrsinsel vorbei. Den Bogen rechts herum hätte ich nie geschafft. Die Blitzkiste macht ein hübsches Foto von uns, als ich aus dem Augenwinkel einen Wagen seitlich am Stoppschild stehen sehe. Nur einen Wimpernschlag lang Schreck, dann muss ich mich wieder auf die Straße vor mir konzentrieren. Vollgas, zuckendes Blaulicht. Vor den

Kurven anbremsen. Die Reifen quietschen an der nächsten Insel vorbei. Der rechte Hinterreifen schlägt leicht an, der Wagen versetzt. Gegenlenken. Im Spiegel sehe ich eine Radkappe wegfliegen.
„Frau Gerling, was hören Sie jetzt?“, höre ich Kai fragen.
„Nichts! Im Moment höre ich nichts.“ Man kann ihren Atem hören.
„Frau Gerling, wissen Sie, ob Ihr Ex eine Waffe hat?“
„Natürlich. Er ist Jäger! Er hat Gewehre und Pistolen! Jetzt … oh Gott, ich glaube, er hat eine Axt oder einen Hammer aus unserem Schuppen geholt. Das Hämmern wird immer lauter!“ Holz splittert. Das Kind bei ihr weint noch immer, auch das ist deutlich zu hören, während ihre Stimme sich in Panik überschlägt.
„Verfluchte Scheiße!“, entfährt es mir. „Das schaffen wir nie rechtzeitig! Frag Kai, ob wir immer noch die Einzigen sind oder ob doch jemand vor uns da sein kann“, schreie ich Jasmin über den Funk hinweg an, viel lauter, als es notwendig wäre. Schreie, damit mich mein Frust nicht lähmt, schreie unsere Hilflosigkeit heraus, meinen Ärger über die Sparpolitik, in deren Folge immer mehr dezentrale Wachen schließen und solche Kamikazefahrten erst notwendig machen, bei denen wer weiß was passieren kann.
Jasmin schreit zurück: „Wir sind derzeit die Einzigen, die einigermaßen nahe dran sind. Also gib Gas! Wir müssen rechtzeitig dort sein!“ Ich sehe kurz zu ihr rüber. Sie lächelt unter ihrem schweißnassen Pony verkniffen zurück und drängt: „Los, los!“
Meine Finger packen das Lenkrad noch fester, als wir Pohlhausen und Krahwinkel hinter uns lassen, nicht ohne eine weitere Radkappe an einem Bordstein eingebüßt zu haben.
Die Bremsen beginnen, ihren Grip zu verlieren. Mein Verstand sagt mir, dass ich früher bremsen müsste, aber mein Gefühl zwingt mich, länger am Gas zu bleiben. Eine Verkehrsinsel nach der anderen fliegt an uns vorbei, eine zu schnell durchfahrene Kurve nach der anderen lässt den Schweiß in Bächen unter meiner Schutzweste fließen.
Die Weste behindert mich beim Fahren. Schnelle Lenkmanöver werden durch die schusshemmenden Kevlar-Einlagen erschwert. Immer wieder schlägt mein Bizeps vorn an der Weste an und ich muss am Lenkrad nachgreifen. Vielleicht verliere ich so wertvolle Sekunden. Im Sitzen

wird die Weste nach oben gedrückt und reibt am Hals und unter dem Kinn. Ich fühle mich wie eine Schildkröte, die oben aus ihrem Panzer herausschaut. Weiter!

Vollgas – Bremse – einlenken.

In Niederbruchhausen stehe ich kurz quer, kann den Wagen aber wieder einfangen. Den Pendelschlag bekomme ich aber nicht mehr richtig in den Griff und nehme am Fahrbahnrand zwei Leitpfosten mit. Dreck, Wiese und Steine schlagen gegen die Fahrzeugseite. Die Profile der rechten Reifen sind vom Matsch verstopft und zerren bei dem Tempo an der Lenkung. Gegenlenken und Vollgas.

Kai hat inzwischen den Namen des Ex herausgefunden und festgestellt, dass er tatsächlich als Jäger gemeldet ist und Waffenscheine für verschiedene Lang- und Kurzwaffen besitzt. Die Leitstelle versorgt uns mit weiteren Informationen. Die rauschen beinahe genauso an mir vorbei wie Oberheister und Sommerhausen.

Bisher musste ich kaum Fahrzeuge überholen und die haben sich vorbildlich verhalten. Möglichst weit rechts fahren und nicht weiter beschleunigen. Oft wollen es manche besonders gut machen und bremsen stark ab. Das führt dazu, dass man, wenn man selbst Gegenverkehr oder zu wenig Platz zum Überholen hat, seinen eigenen Fahrtüberschuss noch stärker abbremsen muss, um nicht aufzufahren.

Die Leitstelle teilt mit, dass zwei weitere Einsatzwagen mittlerweile mit dem gleichen Ziel unterwegs sind. Allerdings ist ihre Anfahrt um einiges weiter als unsere. Einzig der Wagen aus Gummersbach könnte kurz nach uns eintreffen.

„Warten wir auf die Kollegen aus Gummersbach, bevor wir reingehen?“ Jasmin beschäftigt sich bereits mit dem nächsten Schritt, während ich weiter alles gebe, um überhaupt rechtzeitig anzukommen.

„Lass uns abwarten, wie sich die Lage entwickelt, wir entscheiden das spontan.“

„Er ist im Haus! Er ist im Haus!“ Die Frau ist außer sich vor Angst.

Wir können über Funk mithören, wie er durch das Haus brüllt: „Du verdammte Schlampe! Wo bist du? Ich bringe dich um! Du vögelst keinen anderen! Du gehörst mir! Simon, wo bist du? Komm zu Papa!“

„Frau Gerling“, beschwört Kai sie, „bleiben Sie jetzt ganz ruhig! Bleiben

Sie im Bad und berichten Sie mir weiter, was passiert. Wir sind gleich bei Ihnen."

„Gleich bei Ihnen!", wiederhole ich voller Ironie. „Wir sind noch nicht einmal in Much!" Unbändige Wut erfasst mich. Wir sind so hilflos und müssen auch noch zuhören, wie wir versagen und zu spät kommen.

Der Motor schreit unter meiner Beanspruchung, die Bremsen fassen kaum noch und ich kann den Wagen gerade so in den Mucher Kreisel zwingen. Weiter auf der Hauptstraße durch den Ortskern in Richtung Drabenderhöhe. Hier ist es verdammt eng und ich schramme kurz an einer der eisernen Straßenbegrenzungen entlang.

Jetzt den zweiten Kreisel fast ohne Bremsleistung. Den Berg hoch – Vollgas und sofort nach links abbiegen. Meine Hände fühlen sich an wie am Lenkrad festgeschweißt. Ich kann die Finger kaum noch öffnen. Weiter den Berg hoch!

„Leitstelle, die Anschrift ist auf unserem Navi nicht verzeichnet. Wir sind am Golfclub links abgebogen", ruft Jasmin ins Funkgerät.

„Der Typ ist jetzt vor dem Badezimmer und droht, durch die Tür zu schießen!", ruft Kai mit drängender Stimme.

„Frag nach, wo im Haus das Bad ist!", weise ich Jasmin an.

„Fahrt auf der Straße weiter und sagt Bescheid, wenn ihr auf Höhe Oberdorf seid!", meldet sich die Leitstelle.

Wo um Himmels willen liegt Oberdorf?, frage ich mich.

„Das Bad ist im Obergeschoss. Am Ende der großen Treppe geradeaus. Eine weiße Tür links neben dem Flurheizkörper!" Auf Kai ist Verlass. „Er ist immer noch vor der Badezimmertür. Sie spricht jetzt mit ihm durch die Tür."

Der Dienstgruppenleiter der Leitstelle ist jetzt am Funk. „Frank, bis hierher habe ich deine sogenannte ‚häusliche Gewalt' mitgetragen, aber nunmehr sind Schusswaffen aktiv im Spiel. Wir gehen ab jetzt offiziell von einer Bedrohungslage aus."

„Wir sind ganz kurz vor Eintreffen. Gib uns noch ein paar Minuten. Ich melde mich sofort, wenn wir da sind. Danach kannst du die Kavallerie gerne nachbestellen. Aber du kannst uns prophylaktisch einen Rettungswagen an den Einsatzort schicken. Damit würdest du mir eine echte Freude machen!" Nach meiner Durchsage reiche ich das Funkgerät wie-

der an Jasmin zurück. Ich brauche beide Hände am Steuer.
Die Straße ist jetzt ganz schmal, beinahe ein Feldweg. Mit einem Griff schalte ich das verräterische Blaulicht aus und gebe weiter Gas. Der Wagen schleudert auf dem losen Untergrund von links nach rechts. Hinter uns regnet es Dreck und lose Steine. Der rechte Außenspiegel berührt einen Weidezaun.
Weiter!, feuere ich mich an. *Lass jetzt nicht kurz vor Schluss nach! Auf den letzten Metern bloß keinen Unfall mehr bauen!*
Das Adrenalin in meinen Adern hält meine Aufmerksamkeit hoch.
„Wir sind jetzt Höhe Oberdorf", gibt Jasmin über Funk durch.
Während der gesamten Fahrt hatten wir keine Zeit, uns auf den Einsatz abzustimmen.
„Dann haltet euch links und folgt dem Hauptweg. Am Ende des Weges, vor der T-Kreuzung, ist es das Haus auf der rechten Seite. Laut *Google Earth* ist es ein großes Bauernhaus oder Gehöft. Es sieht auf dem Monitor aus, als wäre der Eingang direkt gegenüber der Torzufahrt.
Der Wagen aus Gummersbach steht etwa 5 Minuten vor Eintreffen. Wir warten auf deine erste Lagemeldung vor Ort", liefert die Leitstelle die restlichen Infos.
Dann haben wir wieder das Telefongespräch live. Kai hat den Funk umgeschaltet.
„Jetzt hab ich dich, du Schlampe! Ich werde dich Hure lehren …", hören wir einen Mann schreien.
„Er ist drin!", ruft Kai aufgeregt in den Funk. „Verdammt, er ist drin …"
Entsetzt hören wir zu.
„Simon, mein Kleiner – komm zu Papa." Die Stimmen vermischen sich. Plötzlich Schreie. Das Telefon ist anscheinend weggeschlagen worden; man kann nur Bruchstücke verstehen. Wieder Schreie!
„Papa – lass Mama los!" Das ist der Sohn.
„Dir werde ich es zeigen!" Ein Schlag, dann noch einer. Zerreißender Stoff.
Wir fahren jetzt langsam. Lediglich der Kies des Vorhofs knirscht leise unter den Rädern. Die Türen haben wir bereits geöffnet, den Funk abgeschaltet und das Licht am Fahrzeug gelöscht. Um das Bremslicht nicht aufleuchten zu lassen, bremse ich den Wagen vor dem Haus mit der

Handbremse ab. Dennoch ist alles um unser Einsatzfahrzeug herum in fahles Licht getaucht. Die Bremsen und Bremsscheiben glühen in rotem Feuer, nur verhüllt von schwarzem Nebel, der aus dem Vorderwagen und den Radkästen aufsteigt. Um uns herum stinkt es verbrannt.
Wir haben beide die Waffen gezogen und orientieren uns im glutroten Schein des misshandelten Streifenwagens. Die Eingangstür ist zerstört und steht offen, sodass wir unbemerkt ins Haus gelangen können.
In der Eingangshalle angekommen, hören wir von oben laute Stimmen. Er schreit, sie schreit zurück. Ein lautes Klatschen. Sie schreit auf und wimmert. Es klatscht wieder und wieder. „Ich werde dir beibringen …"
Jasmin und ich nehmen je zwei Stufen mit einem Schritt. Wir werden nicht auf Verstärkung warten. Die Waffen im Anschlag, das Pfefferspray griffbereit nähern wir uns schnell, aber leise, dem Badezimmer. Das Haus ist im Innern hell erleuchtet.
Wir sehen, wie er ihren Oberkörper über den Wannenrand zwingt. Sein Knie ist in ihren Rücken gepresst, während seine rechte Hand ihre langen schwarzen Haare derart zurückreißt, dass sie in sein zur Fratze verzerrtes Gesicht sehen kann. Seine Linke kann ich aus meiner Position nicht sehen. Wasser läuft in die Wanne. Ihr Schlafanzug ist an den Ärmeln zerrissen und klafft vorne auf.
Er will sie untertauchen, schießt es mir durch den Kopf. *Der wird sie ertränken!*
Im Einsatztraining oft geübte Zeichen erleichtern uns die Absprache, bevor wir ins Bad eindringen. Ich stecke meine Pistole zurück ins Holster und wortlos, ohne weiter nachzudenken, renne ich den Mann neben der Badewanne um. Er schlägt mit dem Kopf gegen einen der Heizkörper und bleibt benommen auf dem Bauch liegen.
„Du wirst jetzt erstmal niemandem etwas beibringen!" Wut klingt in meiner Stimme mit, aber auch Erleichterung. Wir waren schnell genug – beiden scheint es gut zu gehen.
Frau Gerling ist durch meinen Schwung in die halb volle Badewanne gestoßen worden und sieht vorsichtig über den Rand, während ihr Sohn auf dem Klo sitzt und weint.
Der Kerl, der für unsere Hochgeschwindigkeitsfahrt verantwortlich ist, windet sich unter mir und lernt schmerzlich meinen Ellenbogen

kennen. Seine Lippe ist blutig und eine mächtige Schramme ziert seine Stirn. Jasmin bedroht ihn mit ihrer Dienstwaffe: „Keine Bewegung, Arschloch! Nimm die Hände so nach hinten, dass ich sie sehen kann!“ Er gehorcht, leise fluchend.
Ich drehe seine Arme weiter nach hinten und schließe meine Handschellen um seine Handgelenke. Seitlich in seinem Hosenbund steckt ein großkalibriger Revolver, den ich erst jetzt bemerke und an mich nehme. *Glück gehabt!*, denke ich. Mehr Erleichterung kann ich mir in diesem Moment nicht erlauben.
Frau Gerling hat hinter uns unbemerkt die Badewanne verlassen und steht nun tropfend in ihrem nassen Schlafanzug im Türrahmen. Die Schrotflinte, die eben noch an der großen Eckwanne gelehnt hat, hält sie im Anschlag.
Sie zielt mit einem geschwollenen Auge dicht an mir vorbei auf ihren Ex und sagt keinen Ton. In ihren Augen brennt nackte Wut. Mir wird kalt und gleichzeitig bricht mir der Schweiß aus.
„Frau Gerling, das ist eine Schrotflinte. Sie wollen doch nicht vor Ihrem Sohn auf seinen Vater schießen!“ Das ist keine Frage, sondern eine Feststellung. Jasmins Stimme ist ganz ruhig. Sie steht direkt neben Frau Gerling und berührt sanft ihren Arm.
Ich blicke zu den beiden hinüber und frage mich, woher sie die Kraft nimmt, so cool zu wirken. Jasmin ist 25 Jahre alt, kaum ein paar Jahre älter als meine Tochter, und ist doch schon unfassbar erwachsen. Sie hat diese Wahnsinnsfahrt auf dem Beifahrersitz ausgehalten, mich aus Sorge um die Opfer sogar noch weiter angetrieben. Und nun steht sie dort neben mir, 165 Zentimeter ruhige Beherrschtheit.
„Wenn Sie jetzt abdrücken, werden Sie meinen Kollegen verletzen und er hat wirklich alles in seiner Macht Stehende getan, um rechtzeitig bei Ihnen zu sein. Das hätte er nicht verdient. Bitte legen Sie die Waffe weg!“
Die Frau am Abzug der Schrotflinte spricht nicht, stiert nur hasserfüllt auf den Mann unter mir. Langsam drückt Jasmin den Lauf der Schrotflinte nach unten und nimmt Frau Gerling in den Arm, die einfach dasteht und es sich noch immer wortlos, jetzt mit Tränen in den Augen, gefallen lässt. Ihr kleiner Sohn rennt in seinem viel zu großen Schlafan-

zug weinend über die Badezimmermatte und klammert sich an ein Bein seiner Mutter.
Jasmin und ich sehen uns an und atmen erleichtert durch. Ich hoffe, sie kann die Dankbarkeit in meinen Augen lesen.

Um die Schrotflinte aus den Händen von Frau Gerling zu sichern, muss ich mein Knie etwas mehr auf den Rücken des unter mir Liegenden stützen und bohre es ihm tief und schmerzhaft in die Rippen. Ein gutes Gefühl und doch schäme ich mich auch ein wenig dafür.
„Sie sind festgenommen!", eröffne ich ihm und ziehe ihn, nachdem ich ihn auf weitere Waffen abgetastet habe, auf die Füße. Ich belehre ihn über seine Rechte, während ich ihn vor mir her durch den Flur in Richtung Treppe schubse. Jasmin bleibt bei Frau Gerling und ihrem Sohn.
Unten im Flur entsteht Radau. Die Verstärkung ist eingetroffen. Da sind Aramis, zwei Kollegen, die ich nicht kenne und zwei vertraute Gesichter einer benachbarten Wache. Alle stürmen die Treppe herauf.
„Kann mir bitte jemand diesen unangenehmen Zeitgenossen abnehmen?", frage ich in die Runde und wenige Sekunden später helfen ihm zwei Kollegen unsanft die Treppe runter und zu den Fahrzeugen. Aramis eilt zu mir. „Und, alles gut gegangen?", fragt er. Ich nicke und lege die Weste ab. Mein Hemd klebt mir am Körper und ich spüre, wie mit der Weste auch die Anspannung langsam von mir abfällt.
Ich sammle die Waffen ein und gehe zu unserem Streifenwagen, um mein Klemmbrett zu holen. Die Daten für die Anzeige müssen aufgenommen werden. Die Weste und die Waffen verschwinden auf der Rückbank. Den Wagen verschließe ich vorsichtshalber. Für heute habe ich das Schicksal oft genug herausgefordert.
Ich will mich gewohnheitsmäßig auf die Motorhaube setzen, aber die ist mir dann doch noch zu heiß. Über die Kurzwahl meines Handys rufe ich die Leitstelle an. „Ich gehe davon aus, dass wir hier eine klassische Bedrohungslage hatten …" Ich halte inne und höre, wie mein Gegenüber laut einatmet. Bevor er aber zum Sprechen ansetzen kann, füge ich hinzu: „Aber sie ist gelöst! Wir haben den Kerl unter Kontrolle bekommen und festgenommen. Die Details schicke ich dir, wenn ich die Anzeige fertig habe. Den Rettungswagen kannst du bitte zu uns durch-

fahren lassen. Ich glaube, unser Jäger hat sich etwas verletzt."
„Du bist komplett irre!", bekomme ich zur Antwort. „Deinen Rettungswagen sollst du bekommen. Ich will die Anzeige heute Nacht noch auf meinem Tisch liegen haben!"
Dann ist die Leitung tot.
Upps, denke ich bei mir. *Vielleicht habe ich heute Abend seinen Geduldsbogen etwas überspannt.*

Das Auto stinkt immer noch unglaublich. Vielleicht sollte ich mich bei Volkswagen als Härtetester bewerben. Ein erstes Lächeln huscht über mein Gesicht und ich laufe zurück ins Haus, wo Jasmin mittlerweile mit Frau Gerling im Wohnzimmer auf der Couch sitzt.
Die Vorderseite von Jasmins Dienstbluse ist völlig nass und durchsichtig. Bei ihrer Figur sicher ein reizvoller Anblick, würde sie nicht ihre unvorteilhafte Schutzweste darunter tragen. Sie sitzt da und tätschelt die zitternde Hand von Frau Gerling, die sich einen Bademantel über ihren nassen Schlafanzug geworfen hat. Sie weint in die Haare ihres Sohnes, der sich ganz dicht an sie drängt. Diesen Abend werden wir wohl alle nicht so schnell vergessen.
Ich habe nun erstmals Zeit, mir alles genau anzusehen. Das Haus ist groß. Die Decken sind in altem Sichtholz ausgeführt und die Möblierung ist ein schicker Mix aus Naturholz und Edelstahlelementen. Es wirkt innen viel schicker, als ich mir ein Bauernhaus auf dem Lande vorgestellt hätte. Nur die Fliegen, die um die Lampen surren, stimmen.
Aramis steht im Rundbogen des Wohnzimmers und scheint sich ebenfalls umzusehen. Aber tatsächlich sieht er ausschließlich auf Jasmin. Da ist etwas in seinen Augen, das ich nicht deuten kann.
„Aramis", spreche ich ihn an. „Kannst du bitte den Abtransport des Festgenommenen auf unsere Wache organisieren? Die Waffen liegen auf meinem Rücksitz. Der angeforderte Rettungswagen müsste auch gleich da sein. Sie sollen bitte einen Blick auf unseren Jäger werfen. Du weißt schon, wegen der kleinen Blessuren in seinem Gesicht! Ich bin aus Versehen an ihn drangekommen." Grinsend werfe ich ihm meinen Wagenschlüssel zu. „Die Personalien und alle anderen Infos haben die Leitstelle oder Kai."

„Klar, kann ich machen“, nickt er.
„Aber bleib bitte hier vor Ort. Vielleicht brauchen wir dich noch und Jasmin soll später wieder zu dir aufs Auto wechseln. Den Kollegen aus Gummersbach sagst du bitte unseren Dank, aber wir waren gerade noch rechtzeitig.“ Ich versuche, nicht allzu zynisch zu klingen.
Aramis verschwindet und ich kann mich wieder dem Gespräch zwischen Frau Gerling und Jasmin widmen. Die beiden haben offensichtlich eine gemeinsame Basis gefunden. Frau Gerling ist selbst erst Anfang dreißig. Jasmin führt das Gespräch und ich schreibe die wichtigsten Infos auf meinem Klemmbrett mit. Es geht dabei um Liebe, Vertrauen, Probleme, Gewalt, Vergewaltigung, Trennung, noch mehr Gewalt und schließlich um die Eskalation am heutigen Abend. Jasmin fragt nicht einfach nur Fakten ab, sie lässt das Gespräch fließen. Mir fällt auf, dass sie mit keinem Wort die Schrotflinte erwähnt. Ich belasse es dabei und wir haben irgendwann keine Fragen mehr.
Ich bitte Frau Gerling, sich den folgenden Tag frei zu halten, um bei dem zuständigen Fachkommissariat weitere Fragen beantworten zu können.
„Sie sollten sich ein paar Tage krankschreiben lassen. Eine Situation wie heute verkraftet man nicht so einfach. Sie müssen sich auch um Ihren Kleinen kümmern.“ Meine Hand zerstruwwelt seine Frisur, woraufhin er trotzig sein Gesicht verzieht.
„Haben Sie jemanden, zu dem Sie heute Abend gehen können? Verwandtschaft, eine Freundin?“
Sie nickt und ihre mittlerweile wieder getrockneten Haare wippen um ein hübsches Gesicht mit verweinten Augen.
„Sollen wir Sie hinfahren? Sie sollten sich heute nicht mehr hinter das Steuer setzen!“ Ich meine es gut, höre mich aber an wie mein eigener Vater.
„Nein, brauchen Sie nicht. Meine Freundin wohnt gleich zwei Häuser weiter. Wir sind hier auf dem Dorf.“ Sie bringt tatsächlich ein Lächeln zustande.
„Dann müssen wir wohl heute Nacht auch Ihre kaputte Tür nicht mehr vernageln?“, frage ich ebenfalls lächelnd.
„Nicht, wenn Sie meinen zukünftigen Ex-Mann mitgenommen haben!“ Wir geben uns die Hand und ich bewundere ihre Unverdrossenheit.

„Haben Sie sich eigentlich verletzt?“

Sie entzieht sich meinem forschenden Blick und zupft an dem Bademantel über ihrem nassen Schlafanzug. „Nein, ich bin nur etwas derangiert.“

„Dann würden wir uns jetzt gerne verabschieden. Achten Sie auf sich und den Kleinen!“ Jasmin drückt sie kurz an sich, diesmal ohne wieder nass zu werden, und wir gehen zum Auto zurück.

„Das gilt übrigens auch für dich!“, spricht Jasmin mich an.

„Was?“ Ich weiß nicht, was sie meint.

„Du solltest dich heute auch nicht mehr hinter das Steuer setzen!“ Ihre Worte klingen ernst.

„Okay, aber dann musst *du* mich zurückfahren.“

„Kein Problem, das mache ich gerne. Immerhin hast du uns gesund hergebracht.“

Höre ich etwa Ironie oder Kritik in ihrer Stimme?

„Hattest du Angst?“, frage ich sie.

„Ja! Ich hatte Angst, zu spät zu kommen!“ Ihre Stimme klingt weich und ihre Offenheit berührt mich.

Wieder im Wagen sitzend startet Jasmin den Motor. Grummelnd, aber ohne nachtragend zu sein, springt er an. Sie stellt den Automatikwählschalter auf „R“ und … nichts. Unser treuer Streifenwagen bewegt sich keinen Millimeter. Auch auf „D“ verweigert er jede Mithilfe.

„Da habe ich wohl etwas kaputt gemacht“, versuche ich die Situation zu überspielen und steige aus, um mir das Fahrzeug von außen zu betrachten. Der größte Gestank geht von der Vorderachse aus und ich leuchte mit meiner Taschenlampe in den Radkasten.

„Du kannst wieder aussteigen“, rufe ich Jasmin zu, „bei dem Wagen geht nichts mehr. Die Bremsen sind total verbrannt. Die sind nur noch ein Klumpen Schrott. Den Wagen müssen wir einschleppen lassen.“

Ich zücke mein Handy und bestelle über die Leitstelle einen Abschleppdienst.

„Was ist passiert? Hattest du auf der Anfahrt einen kleinen Unfall? Du warst verflucht schnell da“, will Mike, einer der Einsatzbearbeiter der Leitstelle, neugierig wissen. Wir haben noch vor ein paar Monaten zu-

sammen Dienst gemacht und er weiß, wie ich fahre.
„Danke für die Blumen und nein, kein Unfall“, wiegele ich ab. „Ich habe anscheinend die Bremsen ein bisschen überlastet.“
„Soso …“ Er gibt sich damit zufrieden und ich muss warten.
Jasmin lehnt sich zu mir an die Heckscheibe.
Ich wende mich ihr zu. „Danke, Jasmin! Für alles! Du warst echt klasse!“
„Dito“, erwidert sie leichthin. Ich frage mich, ob es das Privileg der Jugend ist, alles etwas leichter zu nehmen.
Wir geben uns ein „High five“.
Das ist also unsere Art, uns in den Arm zu nehmen, denke ich bei mir.
„Fahr du schon mit Aramis zurück. Ich warte auf den Abschlepper. Vielleicht kann ich Frau Gerling in der Zwischenzeit helfen. Hätten wir Notebooks in den Autos, könnte ich jetzt schon anfangen, die Anzeige zu schreiben.“
„Du nörgelst schon wieder. Dann scheint bei dir ja alles in Ordnung zu sein.“ Jasmin steht von der Heckklappe auf, fährt sich mit einer Hand durch ihr langes blondes Haar, zupft ihre perfekt sitzende Uniform zurecht und geht zur Beifahrerseite, um ihre Einsatztasche herauszuholen.
„Na dann, bis nachher“, verabschiedet sie sich. Ich sehe ihrer schlanken Gestalt nach, bis sie von Aramis in Empfang genommen wird. Er legt seinen Arm um ihre Schulter und sie drängt sich näher an ihn.
Die Schöne und der Musketier, ob da was geht?
Ich blicke ihnen nach, bis sie und der ganze Rest verschwunden sind.

*

Zwei Stunden später bin ich zurück auf der Wache und beginne mit der Festnahmeanzeige und dem Bericht über die verschiedenen Fahrzeugschäden. Der Abschleppfahrer hat mich netterweise direkt vor der Wache abgesetzt.
Kai tritt in den Türrahmen meines Büros. „Wir haben heute Nacht neben deiner Festnahme noch mehr Besuch in der Zelle. Lukas und Nicole, die beiden fleißigen Bienchen, hatten eine Zapfung.“ Er verschwindet mit wehendem Pferdeschwanz wieder im Wachraum, bevor ich nachfragen kann.

Als Nächstes erscheint Nicoles Kopf in der Tür. „Kann ich eigentlich in meiner Anzeige ‚Zapfung' schreiben?"
„Nein, natürlich nicht", gebe ich lächelnd zurück. „Auch wenn wir das alle sagen, heißt es doch immer noch ‚Blutprobe zur Feststellung der Blutalkoholkonzentration', aber ‚Blutprobe' reicht auch aus."
Kurz darauf geselle ich mich im Wachraum zu den anderen.
„Lies mal bitte!" Ich drücke Kai meine Anzeige und den Bericht in die Hand. Wir haben beinahe fünf Uhr und ich kann sehen, wie seine Augen an jedem Buchstaben kleben bleiben.
Als er fertig ist, sagt er: „Wenn ich den Ausführungen von Jasmin Glauben schenken darf – und das tue ich –, dann hast du aber das eine oder andere in deinem Bericht vergessen, stimmt's?" Seine Finger rahmen das „vergessen" in der Luft ein.
„Aber ist es nicht die Kunst der Anzeige, in wenigen Worten alles Notwendige zusammenzufassen?" Ich setze mein breitestes Grinsen auf.
„Wo du Recht hast, hast du Recht! Wenn ich es genau betrachte, meine ich auch, dass Jasmin erwähnt hätte, Frau Gerling hätte die Schrotflinte nur zur Seite stellen wollen, damit sie nicht umfällt und jemanden verletzt." Kai grinst schief, um die Ironie seiner Worte zu unterstreichen.
„Das ist doch genau das, was auch ich gesehen habe", stimme ich ihm zu. „Da sind wir uns doch wieder alle einig!"
Ich stecke den Vorgang ins Fax und drücke auf die Kurzwahl der Leitstelle.
„Gibt es eigentlich Neuigkeiten in Sachen Wasserleiche?", frage ich. Ein Themawechsel ist mir sehr willkommen.
„Rüdiger war vorhin nach der Besprechung der Mordkommission kurz da, aber es gibt keine relevanten Neuigkeiten. Morgen früh wird die Ehefrau vernommen. Eventuell auch die Kinder. Unter der Einschränkung, dass uns noch immer der Torso und zwei Gliedmaßen fehlen, wissen wir aber zwei Dinge: Zum einen ist der Mann wahrscheinlich an einem Schädeltrauma, hervorgerufen von einem stumpfen Gegenstand, gestorben ..."
„Und zum anderen?"
„Und zum anderen", berichtet Kai weiter, „dass die Körperteile mit unterschiedlichen Werkzeugen abgetrennt wurden. Laut Pathologie wur-

den das Bein und der Arm mit einer gezackten Klinge, wahrscheinlich einer Bügelsäge, abgesägt. Der Kopf dagegen wurde mit einem Beil oder Ähnlichem abgehackt. In allen Fällen gibt es Probierschnitte oder kleinere Hackverletzungen." Er schüttelt den Kopf „Wer macht so etwas?"
„Jemand, der mit solchen Dingen keine Erfahrung und/oder Angst davor hat", antworte ich.
„Zum Beispiel die Ehefrau!" Kais Bemerkung ist mehr Feststellung als Frage.
„Genau!", sage ich. „Die Ehefrau wäre zumindest meine erste Wahl. Ich habe heute gesehen, wie schnell es gehen kann, dass man aus lauter Wut beinahe einen kleinen Jungen zum Halbwaisen macht."
Der Haupteingang zur Wache öffnet sich und die ersten Kollegen des Frühdienstes strömen herein. Im Flur entsteht ein für diese Uhrzeit ekelhaft fröhliches „Guten Morgen"-Dauerbegrüßungsritual, dem ich mich nur widerwillig anschließe.
„Verdammt, ich bin spät dran. Ich muss noch die Übergabe vorbereiten und nach unserem Zelleninsassen sehen." Kai ordnet in Windeseile seinen Arbeitsbereich.
„Mach du hier vorne fertig. Ich sehe in der Zelle nach und ziehe mich dann direkt um", biete ich ihm an.
Sein „Danke" hallt mir im Flur nach, ebenso wie seine Flüche, als ihm in der Eile ein größerer Stapel ausgedruckter E-Mails runterfällt.
Wir haben vergessen, Holgers Auto aus der Eifel zurückzuführen. Ich lege Hans vor dem Verlassen der Wache einen Zettel in sein Fach. Mehr kann ich heute nicht mehr tun.
Zur Frühbesprechung werde ich nicht mehr bleiben. So sehr es mich interessiert, wie der Fall der Wasserleiche weitergeht, ich bin einfach zu müde.

*

Als ich zuhause ankomme, ist unsere Tochter Kathi gerade auf dem Weg zum Schulbus. Wir begrüßen uns kurz an der Tür, dann ist sie auch schon weg.
Da meine Bettseite noch von der Nacht kalt ist, lege ich mich dicht an

meine Frau. Sie wird mich kurz aufwärmen und dann aufstehen, damit ich in Ruhe schlafen kann.
„Ich glaube, ich werde alt“, murmele ich in ihr Haar.
„Ja“, antwortet sie und ich schlafe über die Frage, wie sie das gemeint haben könnte, lächelnd ein.

Kapitel 5
„Allein“ (Nachtdienst)

Um zwölf weckt mich das Klingeln meines Weckers. Mit geschlossenen Augen schalte ich ihn ab und wälze mich auf die andere Seite. Gegen halb eins wache ich, diesmal ohne elektronische Hilfe, erneut auf. Wenn ich jetzt nicht aufstehe, habe ich nichts mehr vom Tag. Heute muss ich noch den einen Nachtdienst durchhalten, dann ist es geschafft und ich brauche fast drei ganze Tage nicht zu arbeiten.
Es gibt bei der Polizei ganz unterschiedliche Dienstplanungsmodelle von Zwölf-Stunden-Diensten über wochenweisen Wechsel bis hin zu Personal-Pool-Modellen. Alle haben ihre Vor- und Nachteile.
Unser Schichtmodell nennt sich Vierteldienst und bedeutet, dass sich vier Dienstgruppen den Dienst untereinander aufteilen. Sie decken 24 Stunden, 7 Tage die Woche über das ganz Jahr hinweg ab. Dabei spielt es keine Rolle, ob Urlaubszeit oder Wochenende ist. Um das gewährleisten zu können, arbeitet jede Dienstgruppe 6 Schichten in 5 Tagen und hat danach zweieinhalb Tage frei. Hart sind dabei die sogenannten „kurzen Wechsel“, von Spät- auf Frühdienst und von Früh- auf Nachtdienst des jeweils selben Tages.
Ich höre Anja in der Küche klappern. Dadurch, dass sie freiberuflich tätig ist und ihr Büro bei uns im Haus betreibt, kann sie sich ihre Arbeitszeit weitgehend selbst einteilen. So ist uns der Luxus vergönnt, unsere freie Zeit meistens gemeinsam verbringen zu können. Bei meiner Tochter Kathi klappt das nicht so gut. Wir sehen uns zwar beinahe täglich, geben uns aber oft nur die Klinke in die Hand.
Noch immer müde mache ich mich auf den Weg ins Bad. Aus der Küche weht der Duft von frischem Brot die Treppe hoch.
„Schatz, wie weit bist du?“ Anja hat mich offensichtlich gehört. „Das Essen ist gleich fertig.“
„Gib mir zwei Minuten“, rufe ich dem Duft entgegen.
„Ist gut, du hast auch fünf!“
Kurze Zeit später bin ich unten. Hinter ihr an der Anrichte stehend, sehe ihr über die Schulter zu, wie sie das Essen zubereitet.

„Du kannst schon den Tisch decken“, weist sie mich an und schickt mich mit einem Klaps auf den Po ins Esszimmer. Kathi wird erst gegen vier am Nachmittag zuhause sein. Deshalb essen wir meistens erst abends warm.

Während wir unseren Salat mit frischgebackenem Kräuterbrot essen, gleichen wir unsere Termine ab und sprechen über die täglichen Dinge des Lebens. Anja fragt mich nach dem Neuesten vom Dienst. Ich erzähle ihr, dass es Holger so weit gut geht, er aber ins LKH nach Bonn gekommen ist, um sein Leben neu auszurichten. Sie hält das für eine gute Idee. Ich berichte von der Bedrohung aus der Nacht, lasse aber die Waffen weg und reduziere die Fahrt auf: „Wir mussten da ziemlich schnell hin“. Ich möchte nicht, dass sie sich mehr Sorgen macht als notwendig.

Von den im Rhein gefundenen Körperteilen hat sie bereits das Meiste in der Zeitung gelesen.

Den Nachmittag verbringen wir mit Gartenarbeit. Den Einkauf werden wir morgen gemeinsam erledigen, weil wir uns für meine „Freischichten“ einen Wochenendausflug vorgenommen haben, auch wenn gar kein Wochenende ist.

Zum Abendessen ist Kathi wieder da und erzählt von ihren Erlebnissen in der Schule.

Noch ein paar Minuten gemeinsam auf der Couch und ich muss schon wieder los.

*

Meine beiden Teams sind schon zu den ersten Einsätzen der heutigen Nacht unterwegs. Rüdiger, ein Mitglied der Mordkommission, ist eben in mein Büro gekommen und plaudert ein bisschen aus dem Nähkästchen. „Wenn ich jetzt jeden Abend so spät nach Hause komme, jagt mir meine Frau bestimmt bald einen Privatdetektiv hinterher“, witzelt er.

„Du klagst auf hohem Niveau. Bei dir sind Überstunden Exoten, bei uns Alltag.“

„Da hast du recht“, stimmt er mir zu. „Aber wenn es für uns dick kommt, dann richtig. Wir haben in unserem Fall bisher keinen richtigen Ansatz, wo die Reise hingeht. Die Ehefrau des Opfers hat zwar vor

einigen Tagen eine Vermisstenanzeige erstattet, und heute bei der Vernehmung hatte sie auch keinen Anwalt, war aber irgendwie ‚komisch'. Sie hat sich zwar nicht in Widersprüche verwickelt, das nicht, aber ... ach, ich weiß auch nicht."
Er macht eine bedeutungsschwere Pause. „Außerdem hat sie verhindert, dass wir uns mit den Kindern unterhalten. Wegen der psychischen Belastung. Ich halte das für vorgeschoben, wir wissen schon, was wir tun."
„Habt ihr sie im Verdacht? Die Statistik spricht für sie als Täterin", gebe ich zu bedenken.
„Wir ermitteln natürlich in alle Richtungen. Die früheren Kontakte des Opfers zur Rotlichtszene in Köln scheinen eine Sackgasse zu sein, die Durchsuchungen haben nichts ergeben."
„Die Durchsuchung*en*?" Ich kann ihm nicht folgen. „Ich dachte, ihr seid nur in ihrer Wohnung gewesen."
„Stimmt beinahe. Wir waren in ihren *Wohnungen* – Plural! Sie haben noch zusätzlich eine leer stehende Eigentumswohnung in Hennef. Die haben wir uns auch angesehen. Den Bericht der Spurensicherung bekommen wir aber erst morgen früh."
„Was zwitschern die Vögelchen?"
„Die Vögelchen sind so still, dass es schon wieder verdächtig ist. Wir müssen den Bericht abwarten. Der Leiter der Mordkommission hat ihn zwar schon, will uns aber erst morgen informieren. Vielleicht kann ich deine Neugier schon zu eurer Frühbesprechung etwas lindern." Er zwinkert mir zu. „So, mein Lieber, jetzt muss ich aber nach Hause, bevor es Ärger gibt."

*

„Frank, hast du ein paar Minuten Zeit für mich?" Nicole fängt mich auf dem Flur ab. Ihre grünen Augen, mit denen sie mich fragend ansieht, kontrastieren mit ihrem blonden, ins Rötliche changierenden Haar.
„Klar!", antworte ich und folge ihr in einen der Schreibräume. Sie schließt die Tür hinter uns.
„Was gibt es denn?" Es ist ungewöhnlich, dass Auszubildende in dieser Form das Gespräch suchen.

„Ich habe mich eben mit Jasmin unterhalten“, beginnt sie und macht eine kleine Pause. „Über euren Einsatz von gestern Abend.“
„Und?“
„Hattest du gestern Angst?“
Mein Blick löst sich von dem Grün ihrer Augen. Mir ist nicht klar, was jetzt die richtige Antwort wäre und so entscheide ich mich für die Wahrheit. „Sehr sogar!“
„Echt?“ Sie klingt überrascht.
„Natürlich! Wer hätte da keine Angst gehabt? Die Fahrt war gefährlich, nicht nur für uns, auch für andere. Wir wussten nicht, was uns erwartet. Es hätte alles Mögliche passieren können.“
Meine Antwort scheint sie zu irritieren.
„Ich hätte viel zu viel Angst gehabt. Ich glaube, ich hätte das nicht durchgestanden“, entgegnet sie.
„Warum glaubst du das? Du hast doch bis jetzt auch fast jede Situation sehr gut gemeistert. Hast du dabei jemals über deine Angst nachdenken müssen?“
„Nein“, gesteht sie. „Und wenn, dann hatte ich immer erst hinterher Angst.“
„Genau! Es stimmt wahrscheinlich nicht für jeden, aber ich glaube, die meisten von uns haben während des Einsatzes nur unterbewusst Angst. Die macht dich aufmerksam und schnell. Hättest du im Einsatz zu viel Angst, würde sie dich lähmen und du wärst handlungsunfähig. Du würdest dich in Alternativhandlungen flüchten oder sogar tatsächlich fliehen. Dann wärst du für diesen Beruf ungeeignet, falls das deine Frage ist.
Aber sei unbesorgt, so ein Verhalten ist uns bei dir noch nicht aufgefallen. Du bist zum Teil noch etwas unsicher, aber das ist deinem Alter und deiner mangelnden Erfahrung geschuldet. Das wird sich schnell legen und dann bist du so gut wie jeder andere. Vielleicht sogar besser, weil du ein sehr empathischer und mitfühlender Mensch bist.“
„Meinst du?“ Ihre Augen leuchten stolz.
„Auf jeden Fall. Mach dir nicht zu viele Sorgen. Überprüf dich selbst, ganz für dich. Sieh dir selbst über die Schulter und horch in dich hinein. Es wird immer einen geben, der vielleicht weniger Angst hat, aber es

wird auch immer einen geben, der in der Situation schwächer ist und deine Hilfe und Stärke braucht!“

Da sie nicht antwortet, füge ich hinzu: „Auch wenn ich jetzt klinge wie ein Oberlehrer, mach dir bitte Folgendes klar: Unser Beruf ist gefährlich und zwar jeden Tag. Angst ist unser ständiger Begleiter. Die Angst, dein Leben oder deine Gesundheit zu verlieren, die Angst, ein anderes Leben zu vernichten, dass jemand verletzt oder getötet wird, für den man verantwortlich ist. Angst, aktiv zu werden oder passiv zu bleiben. Angst, einen Täter zu verhaften und beim Papierkram einen Fehler zu machen. Was, wenn jemand zu Schaden kommt, weil man seine Arbeit nicht ordentlich gemacht hat? Angst davor, nicht gut genug zu sein, oder sogar zu versagen. Angst davor, die zu enttäuschen, die auf einen vertrauen.“

Ich mache eine Pause und blicke sie fest an. „Damit musst du leben können!“

Nicole nickt langsam. „Danke!“, ist alles, was sie erwidert, aber ihr Lächeln bleibt noch in meinem Büro, als sie es schon lange wieder verlassen hat.

*

Über die aktuellen Mailausdrucke und Behördeninfos gebeugt, kaue ich gedankenverloren auf meinem Bleistift, als Kai die Tür zu meinem Büro öffnet und seinen Kopf hereinstreckt. „Es gab auf der A59 einen schweren Unfall mit Toten und Verletzten. Eines der Opfer wohnt in unserem Bereich. Jemand muss die Angehörigen des Verstorbenen informieren. Und weil das Chefsache ist, solltest *du* bei der Familie vorbeifahren. Die Daten habe ich schon alle vorne auf der Wache. Ich bereite sie noch für dich auf.“

Kai ist schon wieder auf dem Sprung und lässt mich mit einem unguten Gefühl zurück.

„Was ist mit einem Seelsorger? Ist schon einer angefordert?“, rufe ich ihm nach.

„Ja und nein.“ Kai stockt. „Es waren mehrere Tote und die … Also, es ist kein Notfallseelsorger mehr übrig. Du musst alleine fahren.“

Mein erster Weg führt mich in den Waschraum der Wache. Mit kaltem

Wasser kläre ich meine Gedanken. Der trübe Spiegel über dem Waschtisch zeigt mir, was noch zu tun ist. Uniform ordnen, Krawatte ganz bis oben, die Nadel gerade rücken. Dann mache ich mich auf den Weg in den Wachraum. „Kai, was haben wir? Sind alle Fakten gesichert? Ist die Identität klar? Ich möchte nicht an der falschen Tür klingeln!" Über seine Schulter gebeugt schaue ich auf den Monitor.
„Ich habe dir alles rausgesucht. Vielleicht eins noch – er hat schlimme Verbrennungen erlitten und ist nicht mehr hübsch anzusehen."
„Dann ruf bitte den Bestatter für mich an, dass er diese Nacht niemanden mehr reinlässt. Eventuell kann ich nicht verhindern, dass die Ehefrau ihren Mann unbedingt heute noch sehen will!"
Kai drückt mir den mit Daten gefüllten DIN A4-Bogen in die Hand.
„Mach ich!"
Die schwere Wachtür fällt hinter mir ins Schloss. Ich bin allein.

Die kurze Strecke, die vor mir liegt, fahre ich langsam, um mich auf meine Aufgabe vorzubereiten. Meine Gedanken kreisen um das unausweichlich folgende Gespräch. Wie wird es dieses Mal ablaufen?
Zur Kontrolle fahre ich erst einmal an der Wohnanschrift auf dem Niederberg vorbei. Hier hat er also gewohnt. Hübsches Viertel, weiß verputztes Haus, Vorgarten mit Rasenfläche, ein paar Rosen und ein niedriger Zaun.
Wie plötzlich sich doch alles ändern kann. Gestern war er für seine Familie liebender Ehemann und Vater, heute ist er nur noch ein Blatt mit persönlichen Daten, das neben mir auf dem Beifahrersitz liegt. Name, Geburtsdatum, Adresse, Familienstand, Kinder, Todeszeitpunkt.
Meine Hoffnung, dass niemand zu Hause ist, erfüllt sich nicht. Das Haus ist hell erleuchtet. Auf der Klingel steht *Schäfer* und gleich oberhalb des Briefkastens hängt ein Schild: „Herzlich Willkommen!".
Ich glaube nicht, dass ich heute Nacht willkommen sein werde, atme tief durch und klingele. Beinahe zeitgleich wird die Haustür aufgerissen und eine Frau, Anfang vierzig, steht mit einem Telefon am Ohr im Türrahmen.
„Sind Sie Frau Eva Schäfer?"
Sie nickt, spricht aber weiter in ihr Telefon.

„Guten Abend, Frau Schäfer. Mein Name ist Heider."

Mein Herz pocht spürbar in meiner Brust, während ich ihrer Stimme lausche, froh, selbst nichts sagen zu müssen.

Den Hörer noch immer in der Hand sieht sie mich durchdringend an, bittet mich aber nicht ins Haus. Sie sieht auf den Streifenwagen, sieht zu mir zurück und telefoniert weiter.

„Frau Schäfer! Ich bin von der Polizei und muss mit Ihnen reden." Als könne sie meinen Beruf nicht an meiner Uniform ablesen.

Ich höre, wie sie „Kurt", „Polizei", „Arbeit" und „Radio" sagt. Abrupt beendet sie das Gespräch grußlos mitten im Satz und steckt das Mobiltelefon in eine Tasche ihrer Jeans. Schlanke Figur, verwuschelte blonde halblange Haare und ein von der Aufregung leicht gerötetes, hübsches Gesicht.

„Wo ist er? Wo ist mein Mann? Was haben Sie mit ihm gemacht?" Sie tritt einen Schritt auf mich zu. Es wirkt beinahe bedrohlich. „Jetzt sagen Sie schon!"

Irritiert antworte ich: „Frau Schäfer, darf ich bitte reinkommen?"

„Ich will sofort wissen, was Sie ihm vorwerfen!" Wieder macht sie einen Schritt auf mich zu. Ich weiche die zwei kleinen Stufen vor dem Eingang zurück. Mit blitzenden Augen steht sie im Schein ihrer hell erleuchteten Tür über mir.

„Wir werfen ihm nichts vor!", beeile ich mich zu sagen und erobere nun wieder die erste Stufe.

„Was wollen Sie dann hier?" Ihr Gesicht wird wieder weicher. Ob sie das Unausweichliche bereits vermutet, aber nicht wahrhaben will?

Auch die zweite Stufe gehört wieder mir, als ich ihr direkt in die blauen Augen sehe. Sie bricht den Augenkontakt ab und dreht sich um. Langsam geht sie, wie in Trance, voraus ins Haus.

Sie weiß es, denke ich.

Während ich ihr folge, sehe ich mich aufmerksam um. Auch drinnen ist es hübsch und aufgeräumt. Es scheint niemand außer ihr zu Hause zu sein.

„Sind Sie allein?" Ich versuche, meine Stimme ruhig und sanft klingen zu lassen.

„Ja." Ihr schmaler Körper versinkt im Sofa.

„Wo sind denn Ihre Kinder?"
„Bei der Oma. Worum genau geht es?" Auf einmal funkelt sie mich von der Couch aus an.
Wieder ein Stimmungswechsel. Das wird nicht einfach. Jetzt sitzt sie vorn auf der Kante, fast wie zum Sprung.
Erst nach einem kleinen Räuspern setze ich an: „Es tut mir schrecklich leid, aber ich muss Ihnen mitteilen ..."
„Nein!", fällt sie mir ins Wort. „Das muss eine Verwechslung sein!" Ihre Stimme klingt bestimmt und fest.
„Frau Schäfer, darf ich mich setzen?"
„Nein! Bitte gehen Sie!" Ihr Blick brennt auf meiner Haut.
Das wäre meine Chance, der Situation zu entfliehen.
„Frau Schäfer, bitte verstehen Sie doch. Ich kann nicht einfach gehen. Nicht, bevor ich Ihnen eine Mitteilung gemacht habe."
Ein Ruck geht durch ihren Körper. Erneut ändert sich ihre Haltung. Freundlich, ganz Gastgeberin, deutet sie auf den Sessel unter meinen Händen.
„Nehmen Sie doch Platz. Möchten Sie Tee? Ich habe erst vorhin frischen aufgesetzt."
Nein, ich möchte keinen Tee, weil wir uns nicht nett unterhalten werden!, denke ich, stattdessen höre ich mich sagen: „Nein, nein, Frau Schäfer. Machen Sie sich bitte keine Umstände."
„Ach was, das ist doch kein Problem. Ich hole uns schnell eine Tasse. Das geht doch in Ordnung, oder?" Schon ist sie in der Küche verschwunden.
„Sicher."
Kaum eine Minute später sitzt sie mir wieder mit einer Tasse Tee in der Hand gegenüber. Gespannt vorgebeugt, die blauen Augen direkt auf mich gerichtet.
„Also, was möchten Sie mir mitteilen?"
Mir wird mein Sessel, in dem ich mich eben noch vor ihren Stimmungen in Sicherheit gewogen habe, allmählich zu eng. Erst als ich mich aus ihm befreit habe und wieder auf meinen Beinen stehe, kann ich frei atmen, mit rauer Stimme sprechen.
„Frau Schäfer, ich muss Ihnen leider mitteilen, dass Ihr Mann Kurt vor wenigen Stunden verstorben ist."

Schweigen – ohrenbetäubende Stille. Ihr Gesicht verliert die Farbe, wird durchscheinend.

„Das kann nicht sein. Er hat mich erst vor ein paar Stunden von der Arbeit angerufen."

Schnell, um ihre falsche Hoffnung nicht aufkeimen zu lassen, werfe ich ein: „Wahrscheinlich hat er nach dem Gespräch die Firma verlassen, um zu Ihnen nach Hause zu kommen. Danach hatte er einen schweren Autounfall. Ich kann zu dem Unfall noch nichts Genaues sagen, außer dass mehrere Fahrzeuge beteiligt waren."

„Dann ist ihm sicher nichts passiert. Wissen Sie, er hat erst vor ein paar Wochen seine Erste-Hilfe-Kenntnisse aufgefrischt. Er wird noch am Unfallort sein und helfen. So ist er, mein Kurt!" Liebevoll dreht sie den Ehering an ihrer Hand.

„Frau Schäfer, das entspricht sicher nicht den Tatsachen. Unseren Ermittlungen zufolge ist Ihr Mann eines der Opfer."

Mein Mund ist trocken, als ich frage: „Frau Schäfer, gibt es jemanden, den ich für Sie anrufen kann? Geschwister, Eltern, Freunde?"

„Warum?" Wieder dieser durchdringende Blick.

„Weil ich Sie in dieser Situation nicht alleine zu Hause zurücklassen kann!"

„Aber Kurt kommt doch sicher gleich. Sie müssen sich keine Sorgen machen!"

„Nein, Frau Schäfer, er wird nicht mehr heimkommen. Bitte, wen soll ich anrufen? Haben Sie einen guten Kontakt zu Ihrem hiesigen Pfarrer?"

„Nein, wir gehen schon seit Jahren nicht mehr in die Kirche. Nach dem Schreck heute werden wir in Zukunft bestimmt wieder öfter gehen."

Stimmt. Zur Beerdigung, zum Jahresamt … Ich schäme mich für meine Gedanken.

„Haben Sie Geschwister?"

„Eine Schwester." Während sie nickt, fällt ihr blondes Haar zurück auf die schmalen Schultern.

„Wohnt sie weit weg?"

„15 Minuten mit dem Auto. Um diese Uhrzeit vielleicht 10."

Die kleinen Fältchen um ihren Mund kräuseln sich, ihr Kinn zittert

leicht. Sie scheint den Tränen nah zu sein.
„Wie kann ich sie erreichen?"
Sie holt das Telefon aus der Tasche ihrer Jeans und reicht es mir, nachdem sie gewählt hat. „Meine Schwester heißt Birgit." Ihre Augen schimmern feucht und sie weicht meinem Blick aus.
„Danke!"
Ich verlasse das Wohnzimmer und streife ziellos durch den Flur, während ich mit ihrer Schwester telefoniere. Frau Schäfer sitzt wieder auf ihrer Couch, das Kinn in die Hände gestützt, und blickt ins Leere.
Zum Glück reagiert ihre Schwester ruhig und verspricht, so schnell wie möglich zu kommen.
„Fahren Sie bitte vorsichtig", gebe ich ihr mit auf den Weg.
Ich reiche Frau Schäfer den Hörer zurück. „Ihre Schwester wird gleich bei Ihnen sein. Möchten Sie noch jemanden anrufen?"
„Wer hat ihn umgebracht?" Wut schwingt plötzlich in ihrer Stimme mit. Völlig perplex von der neuerlichen Stimmungsschwankung versuche ich zu erklären: „Frau Schäfer, er wurde nicht umgebracht. Er hatte einen Verkehrsunfall."
„Aber er war nicht schuld!"
War das eine Frage oder eine Feststellung?
„Dazu kann ich Ihnen zu diesem Zeitpunkt noch nichts sagen, das werden die Ermittlungen ergeben."
„Wo ist er?" Jetzt steht sie wieder ganz dicht vor mir – klein, zierlich und dennoch bedrohlich.
„Frau Schäfer …" Ich versuche, nicht zurückzuweichen, ihre wütende Nähe zu ertragen.
„Ich will jetzt sofort wissen, wo er ist!", schreit sie mich an.
„Sie können jetzt nicht zu ihm." Nun habe ich doch um einen Schritt nachgegeben.
„Wo?" Mit erhobener Stimme setzt sie mir um den gewonnenen Abstand nach.
„Das können Ihnen die Kollegen erst morgen früh sagen. Jetzt dauern die Ermittlungen noch an."
Es schaudert mich, beim Blick in diese blauen Augen zu lügen.
Aber wie soll ich ihr beibringen, dass seine verkohlte Leiche jetzt wahr-

scheinlich gerade in einer Edelstahlwanne liegt – kein einziges Haar mehr am Körper, die verbrannte Haut übersät von rohen Blasen, seine Zähne freiliegend, weil sich beim Einatmen der brennenden Luft Zahnfleisch und Mundraum weggebrannt haben, seine Züge bis zur Unkenntlichkeit verschmolzen?

„Aber ich muss mich doch noch von ihm verabschieden. Ich habe ihn heute Morgen nur flüchtig geküsst." In ihren Augen stehen Tränen.

„Sie haben ihn geküsst. Das ist alles, was zählt. Er wird es wissen!", gebe ich noch tröstend von mir, als sie plötzlich in meinen Armen steht und weint.

Schweigend stehen wir noch immer zusammen im Wohnzimmer, als wir den Schlüssel hören, der von draußen die Tür öffnet. Ihr Körper spannt sich kurz und sackt dann doch wieder enttäuscht in sich zusammen. Es ist nicht Kurt, der im Flur steht. Ohne ihre Jacke abzulegen, eilt ihre Schwester auf uns zu. Wir sehen uns an, dann nimmt sie mir Frau Schäfer aus den Armen. Sie halten einander, während ihre Schwester mit ihr die Tränen weint, die ich weggeblinzelt habe.

Irgendwann gebe ich ihr ein Zeichen, lege meine Visitenkarte auf den Tisch, flüstere noch ein letztes Mal: „Es tut mir leid" und schließe leise die Eingangstür hinter mir.

Es zieht mich nicht zurück zur Wache und so fahre ich durch meinen nächtlichen Streifenbezirk. Meine Gedanken kreisen weiter um Frau Schäfer, den Toten, seine zwei Kinder, um das Leben und seine Vergänglichkeit.

Schlimm ist es immer nur für die, die bleiben. Die Welt dreht sich weiter – ganz ohne unser Zutun.

*

„Frank, hast du Lust uns bei einer Ruhestörung zu unterstützen?", klingt es aus dem Funkgerät.

Um mich aus meinen Grübeleien zu befreien, sage ich: „Klar, gerne. Wo soll ich hinkommen?"

Die Adresse, die Lukas mir nennt, kenne ich nicht. Das ist grundsätzlich ein gutes Zeichen. Wenn ich in einer Straße oder Siedlung kaum Kenntnis von Einsätzen habe, dann ist dort, aus polizeilicher Sicht, die Welt noch in Ordnung. So habe ich auch mein Haus ausgesucht. Ich wohne heute in einem Viertel, das ich vorher ausschließlich wegen seiner schönen Lage kannte.

„Wir waren jetzt schon zwei Mal bei der Anschrift. Die machen lautstark Party", erklärt mir Lukas die Situation über Funk. „Beide Male haben sie kurz leise gedreht und dann, wenn wir wieder weg waren, wieder Vollgas gegeben. Die Musik ist noch durch das Telefon des Melders zu hören."

„Na, dann werden wir das jetzt beenden!", gebe ich zurück.

„Das hört sich nach einem Plan an", witzelt Lukas.

Wir treffen uns auf der Kreuzung zur Römerstraße in Kaldauen. Schon etwa 100 Meter vor der eigentlichen Party ist die Musik, vor allem der Bass, störend laut. Ich blicke auf meine Uhr. „Kurz nach vier. Ich denke, es reicht!"

Nicole nickt zustimmend. Lukas warnt mich vor: „Ich gehe von Ärger aus. Viel Alkohol, jugendlicher Übermut …"

„Wer ist hier der Verantwortliche?", frage ich, als ich mich kurze Zeit später mitten im Partygeschehen befinde.

„Das bin ich", sagt ein junger Mann von vielleicht 20 Jahren, mit glasigen Augen und leicht schwankendem Gang.

„Wir waren jetzt schon zwei Mal hier und Sie haben die Musik nicht angemessen leiser gestellt", werfe ich ihm vor.

„Doch haben wir – kurz!" Er schlägt sich auf die Schenkel und die Meute grölt. Mir ist heute Nacht nicht mehr nach Spaß und schon gar nicht nach Scherzen auf unsere Kosten zumute. „Wo sind Ihre Eltern, die Eigentümer des Hauses?"

„Die sind im Urlaub und machen da Party!" Sein Tonfall liegt zwischen trotzig und überheblich.

„Wie ist Ihr Vorname?", frage ich ihn.

„Raten Sie doch!", bekomme ich zur Antwort. Rasend witzig! Ich will schon *Blödmann* sagen, kann mich aber beherrschen und nehme mein Funkgerät zur Hand. Ich frage bei der Leitstelle nach, wer bei dieser Adresse gemeldet ist und bekomme den Namen Patrick für den Sohn genannt.

„So, Patrick. Ich möchte ein paar Dinge klarstellen. Ich hatte heute einen sehr unschönen Start in die Nacht und mir ist gerade so gar nicht nach Wichtigtuern zumute. Da Sie offensichtlich nicht in der Lage sind, diese Veranstaltung verantwortlich zu führen, werden wir Ihnen dabei helfen. Sie sehen den Kollegen dort hinten bei Ihrer Musikanlage?"

Er nickt, während ich auf Lukas zeige, der inzwischen neben dem improvisierten DJ-Pult steht. „Sie meinen den langen Kerl mit der albernen Mütze?"

„Der Kollege wird jetzt den Stecker ziehen und die Anlage mitnehmen. Sie bekommen von mir einen Beleg und können sich Ihr Eigentum im Laufe des morgigen Tages auf der Polizeiwache wieder abholen. Sie dürfen gerne weiterfeiern, aber denken Sie bitte an die Nachtruhe Ihrer Nachbarn. Sollten wir noch einmal wiederkommen müssen, werden wir die Veranstaltung auflösen und den Personen, die durch ihre Lautstärke auffallen, Gelegenheit geben, auf der Wache in einer Zelle weiterzusingen. Haben Sie das verstanden?"

Er nickt, sieht aber irritiert aus. Seine gespielte Arroganz bekommt deutliche Risse.

„Sollten Sie das für einen Scherz meinerseits halten, lassen Sie sich von mir versichern – ich bin gerade nicht zum Scherzen aufgelegt! Im Übrigen bekommen Sie in den nächsten Tagen Post von der Ordnungsbehörde. Darin wird sich ein Bußgeldbescheid befinden."

Ich drehe mich zu Lukas um, der die Anlage bereits auf seinem Arm trägt, und schaue zu Nicole, die dem verdutzten und angenehm sprachlosen Partyhengst das Sicherstellungsformular für seine Musikanlage aushändigt.

„Wir wünschen einen schönen restlichen Abend und hoffen, Sie für heute nicht wiedersehen zu müssen." Ich ziehe das Gartentürchen wieder hinter uns zu.

„Was ist denn mit dir los?", fragt mich Nicole. „So rigoros kenne ich dich gar nicht!"

„Mir ist heute nicht nach pubertärem Machtgehabe. Packt die Anlage zu mir ins Auto – ich fahre zurück auf die Wache."

*

Als ich auf der Wache ankomme, hat Kai offensichtlich noch Worte von gestern übrig oder sein Kontingent für heute bereits angebrochen. Auf jeden Fall drängt ihn das Bedürfnis, mich zuzutexten. Aber ich will heute nur noch meine Ruhe haben.

Ich verdrücke mich in mein Büro und erledige meine administrativen Aufgaben. Später frage ich bei den Kollegen nach, wer was vom Bäcker möchte. Meine Fahrt führt mich nach Spich, wo es um diese Uhrzeit die allerbesten ofenfrischen Backwaren gibt.

Rechtzeitig zum Schichtwechsel bin ich zurück.

„Was bekommst du für die Schokocroissants?“, fragt mich Jasmin, die nach einer langen Nacht auch wieder auf der Wache eingetrudelt ist und ihre Geldbörse in der Hand hält.

„Nichts. Ich war heute die ganze Schicht ätzend und gereizt – das geht auf mich!“ Ich ringe mir ein Lächeln ab.

Nach der Übergabe an den Frühdienst will ich aus Neugier noch bis zu unserer Frühbesprechung bleiben. Die Zeit bis dahin vertreibe ich mir bei Rüdiger in der zweiten Etage, der auch schon wieder im Dienst ist. Dort belegt die Mordkommission zwei Büros und den Besprechungsraum.

„Morgen“, begrüße ich ihn herzlich. Manfred, einem der beiden Mordermittler, nicke ich kurz und unverbindlich zu. „Was gibt es Neues?“

„Das geht dich nichts an!“ Manfred hat die Arme vor der Brust verschränkt und sieht mich finster an.

„Wer hat dich denn gefragt?“, erwidere ich und schaue dabei nur auf Rüdiger.

„Du, wir haben noch nichts Neues“, versucht Rüdiger zu vermitteln. „Vielleicht nachher.“

„Wann ist bei dir *nachher*?“

„Wir müssen zur Besprechung rüber nach Bonn. Dann hängt es davon ab, wann der Bericht der Gerichtsmedizin komplett vorliegt und was die Spurensicherung ergeben hat. Wir suchen auch noch immer nach den fehlenden Teilen.“ Er grübelt. „Wahrscheinlich gegen elf.“

Enttäuscht entgegne ich: „Schade, dann werde ich mich die nächsten

drei Tage gedulden müssen. Ich habe schichtfrei!"
„Dann viel Spaß und lass dir die Tage nicht lang werden." Er steht auf und bringt mich zur Tür. Draußen fragt er verschwörerisch: „Hast du Manfreds Tisch gesehen?"
„Na klar habe ich den gesehen", erwidere ich feixend. „Ich wollte ihm schon einen Edding von der Wache holen. Dann hätte er sein Kunstwerk vollenden können. Der hat sie doch nicht alle!"
„Das kannst du glauben", stöhnt Rüdiger, „aber das Schlimmste ist, dass sich der alte Pingel für wahnsinnig wichtig hält und alles besser weiß!"
„Oder auch nicht!" Wir müssen beide lachen. „Mach's gut und lass dich nicht unterkriegen!"
„Vielleicht rufe ich dich heute Nachmittag zu Hause an. Deine Nummer müsste ich haben. Du bist ja mächtig neugierig."
„Für mich klingt das wie ein Versprechen", kommentiere ich sein Angebot.

Auf dem Weg nach unten treffe ich den Chef. „Guten Morgen, Chef. Gibt es noch was Wichtiges? Ansonsten würde ich gerne heimfahren. Heute ist nicht mein Tag."
„Kannst ruhig gehen." Er mustert mich prüfend. „War was Besonderes?"
„Todesbenachrichtigung", sage ich müde, „zurück bleiben eine Frau in den besten Jahren und zwei minderjährige Kinder. So was nimmt mich immer mit."
Ich hebe kurz die Hand zum Gruß und sehe aus den Augenwinkeln, wie er verständnisvoll nickt und seinen Bart zwirbelt.
Als ich in den Aufenthaltsraum komme, sitzt Kai noch allein am Tisch. Ich lasse mich auf den Stuhl ihm gegenüber fallen. „Was ist mit dir? Trinken wir noch einen Schlummertrunk?"
„Gerne!" Er öffnet eine Flasche *FrühSport* für mich und wir prosten uns zu.
„Wo ist denn der Rest der Bande?"
„Die sind schon heimgefahren. Lukas hatte es besonders eilig. Er darf heute am Drachenfels noch ein bisschen Lok fahren."
„Jasmin ist auch schon weg? Ich habe vom Flur aus ihren kleinen Sportflitzer auf dem Parkplatz gesehen."

„Die ist mit unserem Musketier gefahren!"
„Sag bloß … Der alte Schwerenöter!"
Wir prosten uns erneut wissend zu und hängen unseren Gedanken nach.

Kapitel 6

„Pizzataxi“ (Freischicht)

Im Autoradio laufen Oldies, genau das Richtige für unser heutiges Ziel. Auch wenn es mitten in der Woche ist, haben wir heute unser Wochenende. Und so cruise ich entspannt über die gewundene Landstraße in Richtung Windeck. Schnelle Einsatzfahrten sind meine Leidenschaft, aber ich kann auch das gemächliche Dahingleiten einer Ausflugsfahrt genießen.

Ich drehe die Musik leiser und sehe zu meiner Frau. Sie hat den Kopf an die Kopfstütze gelehnt; ihre lange schwarze Mähne fällt über ihre Schultern. An den Seiten und am Ansatz mogeln sich bereits die ersten feinen Silberfäden in ihr Haar und blitzen in der Sonne, die durch die Seitenscheibe ins Auto scheint. Ihr Gesicht wirkt entspannt und sie hat die Augen leicht geschlossen. Ihre Hand, die auf meinem Oberschenkel den Takt der Musik mitgeklopft hat, liegt jetzt still.

„Habe ich dir eigentlich schon von Manfred erzählt?“, unterbreche ich die Stille.

„Du meinst den Unsympath, diesen Brandermittler?“ Anja scheint meinen Erzählungen, insbesondere wenn ich über ungeliebte Kollegen lästere, offensichtlich Gehör zu schenken. „Den, der so über alle Maßen von sich überzeugt ist?“

Ihre Wortwahl gefällt mir. „Stimmt, genau den meine ich. Auch wenn ich ihn eher als arroganten Vollpfosten bezeichnen würde.“

„Was ist mit ihm? Macht er Ärger oder ärgerst du dich einfach nur über seine bloße Existenz?“ Ihre Frage zeigt wieder, wie gut sie mich kennt.

„Wahrscheinlich ist es Letzteres. Ich hatte dir doch erzählt, dass er in der Mordkommission bei unserer Wasserleiche dabei ist. Niemand weiß genau warum, aber es ist, wie es ist. Leider sitzt er derzeit mit Rüdiger in einem Büro, sodass ich, wenn ich von Rüdiger weitere Informationen aus erster Hand möchte, seiner schlechten Laune und seinen unangemessenen Sprüchen nicht aus dem Weg gehen kann.“

Anja bohrt nicht nach. Sie weiß, dass ich von alleine weitererzählen werde.

„Auf jeden Fall habe ich jetzt etwas bei ihm gesehen, das mich um einiges klarer sehen lässt." Ich halte kurz inne, aber Anja bleibt weiter stumm. Sie blickt aus dem Fenster und lässt sich von der Sonne das Gesicht bescheinen.

Enttäuscht von ihrem – hoffentlich nur gespielten – Desinteresse erzähle ich weiter: „Er malt mit einem Stift die Umrisse seiner Bürogegenstände auf den Tisch!"

„Quatsch!" Jetzt habe ich ihre Aufmerksamkeit zurück.

„Doch, im Ernst! Ich war vorgestern nach Dienst noch schnell bei den beiden im Büro und da habe ich gesehen, dass er um alles, was auf seinem Schreibtisch stand, mit einem Stift Markierungen gemalt hat. Um den Fuß des Monitors, um die Tastatur, um den Locher, die Ablagekörbchen, den Tacker, die Schreibunterlage, die Lampe und was da sonst noch so rumstand. Nur die Computermaus hat er ausgelassen. Ein Rest Intelligenz scheint ihm verblieben zu sein."

„Das wäre doch bescheuert! Das war doch bestimmt ein Gag und er hat Kreide oder so etwas genommen." Fragend blickt sie mich an.

„Nein, leider kein Gag, aber er hat zumindest abwaschbaren schwarzen Filzstift benutzt. Der Schreibtisch ist von ihm in Bereiche aufgeteilt worden, ih denen die verschiedenen Teile ihren festen Platz haben. Und auch nur dort gehören sie hin. Rüdiger hat mir erzählt, was es für einen Ärger gibt, wenn sich jemand nicht an seine Markierungen hält und die Sachen anders anordnet. Karl Hartmann, der Leiter der Mordkommission, hat das auch mitbekommen und macht sich jetzt immer einen Spaß daraus, ihm Unterlagen so auf den Tisch zu werfen, dass sie zumindest unordentlich dort zum Liegen kommen. Wenn sich dabei noch die Stifte verschieben, die neben der Schreibunterlage ihren fest markierten Platz haben – umso besser."

„Wenn ich das so höre, sollte er lieber bei Holger im Landeskrankenhaus wohnen, statt an eurem Mordfall mitzuarbeiten", erwidert Anja kopfschüttelnd. „Wie macht er denn seine Arbeit? Und wie geht es überhaupt Holger?"

„Über Holger weiß ich keine Neuigkeiten, aber er ist jetzt auch erst ein paar Tage im LKH. Bei unserem ersten Spätdienst erfahre ich sicher mehr." Ich hoffe, dass es ihm bald besser gehen wird.

„Rüdiger", beginne ich erneut, „beschreibt Manfred als sehr penibel, aber elend langsam und verbohrt. Wenn er sich etwas in den Kopf gesetzt hat, dann weicht er davon nicht mehr ab. Er bekommt meistens Recherchearbeiten."

„Apropos Rüdiger", unterbricht mich Anja. „Was hat euer gestriges Telefonat Neues zu dem Toten im Rhein ergeben?"

„Zu Hackepeter?" Ich sehe kurz von der Straße zu ihr und suche nach einer Reaktion in ihrem Gesicht.

„Wieso Hackepeter?" Sie verzieht keine Miene, lediglich ihr Mundwinkel hat ein wenig gezuckt.

„Na ja, das Opfer heißt Peter Schuster. Und was liegt da näher als ihn, in Anbetracht seines derzeitigen körperlichen Zustands, *Hackepeter* zu taufen? Ich kannte seinen Spitznamen bis gestern auch nicht. Rüdiger hat mir davon erzählt."

„Das ist makaber!" Als ich nicht darauf eingehe, fragt sie weiter: „Und, was hat sich mit Hackepeter ergeben?"

„Uns fehlen noch immer ein paar Teile von ihm. Der zweite Arm ist gestern auf Höhe Leverkusen von der Wasserschutzpolizei aus dem Wasser gefischt worden. Jetzt fehlen uns noch ein Bein und der Torso. Rüdiger hat weiter bestätigt, dass die Art, wie die Gliedmaßen abgetrennt wurden, auf Säge und Axt hinweisen. Um es abschließend beurteilen zu können, wäre es gut, auch noch den Torso zu finden, aber sie sind sich schon jetzt ziemlich sicher."

„Hat man schon eine Idee, wer der Täter ist?"

„Ich tippe auf die Ehefrau!" Nachdenklich füge ich hinzu: „Die Probierschnitte deuten auf einen ungeübten Täter hin. Es kommt durchaus vor, dass sich Ehepartner im Streit an die Gurgel gehen, selbst in ganz normalen Familien. Es benötigt am Ende immer nur einen ausreichenden Anlass. Sie wäre nicht die Erste, die ihrem Partner mit einem Schlag auf den Kopf zur Ruhe zwingt. Wer weiß, wie die Ehe gelaufen ist. Aber ..."

„Aber?"

„Ich möchte nicht glauben, dass sich Ehepartner so etwas Schreckliches angetan haben sollen. Das wäre doch etwas zu viel des Guten. Auch wenn es den Anschein hat, als würden die Menschen verrohen, aber den Kopf abhacken? Da hört der Spaß doch auf. Stell dir das nur vor!""

„Das kann und möchte ich mir nicht vorstellen!“ Anja schüttelt sich und blickt mich an.
Ich nicke grinsend: „Das hoffe ich doch!“
„Gibt es weitere Verdächtige?“ Im Radio läuft eines ihrer Lieblingslieder und sie dreht die Lautstärke ein kleines bisschen lauter.
„Ja, es gibt mehrere weitere Ermittlungsansätze neben der Ehefrau. Hackepeter hat sich früher, vor oder auch noch zu Anfang seiner Ehe, in der Kölner Rotlichtszene rumgetrieben. Den Akten zufolge hat er in dieser Zeit allerlei Unfug getrieben. Seit der Hochzeit ist er aber nicht mehr auffällig geworden. Trotzdem ermitteln die Kollegen auch in diesem Umfeld weiter. Oft lässt die Katze das Mausen nicht.“
Anja zieht die Brauen hoch, sagt aber nichts.
„Was aber noch völlig unklar ist“, erkläre ich weiter, „sind die Blutspuren. Sowohl die fehlenden, als auch die, mit denen keiner gerechnet hat.“
„Wie meinst du das?“
„In der Wohnung des Opfers wurden keine Blutspuren gefunden, dort war es sogar so sauber, dass im Grunde nichts gefunden wurde. Aber in der Mietwohnung der beiden Eheleute, die seit einigen Jahren unvermietet leer steht, wurde Blut gefunden, das bis jetzt nicht zugeordnet werden konnte.“
„Vom Ehemann?“
„Nein, der wurde bereits ausgeschlossen. Er war offensichtlich nicht das Opfer aus der Mietwohnung.“
„Aber wer dann?“ Zeitgleich zu ihrer Frage informiert mich das Navi über unser baldiges Eintreffen am Zielort.
„Das ist noch völlig unklar. Wir hoffen aber, dass sich etwas über die DNA-Analyse ergibt.“ Während ich den Satz beende, erreichen wir das Freilichtmuseum Windeck. Hier wollten wir schon lange hin, weil es uns ganz oft von Freunden empfohlen wurde. Für heute haben wir uns vorgenommen, mehrere Ausflugs-Tipps aus dieser Gegend zu erkunden. Es stehen noch die alte Siegschleife in Dreisel, ein leckerer Kaffee im Kulturbetrieb *Elmores*, einer alternativen Chill-Lounge mit Biergarten am Siegwasserfall in Schladern, und ein Romantikdinner in der Burg Mauel auf dem Programm.
Leider reicht die Zeit nicht mehr für die Grube Silberhardt und die

Gärten von Wissen, beides sehr schöne Ausflugsziele in der Nähe von Windeck. Das werden wir bei nächster Gelegenheit nachholen.

*

„Das war so lecker!" Der Gurt drückt mir auf den Magen, als ich mich anschnalle, um am Abend den Heimweg anzutreten.
„Und die hübsche Deko. Vielen Dank für den schönen Tag!" Anja beugt sich zu mir und küsst mich innig. „Wir haben viel zu wenig Zeit für so tolle Ausflüge. Wir sollten das viel öfter machen."
„Stimmt", antworte ich und meine es auch so, als ich den Motor starte und knirschend von dem Kiesparkplatz der Burg Mauel auf die Straße einbiege.

„Du, guck mal da vor uns." Anja deutet auf den Wagen, der seit einigen Kilometern vor uns fährt und auch meine Aufmerksamkeit erregt hat. „Der fährt, als wäre er betrunken unterwegs. Du solltest ihn anhalten!"
„Echt nicht!", antworte ich. „Sieh dich um, wo wir hier sind: mitten in der nachtschwarzen Pampa. Außerdem bin ich nicht im Dienst, in Zivil, in meinem Privatwagen und habe dich bei mir. Ich würde uns, und insbesondere dich, einem völlig unnötigen und unübersehbaren Risiko aussetzen."
„Du bist doch sonst nicht so schissig!", wirft sie mir vor.
„Das hat nichts mit Schiss zu tun, das ist einfach vernünftig." Ich beobachte den Wagen vor mir weiter. „Habe ich dir eigentlich jemals die Geschichte mit dem betrunkenen Russen erzählt?"
„Ich kann mich nicht erinnern. Aber du erzählst mir sowieso nicht immer alles."
„Stimmt, alles erzähle ich dir nicht, aber vieles schon. Ich lasse hin und wieder gefährliche Details weg, aber sonst …" Den Rest des Satzes lasse ich im Raum stehen, ehe ich mit meiner Geschichte beginne: „Also, es begab sich einmal vor langer, langer Zeit, als es noch keine Handys gab, dass ein Ritter in goldener Rüstung nach Hause zu seiner holden Jungfrau reiten wollte, als er …"
Anja knufft mich in die Seite: „Nimm mich nicht auf den Arm!"

„Nein, im Ernst, die Geschichte ist schon Jahre her“, bemühe ich mich zu erklären, ein wenig traurig darüber, nicht die Märchenfassung erzählen zu dürfen.
„Wie fange ich am besten an …? Ich komme abends mit unserem Privatwagen aus Troisdorf und will über die Hütte in Richtung Menden fahren. Ich weiß noch, dass es eine laue Sommernacht war, weil ich die Seitenscheibe unten hatte. Klimaanlagen waren zu der Zeit übrigens auch noch nicht serienmäßig.
Wie ich so an einer Ampel stehe und nach links in die Mendener Straße abbiegen will, höre ich neben mir einen Motor vorbeikreischen und ein kleiner Fiat Panda fliegt bei Rot über die Kreuzung. Auf der Heckscheibe war ein großer Aufkleber: *Pizzeria Al Dente*. Am Ausgang der Kreuzung nimmt er erstmal die für den nächsten Tag abgestellten Mülltonnen mit, um danach durch die Rabatten zu schleudern. Er hat es gerade noch geschafft, vor den dort geparkten Fahrzeugen wieder auf die Straße zu kommen. Selbst die Laterne, die er mit seinem Heck gestreift hat, hat sich hinter ihm ‚verneigt‘, stand aber wenigstens noch. Was sollte ich machen?“, frage ich rhetorisch.
„Na, hinter ihm her!“
„Genau! Ich habe meine Warnblinkanlage eingeschaltet und bin losgefahren. Stimmt nicht – ich bin hinterhergerast. Ich hätte nicht gedacht, dass man aus so einem kleinen Auto ein so hohes Tempo herausholen kann. Mir war schnell klar, dass der Fahrer nicht Herr seiner Sinne sein konnte. Er war viel zu schnell, fuhr Schlangenlinien und hat mehrere geparkte Fahrzeuge und Verkehrsinseln touchiert.“
„Da kommt doch dann irgendwann die Eisenbahnbrücke“, wirft Anja ein.
„Genau, aber wir waren zu dem Zeitpunkt noch auf dem geraden Teil der Straße. Apropos Straße“, unterbreche ich mich, „der vor uns kann sich kaum auf seiner Fahrspur halten. Wir müssten jetzt doch die Wache in Eitorf anrufen. Die sollen einen Wagen schicken und sich den Vogel ansehen. Ruf du bitte an, die Nummer ist als Kurzwahl gespeichert.“
Wenige Minuten später hat Anja das Gespräch beendet und wendet sich wieder an mich: „Es müsste uns in ein paar Minuten ein Einsatzwagen entgegenkommen. Wir sollen Bescheid geben, falls der Wagen die Land-

straße verlässt oder sonst wie abbiegt. Also, der Typ in dem Panda ist vor dir her auf die Brücke zugerast", erinnert sie mich wieder an meine Geschichte.

„Richtig, und zwar echt schnell", nehme ich den Faden wieder auf. „Zum Ende hin, also kurz vor der Brücke, hatten wir deutlich über einhundert Sachen drauf."

„Alle Achtung!" Anja zieht scharf die Luft ein.

„Stimmt, alle Achtung! Zumal die Kurve über die Brücke echt eng ist und auf der Mendener Straße, wenn wir auch schon späten Abend hatten, doch noch vereinzelt Fußgänger unterwegs waren. Oben auf der Brücke hat es ihn dann fast aus der Kurve getragen, aber er konnte sein kleines Pizzataxi doch wieder auf Kurs zwingen, indem er den überhohen Bordstein als Bande genutzt hat. Da sind ganz ordentlich die Funken geflogen. Wäre das schiefgegangen, hätte er zehn Meter tiefer auf den Schienen gelegen.

Aber weiter im Text. So konnte das nicht weitergehen. Meine Versuche, ihn zu überholen, hat er dann mit kleinen, aber gemeinen Lenkbewegungen zunichte gemacht. Er dachte offensichtlich, ich würde ein Rennen mit ihm fahren wollen. Da war gefahrlos nichts zu machen.

So ging die Fahrt weiter in Richtung Menden. Die rote Ampel in die Burgstraße hat er ganz entspannt ignoriert und ist weiter durch das Wohngebiet gerast. Durch Menden, Meindorf und weiter in Richtung Geislar. Auf Höhe des Wasserwerks hat er dann offensichtlich von mir und meiner Raserei die Nase voll gehabt und angehalten." Ich unterbreche meine Erzählung.

„Soll ich noch einmal anrufen?" Anja deutet meine Pause richtig.

„Gib der Wache unseren aktuellen Standort durch. Das macht es dem Einsatzwagen leichter", bitte ich sie. Anja nickt und greift zum Handy. Nach dem kurzen Gespräch lässt sie es in ihren Schoß fallen. „Erledigt", sagt sie. „Sie sind gleich bei uns. Das ist heute mit Handy bedeutend einfacher als damals."

„Auf jeden Fall", bestätige ich. „Hätte ich damals auf einer Polizeiwache anrufen können, wäre mir der Rest der Geschichte erspart geblieben."

„Erzähl weiter. Ich kann mich noch immer nicht daran erinnern, dass du mir das je erzählt hast", fordert Anja mich erneut auf.

„Also, der Fahrer hielt rechts am Straßenrand, ein bisschen in einem Seitenweg, sodass ich entweder hätte weiterfahren oder aber direkt hinter ihm auf der Landstraße halten müssen. Um diese Uhrzeit ist es dort leer und ziemlich düster. Keine Laternen, keine Häuser – ausschließlich das verschlossene Wasserwerk. Weiterfahren kam natürlich nicht infrage, also habe ich mit Warnblinklicht hinter dem Pizzataxi gehalten. Ich stieg aus, zückte meinen Dienstausweis und stellte mich neben sein Fahrerfenster. Eine Taschenlampe hatte ich natürlich auch nicht und so musste das Licht meiner Scheinwerfer ausreichen. Ich weiß nicht genau warum, aber ich hatte in dem Pizzataxi einen Italiener erwartet."

„Und?"

„Na ja, als ich dann ins Innere des Wagens gesehen habe, war schnell klar, dass ich einer Fehleinschätzung aufgesessen war. Im Auto saß nur eine Person, männlich und, wenn man nach der markanten Kopfform gehen konnte, ein Russe. Am Ende hat sich herausgestellt, dass er Deutscher war, aus den …"

„Ein Weißrusse", verkürzt Anja meine Erklärung und wählt gleichzeitig erneut die Nummer der Wache. Ich lege ihr die Hand auf den Arm. „Du kannst wieder auflegen. Ich glaube, da vorne kommen die Kollegen."

Ich lenke meinen Wagen ein bisschen auf die Gegenfahrspur und gebe mit der Lichthupe Zeichen, woraufhin der entgegenkommende Streifenwagen sein Blaulicht einschaltet und weit vor uns die Straße versperrt. Die Kollegen sprechen den Fahrer vor uns über Außenlautsprecher an und treten dann an sein Fahrzeug, das er vorher nur mit großer Mühe zum Stehen gebracht hat. Der Fahrer hatte viel zu spät und zögerlich begonnen zu bremsen. Beinahe hätte man glauben können, er hätte die Kollegen über den Haufen fahren und danach durchbrechen wollen.

„Bleib bitte sitzen! Ich gehe rüber", ermahne ich Anja, die gerade am Türgriff ziehen will.

Der Fahrer des Wagens ist bereits ausgestiegen und wird von den Kollegen befragt. Wir begrüßen uns durch ein kurzes Nicken. Ich stelle mich etwas abseits dazu und höre den Redefluss des Mannes mit.

„Nein, ich habe keinen Alkohol zu mir genommen!", höre ich ihn sagen.

„Nein, schon seit Tagen nicht mehr. Wer hat mich angezeigt? Etwa das Arschloch hinter mir?“ Dabei zeigt er mit dem Kinn auf mich. „Vielleicht bin ich ja etwas unkonzentriert gefahren. Ich hab im Moment ein paar Probleme in der Familie und bin sehr müde. Wirklich, Herr Wachtmeister, ich tue nie etwas Verbotenes!“
Das sind genau die Worte, die uns immer aufhorchen lassen.
Nachdem sich die Kollegen mit ihm beschäftigt haben, kommt einer der beiden, den ich schon aus verschiedenen Einsätzen kenne, auf mich zu und begrüßt mich: „Hallo, Frank, erzähl mir was Sachdienliches.“
Wie peinlich, mir fällt sein Vorname nicht ein.
„Grüß dich. Da gibt es nicht so viel. Wir fahren seit der Burg Mauel hinter ihm her. Er fährt sehr langsam, meist deutlich unter der erlaubten Höchstgeschwindigkeit, schafft es aber dennoch kaum, auf der Straße zu bleiben. Er ist mehrfach in den Seitenstreifen und auf die Gegenfahrspur geraten. Sieh dir seine rechte Fahrzeugseite an. Die sollte von der Erde am Fahrbahnrand komplett frisch verdreckt sein. Seine Felgen auf der linken Seite dürften stark zerkratzt sein, da er mehr als eine Verkehrsinsel touchiert hat. Er hat entweder dauertelefoniert, das konnte ich aus meinem Auto heraus aber nicht sehen, oder berauschende Mittel zu sich genommen.“
„Danke, hören wir, was er zu sagen hat“, antwortet der Kollege und geht um das Fahrzeug des Angehaltenen herum.
„Sagen Sie“, spricht er den Fahrer an, „woher kommt der frische Dreck an Ihrer rechten Fahrzeugseite?“
„Das weiß ich auch nicht. Den Wagen fahren mehrere Personen aus meiner Familie. Den könnte jeder dreckig gemacht haben. Ist es neuerdings verboten, mit einem schmutzigen Auto zu fahren?“, versucht sich der Mann zu verteidigen.
„Und woher kommen die vielen frischen Macken an Ihren Felgen?“, bohrt der Kollege weiter nach.
Triumphierend entgegnet der vielleicht 20-jährige Fahrer: „Woher wollen Sie wissen, dass das frische Macken sind?“
„Ist die Frage ernst gemeint? Schauen Sie doch bitte selbst!“
Der Kollege zeigt auf die vom Bremsstaub schwarzen Alufelgen, auf denen die neuen Scharten silbern glänzen.

„Sollen wir das wirklich miteinander diskutieren?“ Die Frage ist offensichtlich rhetorisch.
„Ich habe nichts getrunken! Dabei bleibe ich.“ Trotzig verschränkt der junge Mann die Arme über der Brust.
„Dann haben Sie sicher auch nichts gegen einen Alkoholtest einzuwenden. Dieser würde Ihre Aussage beweissicher stützen.“ Gleichzeitig hält ihm der andere Kollege ein Atemalkoholtestgerät vor die Nase. „Das Mundstück ist frisch. Sie können ganz entspannt in das Gerät pusten, bis ich *Stopp* sage.“
Jetzt wird der junge Kerl zögerlich: „Wie genau sind die Geräte?“
„Sehr genau“, bekommt er zur Antwort, und auch der zweite Kollege mischt mit: „Jetzt machen Sie schon, sonst nehmen wir Sie mit auf die Wache und ordnen dort eine Blutprobe an.“
„Ich mach ja. Ich hab nichts getrunken!“ Er nimmt das Testgerät in die Hand und setzt zum Pusten an.
„Mag sein, aber Sie haben etwas eingeworfen oder geraucht!“, mische ich mich von der Seite ein. Vor Schreck kann er kaum in das Gerät pusten und die Messung muss abgebrochen werden.
„Auf geht's zum zweiten Versuch“, wird er erneut animiert. Diesmal klappt es. Es dauert ein paar Sekunden, dann zeigt das Gerät 0,22 Promille an.
„0,22“, teilt ihm der Kollege mit und man kann sehen, wie ein Leuchten über das Gesicht des kleinen Sünders zieht. *Geschafft!* scheint in großen Buchstaben auf seiner Stirn geschrieben zu stehen.
„Da haben Sie aber gelogen bei der Aussage, Sie hätten keinen Alkohol getrunken“, wirft ihm einer der beiden Beamten vor. „Wir machen jetzt zusätzlich einen Drogentest und dann sehen wir weiter.“
„Das dürfen Sie nicht!“ Wir haben ihn offensichtlich aus seiner Komfortzone geschubst.
„Warum glauben Sie das?“
„Sie müssen sich vorher entscheiden und dürfen nur einen Test machen!“ Seine Stimme wird von der Aufregung leicht schrill.
„Das ist ja süß. Wo haben Sie das denn gelesen?“ Während er fragt, reibt der Kollege den vorbereiteten Drogen-Teststreifen über die Stirn des jungen Mannes, der jetzt ganz deutlich seine Fassung verliert.

„In ein paar Sekunden wissen wir mehr“, sage ich zu Anja, die mittlerweile doch neben mir steht und die Geschehnisse aus der Nähe beobachten will.
„Na, sieh einer an!“ Der Kollege mit dem Testgerät schüttelt missbilligend den Kopf. „Positiv auf Cannabis und Kokain. Das ist eine hübsche Mischung. Wir müssen Sie jetzt bitten, mit auf die Wache zu kommen. Dort wird Ihnen der Doktor Blut abnehmen, um festzustellen, in welchen Mengen Sie Drogen konsumiert haben. Aber vorher räumen Sie erstmal Ihre Taschen aus. Legen Sie bitte alles, was sich darin befindet, auf die Motorhaube.“
Ich mische mich ein: „Braucht ihr mich noch? Ich würde sonst gerne …“
„Nein, nein“, unterbricht mich der Kollege und begrüßt nun auch meine Frau. „Fahrt heim. Du kannst in deiner nächsten Schicht einen kleinen Bericht schreiben und an mich mailen. Ich hefte den dann an den Vorgang.“
„Geht klar“, verabschiede ich mich und überlege, wem ich den Vorgang schicken soll. Mir ist sein Vorname noch immer nicht eingefallen. Aber nachfragen will ich irgendwie auch nicht.
„Gerald, kannst du ihn bitte durchsuchen?“, hilft mir der andere Kollege unfreiwillig aus meiner Not.
Gerald, natürlich! Den Nachnamen finde ich über das Wachverzeichnis raus. „Tschüss Männer!“, verabschiede ich mich und Anja winkt kurz zum Abschied, bevor ich die Warnblinkanlage ausschalte und wir uns wieder auf den Weg nach Hause machen.
„Da hatten wir doch einen guten Riecher.“ Stolz schwingt in Anjas Stimme mit.
„Auf jeden Fall. Und trotzdem bin ich froh, dass wir ihn nicht selbst angehalten, sondern die Kollegen das für uns erledigt haben. Wir hätten nicht einmal die Möglichkeiten gehabt, ihn zu testen.“
„Ja, ja“, kommt es von rechts als Antwort. „Erzähl lieber weiter, wie es dir mit deinem Russen ergangen ist!“
„Wo waren wir stehen geblieben? Ach ja, ich halte ihm meinen Dienstausweis gut sichtbar an die Scheibe und gebe ihm zu verstehen, aus dem Auto auszusteigen.“
„Und?“

„Und er ist ausgestiegen. Und wie! Erst hat er so wütend die Tür aufgerissen, dass ich dachte, sie schlägt gleich vorne gegen den Kotflügel. Hätte ich vor der Tür gestanden, wären bei mir sicher ein Paar neue Knie fällig gewesen. Zur Eigensicherung habe ich, Gott sei Dank, genug Abstand gehalten und konnte ganz wunderbar beobachten, wie er ausgestiegen ist. Er stieg aus seinem Panda aus und aus und aus … Mein Gott, war der Kerl groß!

Der Panda war geradezu magisch, wie direkt aus *Harry Potter*! Mein erster Gedanke war die Frage, wo zum Teufel die Pizzen in dem Auto hätten Platz finden sollen. Die zweite und dritte Frage folgten unmittelbar: Wie schwer ist der Koloss? Sind das, auf die zwei Meter Höhe verteilt, alles Muskeln, oder isst er auch selbst von seinen Pizzen?

Egal, ich musste abwägen. Ich habe nun wirklich kein Gardemaß und bringe ja kaum 70 Kilo auf die Waage.“

Anja tätschelt mir aufmunternd den Oberschenkel, als ich weiterspreche: „Mir war klar, dass ich chancenlos gewesen wäre, hätte er mich zu fassen bekommen. Wahrscheinlich hätte ich sofort durch K.o. in der ersten Runde verloren. Meine einzigen Chancen waren Schnelligkeit und das Wort.

Mir sind in Sekundenbruchteilen alle Techniken aus dem Wing Tsun eingefallen. Alle sind sehr effektiv und führen in der Regel zu einem raschen Ende eines Kampfes, aber der Typ war echt riesig. Ich hatte die Sache angefangen, also musste ich sie auch zu Ende bringen.“

Anja schüttelt leicht den Kopf. „Du bist manchmal ein bisschen starrköpfig.“

Ich reagiere nicht auf ihren Einwand. „So stehe ich in ausreichender Sicherheitsdistanz vor ihm, den Kopf leicht in den Nacken gelegt und erkläre ihm in wohlgesetzten Worten, dass sein Verhalten im Straßenverkehr nicht angemessen sei. Kraft meines Amtes könne und wolle ich das nicht hinnehmen. Dabei war ich immer auf der Hut, mir nicht plötzlich und unerwartet einen Schlag einzufangen, der mich zu den Engeln geschickt hätte. Dort im Niemandsland wäre ich entweder erst am nächsten Tag im Graben gefunden oder, hätte er mich auf der Straße abgelegt, vom nächsten Auto überfahren worden. Keine schönen Aussichten.

Gleichzeitig habe ich mir überlegt, wie und wo ich bei ihm eine Kampftechnik anwenden könnte. Ich liebe Techniken gegen den Hals, weil sie in ihrer Effektivität kaum zu übertreffen sind, aber dieser Hals war so hoch, dass dort keine Bewegungsenergie mehr von mir angekommen wäre. Blieben noch Techniken gegen die Genitalien und den Solarplexus. Aber bisher schaute er nur aus vom Alkohol stark geröteten Augen gelassen auf mich herab und ließ mich höflich ausreden. Offensichtlich gefiel ihm dann doch nicht, was ich zu sagen hatte, denn als ich mit meinem Text fertig war, holte er ordentlich aus, wahrscheinlich, um mich am Weiterreden zu hindern."

„Du erzählst das alles so im Spaß, aber ..."

„Ich muss zugeben, dass mir in dem Moment ganz schön die Klammer gegangen ist. Zu diesem Zeitpunkt war der Ausgang noch komplett offen. Hätte mich sein Schwinger getroffen, wäre ich wahrscheinlich bis heute nicht wieder wach."

„Und, wie bist du aus der Nummer rausgekommen?" Anja sieht mich so gespannt an, dass ich lachen muss.

„Wie gesagt, er war sehr betrunken. Das hat seine Reflexe nicht schneller gemacht. Ich konnte seinem Schwinger ausweichen, habe ihm mit dem Knie die Weichteile noch etwas weicher gemacht und als er mir dadurch mit dem Oberkörper näher kam, habe ich ihm einen geraden Schlag auf den Solarplexus verpasst. Danach wollte ich ihn, da jetzt auch sein Hals in Reichweite sein würde, mit einer Halshebeltechnik zu Boden bringen. Das ging allerdings gehörig schief. Nach dem Schlag auf den Solarplexus ist er einfach zusammengesackt, und zwar über mir. Seine wahrscheinlich 150 Kilogramm Masse haben mich förmlich unter sich begraben. Ich konnte nicht mehr ausweichen und bin unter ihm zu Boden gegangen."

Anja kann sich ein Lachen nicht verkneifen. „Scharf! Und wie hast du dich befreit?"

„Das war echt schwierig. Ich lag quasi in embryonaler Haltung unter ihm. Der war so hinüber, dass ich die ganzen Massen erst von mir runterschieben musste, bevor ich wieder aufstehen konnte. Dabei habe ich mir damals den Rücken gezerrt. Vielleicht kannst du dich daran erinnern."

„Ja, stimmt. Ich musste dich danach wochenlang abends eincremen."

Gespielt entrüstet knufft sie mir gegen den Arm. „Darüber, woher du deine Zerrung hattest, hast du dich damals gekonnt ausgeschwiegen!"
Mit einem schiefen Lächeln zucke ich mit den Schultern. „Jetzt hatte ich aber erstmal Angst, dass ich ihn vielleicht verletzt hatte. Die Russen, mit denen ich bisher dienstlich zu tun hatte, gehen eigentlich nicht so schnell kaputt, die sind hart im Nehmen – aber man weiß ja nie."
„Aber er war noch heile?"
„Heile, aber komplett am Ende. Er muss von dem Schlag kurz benommen gewesen sein und der Alkohol hat ihn dann direkt in tiefen Schlaf versetzt. Was macht man in dunkler Nacht mit so einem Koloss am Straßenrand? Da hebst du leichter ein umgefallenes Motorrad wieder auf, als dass du so einen Brummer umbettest. Der Sack ist auch nicht mehr wach geworden. Ich habe gerüttelt und geschüttelt und ihm sogar eine schlagartige Wangenmassage angedeihen lassen – aber nichts. Keine Reaktion. Der Rautek-Griff ging zuerst nicht, weil er seitlich auf dem Bauch lag. Ich musste ihn erst mühsam auf den Rücken drehen, um ihn ziehen zu können."
„Du hättest doch die Abschleppstange nehmen können." Anjas Lachfältchen vertiefen sich.
„Glaub mir, darüber habe ich kurz nachgedacht." Ich muss bei dem Gedanken grinsen. „Mit dem Rautek-Griff wollte ich ihn dann von der Straße an den Zaun des Wasserwerkes ziehen. Als ich ihn allerdings eine gefühlte Stunde und fünf Liter Schweiß später kaum über den kleinen Feldweg gewuchtet hatte, habe ich mich umentschieden. Du weißt doch, dass ich in dem kleinen Werkzeugkasten im Auto immer ein paar Kabelbinder liegen habe."
„Weiß ich das?"
„Ich hätte es zumindest gehofft", antworte ich resigniert. „Mit den Kabelbindern, von deren Existenz du nichts weißt, habe ich seine Hände auf dem Rücken gefesselt und versucht, ihn in eine stabile Seitenlage zu manövrieren. Ich kann dir versichern, dass das ein anstrengendes Unterfangen war."
„Du hast ihn also mit deinen tollen Kabelbindern gefesselt", kommentiert Anja schnippisch, „und dann?"
„Und dann wurde es auch nicht leichter. Eine Telefonzelle gab es dort

nicht. Die Nächste wäre in Geislar oder in Meindorf gewesen. Aber konnte ich es riskieren, ihn so liegen zu lassen? Was wäre gewesen, wenn er aufwacht, während ich unterwegs bin und betrunken vor ein vorbeifahrendes Auto läuft? Ich habe mich neben ihn an den Straßenrand gesetzt und gewartet, dass ein Auto vorbeikommt. Dabei durfte ich Igor – so hieß er übrigens, und wie ich finde, sehr passend – beim Schnarchen zuhören. Zwischendrin hat er auch ein paar Worte geredet, aber das war kein Deutsch. Igor hat ganz sicher auf Russisch geträumt.
Aber es kam erstmal kein Auto. Es hat ewig gedauert, bis das erste auf mich zu und dann, trotz meiner winkenden Bemühungen, auch wieder von mir weg fuhr."
„Der Fahrer hat sicher zu viel RTL2 geschaut, wo sie immer davon abraten, nachts an der Landstraße zu halten", nimmt Anja ihn in Schutz.
„Mag sein, aber ich hätte schon Hilfe gebrauchen können. Der Übernächste hat dann tatsächlich angehalten. Ich habe mich ausgewiesen, ihm den Sachverhalt erklärt und gebeten, an der nächsten Telefonzelle die Polizei anzurufen. Er hat die ganze Zeit nur genickt. Als ich ihn dann gebeten habe, meinen Auftrag noch einmal in eigenen Worten zu wiederholen, hat er wieder genickt und ist in sein Auto gestiegen. Weg war er."
„Hat es geklappt? Ist die Polizei gekommen?"
„Die Polizei ist irgendwann gekommen, aber ob es mit ihm geklappt hat, glaube ich rückblickend eher nicht. Da ich mir unsicher sein musste, ob mein eifriger ‚Nicker' auch wirklich tun würde, was ich ihm aufgetragen hatte, habe ich auch das über-übernächste Auto angehalten. Vorher sind nämlich wieder alle durchgefahren.
Die Dame war fit, hat sich kurz meinen noch immer friedlich schnarchenden Russen angesehen und ist dann in Richtung Meindorf weitergefahren.
Erst kam ein Rettungswagen und gleich dahinter die Kollegen. Die Sanis haben ihn mit Riechsalz wieder fit gemacht und die Kollegen mussten ihn danach wieder zu Boden ringen", erzähle ich lachend weiter. „Jetzt war mein Russe wirklich sauer und vom Schlaf erfrischt. Obwohl er gefesselt war, sind wir nicht mehr gegen ihn angekommen. Damals gab es noch kein Pfefferspray und wir mussten ihn mit CS-Gas einne-

beln. Das Zeug war unberechenbar und man bekam immer selbst ein wenig davon ab. Wir haben ihn dann auf die Trage des Krankenwagens geschnallt und einer der Sanis hat Igor mit einer süßen kleinen Spitze wieder beruhigt."

Anja lacht laut auf. „Ich stelle mir gerade vor, wie ihr an dem riesigen Typen dranhängt und er sich bloß wie ein Bär schüttelt."

„Lach nur", erwidere ich ebenfalls lachend. „Ich fand das damals nicht besonders lustig und die Kollegen zu Beginn sicher auch nicht. Gut, dass gleich danach ein zweiter Einsatzwagen gekommen ist. Das war schon eher eine Quote, mit der sich arbeiten ließ.

Die Kollegen haben Igor dann ins Krankenhaus begleitet und eine Blutprobe angeordnet. Den Wert weiß ich nicht mehr genau, aber er war auf jeden Fall so hoch, dass wir beide sicher daran gestorben wären.

Die beiden verbliebenen Kollegen haben es sich am Ende aber nicht nehmen lassen, mir zu erklären, dass ich einen ziemlichen Knall hätte und zukünftig etwas mehr überlegen sollte, bevor ich mich mit einem drei Zentner schweren Russen anlege. Ich konnte sie nicht recht davon überzeugen, dass ich nach bestem Wissen und Gewissen gehandelt hatte und überhaupt alles ganz anders geplant war."

„So ist er, mein Mann, immer für jeden Unsinn zu haben", resümiert Anja.

„Weißt du, was mich zusätzlich an dem Einsatz total fasziniert hat?"

„Was?"

„Du kannst dich erinnern, dass ich gesagt habe, er wäre gefahren wie der Henker …"

„Ja."

„Er hatte keine Schaltung in der kleinen Schrottmöhre. Der Schalthebel war abgebrochen."

„Und wie hat er dann geschaltet?"

Wir biegen gerade in unsere Garagenauffahrt ein.

„Ich habe keine Ahnung. Uns ist der Umstand erst aufgefallen, als wir den Wagen weiter in den Feldweg schieben wollten. Dazu musste ich den Gang rausnehmen und prompt hatte ich den Schaltknüppel in der Hand. Er hatte die ganze Schaltverkleidung entfernt, da ist beim Panda nicht so viel zu tun, und muss dann den abgebrochenen Hebel direkt in

der Schaltkulisse verkeilt haben, um schalten zu können. Wer betrunken mit einem solchen Schrottauto so schnell fahren kann, sollte über einen Karrierewechsel nachdenken."
„Aber erst, wenn er seinen Führerschein wieder hat." Anja steht jetzt neben mir an der Haustür. „Schlag es ihm doch einfach vor, wenn du ihm das nächste Mal begegnest."
„Das mache ich bestimmt", verspreche ich ironisch.

*

„Guten Morgen, Frank", tönt die Stimme aus meinem Handy.
„Guten Morgen, Rolf. Wenn du mich sogar in meiner Freizeit anrufst, kann das nichts Gutes bedeuten. Oder willst du mich auf einen Kaffee einladen?"
„Das kann ich gerne machen, aber nur hier in der Redaktion. Ich komme nicht weg, weil ich in eurer Hackepeter-Geschichte recherchiere. Kannst du mir etwas dazu sagen?"
„Rolf, immer gerne, aber in diesem Fall nicht. Ich bin nicht nah genug dran, habe meine Infos auch nur aus zweiter Hand. Da musst du bitte mit der Mordkommission in Bonn direkt Kontakt aufnehmen. Hast du die Kontaktdaten?"
„Hab ich. Ich müsste vom Leiter sogar die Handynummer haben. Schade, ich hatte gehofft, vor dem Gespräch noch ein paar Infos von dir zu bekommen, die mir weiterhelfen."
„Diesmal kann ich dir nicht helfen. Hast du denn schon etwas bei deinen Quellen herausfinden können?"
„Meine Infos führen mich derzeit direkt nach Köln ins Rotlicht. In der Kölner Redaktion des Kuriers habe ich einen Kollegen, der sich in der Szene sehr gut auskennt und den Namen schon gehört hat. Es geht um Menschenhandel, Prostitution, eventuell Drogen … womit Rockerbanden so ihr Geld verdienen."
„Gibt es konkrete Verdachtsmomente?"
„Nur Hinweise. Auf jeden Fall ist er keine große Nummer. Hat sich etwas zurückgezogen, sein Geschäft verkleinert. Spannend ist die Frage, ob er das freiwillig gemacht hat oder gezwungen wurde. Vielleicht wür-

de sich bei der Frage eine Spur ergeben."
„Deine Hinweise solltest du mit der Mordkommission teilen. Du weißt schon – Bürgerpflicht. Und am Ende ist ein gutes Verhältnis, vielleicht sogar im wahrsten Sinne des Wortes, Gold wert." Gut, dass er mein Grinsen nicht sehen kann.
„Das hatte ich vor. Dann entschuldige bitte meine Störung an deinem freien Tag. Was machen du und dein Schatz heute noch?"
„Weiß noch nicht. Wahrscheinlich gar nichts oder wir gehen in die Sauna. Ich bin echt kaputt. Warum, hast du noch nichts vor?"
„Ich habe für heute alle Hände voll zu tun, aber vielleicht willst du mich heute Abend begleiten. Ich wollte in Köln einen Informanten treffen."
„Du willst mich doch nur in so eine Striphölle locken und dabei zusehen, wie ich hübschen Frauen kleine Scheine in den Schlüpfer stecke."
„Genau! Und weil ich alleine Angst habe." Er muss lachen.
„Du schaffst das schon alleine, bist doch schon ein großer Junge", spreche ich ihm Mut zu. „Ich bin für solche Aktionen zu geizig."
„Schade. Also dann, mach's gut!"
„Du auch. Und halt mich auf dem Laufenden." Grinsend lege ich auf.
„Wer war das?", ruft Anja aus dem Bad.
„Rolf!"
„Rolf vom Kurier? Und, was wollte er?"
„Mich für heute Abend in einen Stripclub einladen." Ich bin neugierig auf ihre Reaktion.
„Wann gehst du los? Holt er dich ab?"
Vielleicht sollte ich über das Angebot doch noch einmal nachdenken und ihn zurückrufen.

Kapitel 7

„Horst – Null positiv“ (Spätdienst)

Heute freue ich mich auf den obligatorischen Begrüßungsmarathon. Ich habe meine Bande jetzt bereits seit Tagen nicht mehr gesehen, bin ausgeschlafen, satt und voller Tatendrang.

„Tach auch“, begrüßt mich Kai, der wie immer einige Minuten vor mir eingetroffen ist. Sein Pferdeschwanz tanzt um seinen Kopf, als er zu mir rübersieht und die Hand zum Gruß hebt. Auch er strahlt über das ganze Gesicht.

„Freust du dich so über den Dienst oder was ist los?“ Ich lasse mich auf den Schreibtischsessel neben ihm plumpsen und sehe auf die Bildschirme mit den anstehenden Einsätzen. Eine Sekunde später kann ich kaum noch über den Tischrand sehen, weil die altersschwache Hydraulik des Sessels unter mir schnaufend der Schwerkraft nachgegeben hat. Kai grinst. „Na, da hast du wohl in der Freischicht ein bisschen zu viel gegessen.“

Hans, der Dienstgruppenleiter des Frühdienstes, legt seine Pranken auf meine Schultern: „In deinem Alter war ich auch nicht viel größer. Mach dir keine Sorgen, das wird schon noch.“

Nachdem jeder im Wachraum, ob er dort nun hingehört oder nicht, einen Witz über mich gerissen hat, stehe ich auf und gehe in mein Büro. Bevor ich mich setze, prüfe ich die Sitzfläche meines dortigen Bürostuhls mit dem Knie, um weiteren Missgeschicken vorzubeugen.

„Was machst du da? Hast du jetzt einen neuen Job beim TÜV? Ich wollte mich aus dem Urlaub zurückmelden – aber wenn du zu beschäftigt bist … “ Pit hat sich lässig neben mir auf meine Schreibtischkante platziert und sieht mir gespannt zu.

„Mein lieber Peter“, nehme ich seinen ironischen Tonfall auf, „ich freue mich sehr, dich wieder bei uns begrüßen zu dürfen. Ich, nein, wir alle hoffen, dass du einen schönen und erholsamen Urlaub verlebt hast, während wir im Schweiße unseres Angesichts für ein Höchstmaß an Sicherheit gesorgt haben. Herzlich willkommen!“

Ich freue mich tatsächlich, dass Pit wieder aus dem Urlaub zurück ist.

Immer gute Laune, immer einen Spruch auf den Lippen und trotzdem extrem verlässlich. Mit seinen roten wirren Haaren sieht er ein bisschen aus wie Pumuckl, seine Figur strebt allerdings eher in Richtung Meister Eder. Pumuckl „Pit“ Eder ist noch nicht lange bei uns. Er hat aus Köln in den Rhein-Sieg-Kreis gewechselt, weil er ganz in der Nähe der Wache wohnt und seine zweite Lebenshälfte nicht, wie er es ausdrückt, auf der Autobahn vergeuden will.

„Du fährst heute bei mir mit“, eröffne ich ihm. „Ich will alles aus deinem Urlaub wissen. Wie hat es mit deiner neuen Lebensabschnittsgefährtin geklappt?“

Er grinst von einem Ohr zum anderen und zieht mit Daumen und Zeigefinger einen Reißverschluss über seinen Mund: „Ein Gentleman genießt und schweigt! Und glaub mir, soviel, wie ich genossen habe, kann ich gar nicht schweigen.“

„Ich bin gespannt, was du so über deine Krankenschwester schweigst.“ Ich muss ebenfalls grinsen und mache mir so meine Gedanken. Polizisten haben offensichtlich eine Affinität zu anderen sozialen Berufen. Ich glaube, dass beide kein Kind von Traurigkeit sind.

„Für mein Schweigen möchte ich aber im Gegenzug auch den neuesten Klatsch von euch hören“, unterbricht er mein nicht ganz jugendfreies Kopfkino.

„Ist gebongt“, erwidere ich. „Hier war so viel los in den letzten Tagen, wir werden es kaum schaffen, alles zu erzählen. Nicht dass wir noch beim Tratschen von einem Einsatz gestört werden.“

„Ich mache mich fertig und sehe nach, was während meines Urlaubs alles in mein Fach geflattert ist.“

„Mach das“, rufe ich ihm nach, „wir sehen uns dann gleich. Wenn du mich suchst, ich will noch hoch zum Chef, die neuesten Infos abgreifen.“

„Da komme ich mit!“, schallt es aus dem Wachraum in mein Büro. Kai erscheint in der Tür. „Ich hätte danach noch was mit ihm zu klären.“

„Sollte ich davon wissen?“, frage ich, aber Kai schüttelt den Kopf. „Nein, du hast in der Sache bereits getan, was du konntest, das muss ich jetzt selbst mit ihm ausfechten.“ Er richtet theatralisch seinen Pferdeschwanz und ich nicke. „Viel Spaß! Wer vertritt dich auf der Wache?“

„Ich!" Jasmin rauscht an mir vorbei in den Wachraum und schwingt sich in den freien Sessel, der auch unter ihren wenigen, aber an genau den richtigen Stellen verteilten Kilos erneut schnaubend in die Knie geht. Lediglich ihr Duft bleibt einige Sekunden über ihrer kunstfertig gefönten Haarpracht stehen, bevor auch er langsam auf ihre neue Sitzhöhe sinkt.

Lachend verlassen Kai und ich die Wache. Ich sehe mich demonstrativ um. „Wo ist eigentlich Susanne? Die müsste doch heute auch wieder da sein."

Kai zeigt in Richtung des Aufenthaltsraums: „Mutti hat als kleinen Einstand nach ihrem Urlaub ein Frühstück mitgebracht. Sie deckt gerade hinten den Tisch."

„Mama Susi!", rufe ich durch den Flur.

„Ja?", schallt es zurück.

„Willkommen zurück und wartet mit dem Essen bitte, bis wir wieder vom Chef zurück sind. Ich nutze dein Frühstück – vielen Dank dafür – um eine kleine Besprechung zu machen." In dem leeren Flur, an dessen kahlen Wänden ein paar der ehemaligen Bundespräsidenten hängen, hallt meine Stimme nach.

„Ist gut." Susi blickt kurz aus der Tür und winkt. Ihre braunen Locken wippen wie frisch aufgedreht. Dann verschwindet sie wieder in der kleinen Küche. Der Duft von Kaffee und frischen Brötchen begleitet uns einige Meter die Treppe hoch.

Susi hat sich nicht lumpen lassen. Brötchen, Wurst, Käse, Mett, Zwiebeln, sogar Lachs und Forellenfilets. Dazu gibt es Kaffee, Tee und O-Saft. Und nicht zuletzt liegt eine Tischdecke auf dem großen zusammengeschusterten Patchworktisch in der Mitte des Raumes.

„Du hast an eine Serviette für mich gedacht", begrüße ich sie, „dann brauche ich gleich das Hemd nicht zu wechseln. Du bist ein Schatz." Wir nehmen uns herzlich in die Arme.

„Für meinen einzigen und liebsten Dienstgruppenleiter gibt es natürlich nur das Beste." Sie deutet auf meinen Stammplatz. „Setz dich!"

Bis auf Kai haben sich alle im Aufenthaltsraum eingefunden. Jasmin hat die Sprechanlage vom Wachraum zu uns geschaltet und so können wir es uns alle ein paar Minuten gut gehen lassen, ohne das Telefon oder den Funk zu verpassen.

„Haben wir schon Einsätze?", will ich von ihr wissen.

„Ja, einen Einbruch, aber da ist noch niemand zu Hause. Der Eigentümer kommt erst in etwa einer Stunde zurück und ruft uns dann an."

„So, dann herzlich willkommen unseren beiden Urlaubern", beginne ich die Runde. Ich berichte den beiden, und zusammenfassend auch den anderen, noch einmal die Ergebnisse der letzten Besprechungen. Dabei lasse ich einfließen, dass sich der Innenminister freuen würde, wenn unser Augenmerk in den nächsten zwei Wochen neben der Verhinderung von Einbrüchen insbesondere auf der Kontrolle von Gurten und Handys am Steuer liegen würde. Ich erinnere an das penible Ausfüllen der Erfassungsbögen, damit wir beim Controlling nicht allzu schlecht aussehen.

„Denkt bitte auch wieder daran, ausschließlich ganz sichere Verstöße anzuzeigen. Ich habe keine Lust, dass ihr nach solchen Schwerpunktwochen nur noch auf Gerichtsverhandlungen rumhängt und uns hier auf der Wache fehlt."

„Sonst muss ich wieder alles alleine machen und bekomme noch graue Haare", wirft Kai ein, der gerade den Raum betritt. Ich zeige auf seinen Pferdeschwanz: „Und, schon einen Friseurtermin gemacht?"

„Ich soll sie *ein bisschen* kürzen. Ich denke, das werde ich variabel handhaben ..."

„Davon gehe ich aus", kommentiere ich und wende mich wieder den anderen zu, die sich noch genussvoll über das Frühstück hermachen.

„Der Chef wusste ein paar Neuigkeiten zu ‚Hackepeter'."

Pit und Susi sehen mich beide fragend an und ich fasse in wenigen Worten die bisherigen Infos zu dem Fall zusammen. „Neu ist in diesem Zusammenhang eigentlich nur, dass wir, nachdem jetzt fast alle Gliedmaßen beisammen sind, noch immer keinen Torso gefunden haben. Die Suchmaßnahmen am Rhein sind eingestellt worden. Dafür haben wir eventuell einen weiteren Todesfall dazubekommen."

Jetzt blicken mich alle neugierig an und die Frühstücksgeräusche verebben – zumindest vorerst.

„Es wurden in der Wohnung des Opfers und in dessen Mietwohnung

Durchsuchungen durchgeführt. Während in der eigentlichen Wohnung keinerlei Blutspuren gefunden wurden, hat man in der Mietwohnung sehr wohl welche entdeckt. Eine Analyse hat ergeben, dass diese Spuren nicht von Hackepeter herrühren, sondern von einer anderen Person. Es handelt sich dabei um eine Prostituierte aus Köln, die vor ziemlich genau zwei Jahren als vermisst gemeldet wurde. Seit genau der gleichen Zeit wurde auch die Wohnung nicht mehr vermietet und steht leer. Frau Hackepeter gibt an, nichts von etwaigen Mietern gewusst zu haben, da solche Dinge immer ihr Mann organisiert habe. Unterlagen gibt es dazu angeblich keine und sie weiß auch nicht, ob und an wen vermietet wurde. Auch über den derzeitigen Leerstand wirkte sie überrascht. Ich halte das für fadenscheinig, wenn man nicht merkt, dass über einen Zeitraum von zwei Jahren monatlich die Mieteinnahmen in Höhe von fast 1000 € fehlen. Die Kollegen werden das klären."
Nicole hakt nach: „Geht man davon aus, dass die Frau tot ist?"
„Ja, davon geht man erstmal aus. Die Blutmenge muss auf jeden Fall geeignet gewesen sein, um das anzunehmen. Außerdem ist die Frau noch immer verschwunden. Das ist aber nicht so einfach, wenn man tatsächlich lebt. Im Fernsehen klappt das, aber in der Realität ist es im Zeitalter der digitalen Datenverarbeitung mehr als schwierig, spurlos zu verschwinden. Ich hatte dazu Kontakt mit RvK."
„RvK?" Nicole kennt diese Abkürzung noch nicht. „Polizei und Abkürzungen. Da ist es ja einfacher, das Strafgesetzbuch auswendig zu lernen, als sich all diese unnützen Abkürzungen zu merken." Sie schüttelt entschieden den Kopf und wir lachen.
„Rolf vom Kurier", kläre ich sie auf. „Er hat Quellen, die einen direkten Zusammenhang mit der Rotlichtszene in Köln vermuten lassen. Bisher nur in Sachen Hackepeter. Ich bin mal gespannt, ob sich auch etwas mit der Prostituierten ergibt."
„Weiß er über sie Bescheid?"
„Das weiß ich nicht. Ich habe heute noch nicht mit ihm telefoniert. Das überlasse ich der Mordkommission." Ich lehne mich zurück. „Was ich jetzt sage, bleibt bitte in diesem Raum."
Alle nicken. Nicole beugt sich gespannt ein wenig mehr über den Tisch.
„Die Ehefrau ist derzeit die Hauptverdächtige. Ob für beide Taten oder

nur für ihren Mann ist noch unklar. Aber sie hatte ein Motiv und die Gelegenheit."

„Was für ein Motiv?", fragt Nicole nach.

„Es gab immer wieder Spannungen zwischen den Eheleuten. Er hat es mit der Treue nicht so eng gesehen – vielleicht passt das auch zu der vermissten Prosti. Mittlerweile hat es doch Befragungen mit den beiden Kindern gegeben und dabei kam heraus, dass er seinen Anweisungen innerhalb der Familie sehr handgreiflich Nachdruck verliehen hat. Die Ehefrau hat dazu in den ersten Vernehmungen nichts verlauten lassen. Erst als ihre Kinder davon erzählt haben, hat sie übereinstimmende Angaben gemacht.

Aber worauf ich hinauswollte: Sie wird jetzt komplett überwacht. Wir hören die Wohnung, die Telefone und das Auto ab. Zusätzlich wird sie observiert. Mal sehen, ob dabei etwas herauskommt. Ihr habt alle mitbekommen, wo die Anschriften in Hennef und in Troisdorf-Oberlar sind. Lasst die beiden Nahbereiche bitte bei eurer Streifentätigkeit aus, damit sie so wenig Polizei wie nötig sieht."

„Geht klar!", bestätigen alle übereinstimmend.

*

„Soll ich nicht fahren?" Pit sieht mich am Blaulicht auf dem Autodach vorbei fragend an.

„Untersuchungen haben ergeben, dass man nach einem Urlaub einige Tage benötigt, bis man wieder voll konzentriert arbeiten kann", scherze ich. „Dafür schreibst du den ersten Einsatz und führst den Streifenbeleg."

„Wenn es sein muss … Aber jetzt erzähl. Was gab es so in den letzten Wochen?" Pit wirft seine Einsatztasche auf die Rückbank des Streifenwagens und sinkt in den Beifahrersitz.

„Erst will ich wissen, wie dein Urlaub war", erwidere ich.

„Schön, aber viel zu kurz. Du kannst dir nicht vorstellen, wie gerne ich sofort wieder zurückfliegen würde. Und das nicht nur wegen dem Strand und dem schönen Wetter. Dass ich noch einmal das Glück haben würde, mit einem solchen Vollweib gesegnet zu sein, hätte ich nicht zu hoffen gewagt. Wir sind jetzt noch nicht so lange zusammen, aber es passt im Moment einfach alles."

„Das hört sich gut an. Und wie hat es mit ihrem Sohn funktioniert? Wie alt ist er? Fünfzehn? Das war bestimmt nicht leicht."

„Nein, gar kein Problem. Er findet es ganz cool, seinen Freunden von dem Bullen zu erzählen, der jetzt mit seiner Mutter zusammen ist. Er ist aber auch ein prima Junge!"

Pit klingt beinahe ein wenig stolz. Dann lenkt er ab: „Was war denn nun in den letzten Wochen sonst noch los?"

Ich stecke den Schlüssel ins Zündschloss, starte den Motor und fädele mich in den Verkehr ein. „Da waren ein paar nette Einsätze", beginne ich. „Aber eins der Highlights war in der vorletzten Woche."

Entspannt lümmelt sich Pit tiefer in den Sitz. „Lass dich nicht lange bitten!", fordert er mich erneut auf.

„Gut. Wir hatten in Troisdorf einen Raub auf die RaiBa!"

Pit gähnt aufreizend: „Das gab's ja noch nie. Verrückte Welt! Da überfällt einfach einer eine Raiffeisenbank. Dabei ist das doch verboten." Feixend blickt er zu mir rüber. „Tolles Highlight!"

„Verarsch mich nicht und hör zu. Sonst ist die Geschichte hier und jetzt zu Ende!" Ich schweige verbissen, während ich mich auf den Verkehr konzentriere.

Pit lauscht einige Sekunden dem sphärischen Rauschen des Funks, dann sagt er gönnerhaft: „Los jetzt, erzähl! Ich halte die Klappe."

„Okay. Kurz nach 15 Uhr kam der Einsatz als Überfallalarm rein. Wir standen einigermaßen günstig und sind sofort auf heißen Reifen in die Richtung gefahren."

Pit unterbricht mich: „Wer ist wir? Und welche RaiBa? Die auf der Ecke zur Frankfurter?"

„Genau die! Ich war mit dem Chef unterwegs. Wir sind gerade von einer Besprechung zurückgekommen."

„Unser Chef – draußen in der großen weiten Welt? Das hätte ich gerne gesehen. Ich dachte immer, er wäre an seinem Schreibtisch festgenietet."

Ich gehe nicht darauf ein. „Wir sollten die Einsatzleitung übernehmen. Als wir beinahe da sind, hören wir über Funk, dass der Täter bereits wieder aus der Bank raus sein soll. Wir müssen ihn ganz knapp verpasst haben. Vielleicht ist er uns sogar entgegengekommen und wir haben ihn gesehen, aber nicht erkannt."

„Dann hat der Mistkerl verdammtes Glück gehabt." Pit blickt durch die schmutzige Seitenscheibe in den Wagen neben uns.

„Na ja, Glück würde ich anders definieren, warte ab! Als wir als erster Einsatzwagen vor der Bank ankamen, herrschte dort das totale Verkehrschaos. An der gegenüberliegenden Bushaltestelle drängelten sich Busse, sodass der restliche Verkehr nicht abfließen konnte. Wir haben beinahe keinen Platz gefunden, um unser Fahrzeug abzustellen.

Mit der Knarre in der Hand sind wir rein in die Bank. Da hast du was verpasst. Ich hätte nie gedacht, dass der alte Haudegen noch so schnell ist."

„Doch, doch", erwidert Pit. „Das muss ein zäher Hund sein. Als ich noch in Köln war, hat man gemunkelt, dass er früher als verdeckter Ermittler gearbeitet haben soll. Hat in der Unterwelt ein paar ganz große Fische an Land gezogen. Außerdem war er auch ein paar Mal im Ausland eingesetzt."

„Kann ich das zitieren?"

„Keine Ahnung, alles nur Gerüchte, aber du kannst ihn ja fragen. Ihr könnt doch ganz gut miteinander." Pit sieht zu mir rüber. „Mich würde das auch interessieren."

„Okay. Wenn sich eine Gelegenheit ergibt … Zurück zu unserem Banküberfall: Der Täter war tatsächlich schon weg. Schnell war klar, dass er die Bank gerade erst vor ein paar Minuten verlassen haben konnte. Nach einer kurzen ersten Befragung hat der Chef dann über Funk eine Fahndung mit Täterbeschreibung eingeleitet.

Auffällig waren die Kassiererin und einer der Kunden. Die anderen Kunden in der Bank waren echt schockiert, aber die beiden nicht. Wir hatten eher das Gefühl, als würden sie sich amüsieren."

„Mittäter?" Während Pit interessiert zuhört, sieht er immer wieder in vorbeifahrende Fahrzeuge. Er nimmt seinen Gurt- und Handyauftrag offensichtlich sehr ernst.

„Nein, aber nachdem sie uns den Überfall geschildert hatten, mussten wir uns ebenfalls ein Grinsen verkneifen. Stell dir vor, der Täter kam gegen 15 Uhr mit einem Motorradhelm auf dem Kopf und einer

Schusswaffe in der Hand in den Schalterraum der Bank. Schwarze Automatik, wirkte den Zeugen zufolge sehr echt.
Den am Schalter anstehenden Kunden hat er höflich, aber bestimmt gebeten, kurz zur Seite zu treten; er habe etwas mit der Kassiererin zu besprechen. Dabei konnte der Kunde auf dem Kinnteil des Helms den Vornamen und die Blutgruppe ablesen: ‚Horst – Null positiv'."
„Quatsch!" Pit stupst mich gegen den Arm. „Das ist doch ein Witz!"
„Nein! Du weißt sicher, dass das viele Motorradfahrer machen, um im Falle eines Unfalls den Rettungskräften die Bestimmung der Blutgruppe zu erleichtern."
Pit schüttelt den Kopf, sagt jedoch nichts.
„Der Typ hält der Kassiererin die Pistole vors Gesicht und sagt leise zu ihr – nein, nicht leise, sondern ‚verschwörerisch' – so wenigstens hat es die Kassiererin ausgedrückt –, dass er das Geld dringend bräuchte und sie deshalb bitte den Inhalt der Kasse in die extra dafür mitgebrachte Sporttasche räumen solle."
„Na, das ist doch mal ein höflicher Räuber", wirft Pit ein. „Wofür hat er das Geld gebraucht?"
„Das kommt später", antworte ich. „Erstmal die Antwort der Kassiererin. Die sagt allen Ernstes: ‚Es tut mir leid, aber da kann ich Ihnen nicht helfen. Unsere Kasse hat ein Zeitschloss. Ich kann erst in einer Stunde wieder an das Geld, aber kommen Sie doch dann einfach noch mal wieder.'"
Feixend sehe ich zu Pit hinüber: „Hast du so was schon mal gehört? *Kommen Sie doch einfach noch mal wieder.* Ich hätte mich in der Bank am liebsten ausgeschüttet vor Lachen."
„Die hat Mut. Was hat unser Pechvogel dann gemacht?"
„Er ist gegangen. Hat sich höflich für die Störung entschuldigt, seine Pistole in die Jacke gesteckt und ist raus. Aber dann war er offensichtlich doch etwas aus der Fassung. Im Bankvorraum, du weißt schon, da wo die Automaten stehen, hat er nämlich den Helm abgezogen. Das gab schöne Filmaufnahmen von den Überwachungskameras."
„Und damit habt ihr ihn überführt?"
„Nein, viel besser. Die Aufnahmen brauchten wir nicht. Draußen vor der Bank stand nämlich ein Zeuge. Der hatte gesehen, wie der Täter sei-

nen Wagen vor dem Überfall auf der Bushaltestelle gegenüber der Bank abgestellt hatte. Mitten drauf. Das hat den Zeugen natürlich aufmerksam werden lassen. Während er an der roten Ampel wartete, hat er daher genauer hingeschaut, wer da so dreist parkt. Genau in diesem Moment steigt unser Täter aus und geht rüber zur Bank, natürlich mit aufgesetztem Helm. Bank, falsch geparktes Auto und ein Fahrer mit Helm – unser Zeuge kannte offensichtlich seine staatsbürgerlichen Pflichten, parkte seinen Wagen ebenfalls und beobachtete das weitere Geschehen."
„Aber wenn er schon so schlau war, warum hat er dann nicht gleich die Polizei gerufen?"
„Er hatte seine Gründe." Unwillkürlich muss ich beim Erzählen lächeln. „Der Täter kommt nach missglücktem Raub mit dem Helm in der Hand aus der Bank, rennt über die Straße, wird dabei fast über den Haufen gefahren und setzt sich in seinen Wagen. Bestimmt wäre er zu diesem Zeitpunkt gerne losgefahren."
Kleine Lachtränen schwimmen in meinen Augenwinkeln. „Kann er aber nicht, weil ihn insgesamt drei Busse eingeparkt haben. Er kommt nicht weg. Erst als die Busse abgefahren sind, kann er wieder auf die Fahrbahn einbiegen und stellt sich, gesetzestreu wie er ist, an die rote Ampel."
„Und da hat der Zeuge das Kennzeichen abgelesen?" Pit wird unruhig.
„Nein, das konnte er nicht. Das war abgeklebt. Da hat unser Täter ausnahmsweise mitgedacht."
Ich blinzele die Feuchtigkeit aus meinen Augen. „Dann muss er wahrscheinlich von Weitem unseren Streifenwagen gesehen haben, denn plötzlich wird aus unserem höflichen Räuber ein gehetzter Hase. Er biegt bei Rot rechts ab und fährt entgegen der Fahrtrichtung durch die Einbahnstraße. Du weißt schon, die, die an der Eisdiele *Fontanella* wieder rauskommt."
„Aber das hat doch niemals geklappt. Da kommen ihm doch tausende Autos entgegen." Pit sieht mich kritisch an, während ich den Wagen durch den Verkehr steuere.
„Doch, irgendwie hat er es geschafft. Sogar unser Zeuge konnte ihm folgen und ist ihm durch die Einbahnstraße nachgefahren. Und noch weiter, um genau zu sein, bis zu einer Waschstraße in Mondorf. Dort ist unser Täter mit seinem schmutzigen silbernen Japaner und abgeklebten

Kennzeichen rein und mit einem sauberen Japaner und offenen Kennzeichen wieder raus. Nachdem er sich das Kennzeichen nun endlich notieren konnte, musste unser Zeuge nur noch einen Polizisten finden."

„Warum hat er sich nicht über Notruf gemeldet? Und warum hat er sich der Gefahr ausgesetzt und den Täter verfolgt?" Missbilligend schüttelt Pit den Kopf.

„Das ist der Clou, das glaubst du nie. Stell dir vor: Unser Zeuge ist taubstumm! Der konnte nicht telefonieren. Ein taubstummer Zeuge – Knaller, oder?" Ich kann nur mit Mühe ernst bleiben. „Deshalb war auch sein größtes Problem, an einen Polizisten zu kommen, um sein Wissen schriftlich mitteilen zu können. Nicht, dass nicht genug Polizeiwagen unterwegs gewesen wären, da waren genügend da, aber du weißt selbst, wie es ist. In der Fahndung fahren wir alle unsere Fahndungsräume ab. Da ist es eher schwierig, uns anzusprechen.

Erst als er einen Streifenwagen an einer Kreuzung blockiert hat und ihm die Kollegen mit einem Verwarngeld heftig ins Gewissen reden wollten, konnte er ihnen mit Hilfe von Papier und Bleistift mitteilen, was er wusste."

„Das gibt es doch nicht!" Pit schlägt sich nun ebenfalls auf die Schenkel. „Wie viel Pech kann denn einer alleine haben? Und, wie habt ihr den armen Kerl dann festgenommen?"

Unvermittelt werde ich wieder ernster. „Das war weniger schön, zumindest für ihn. Ist aber schnell erzählt. Durch das Kennzeichen wussten wir nun, wer er ist und wo er wohnt. Da er sie abgeklebt hatte, brauchten wir nicht davon auszugehen, dass sie gestohlen waren. Kollegen in Zivil haben sofort die Wohnanschrift und die zugehörige Tiefgarage observiert. Dort stand mittlerweile auch der silberne Japaner ordentlich auf seinem Stellplatz. Für die Festnahme wurde das SEK alarmiert, da zu diesem Zeitpunkt völlig unklar war, wie echt die Schusswaffe ist und ob sich in der Wohnung weitere Personen aufhalten. Das SEK rauscht aus Köln an und fährt gerade von der Autobahn runter, als unser Pechvogel von seiner Frau aus der Wohnung geworfen wird. Die Kollegen, die sich zur Observation in der Nachbarwohnung aufhielten, konnten hören, wie sie ihn beschimpft und verhöhnt hat: *Schlappschwanz, ohne Arsch in der Hose. Kein Job und keine Kohle.* So hätte sie sich das Leben mit ihm

nicht vorgestellt. Wenn er wieder zurückkäme, wäre sie weg."
„Da hat er offensichtlich den schwärzesten Tag seines Lebens erwischt. Obwohl, soll er doch froh sein, dass er die Alte los ist", erwidert Pit nicht ganz ernst gemeint.
„Er wird nicht nur seine Alte los ... Aber weiter im Text. Die Kollegen beobachten, wie er ins Auto steigt. Da das SEK quasi schon eingetroffen ist, unternehmen sie nichts und lassen ihn fahren."
„Schlechte Entscheidung. Wer weiß, ob er sich unterwegs nicht irgendwo eine Geisel nimmt. So etwas muss man vor Ort und sofort zu Ende bringen", ereifert sich Pit.
„Stimmt! Das war sogar doppelt schlecht", stimme ich ihm zu. „Zum einen taktisch unklug und zum anderen ganz besonders schlecht für unseren Horst. Der steht nämlich, wie es sich gehört, wieder artig an der roten Ampel und will gerade losfahren, als das SEK um die Ecke biegt. Bevor er sich versieht, wird sein Auto vorn und hinten gerammt, die Türe aufgerissen und er, wie beim SEK üblich, extrem ‚liebevoll' aus dem Auto gezerrt. Ich denke, dass er seine Knochen heute noch spürt."
„So eine arme Sau. Hätte es noch schlechter für ihn laufen können?" Pit klingt mittlerweile eher berührt als amüsiert.
„Ja, hätte es und ist es auch", antworte ich ihm, nun auch wieder ernst. „In der Vernehmung hat sich nämlich herausgestellt, dass ihn seine Frau schon lange mit der kleinen Tochter verlassen wollte. Ohne Job konnte er ihr nicht den Lebensstandard bieten, den sie für sich als angemessen erachtete. Unser Horst liebt aber seine kleine Tochter und hätte es nicht verschmerzen können, sie zu verlieren. Er hat sich deshalb ganz intensiv um einen Job und seine Frau bemüht. Und tatsächlich, obwohl er ungelernt ist, hat er eine Arbeit gefunden. Die Bank wollte er nur überfallen, weil er akut Geld brauchte, um seiner Frau ein opulentes Versöhnungsgeschenk zu machen und seinem alten Auto ein paar notwendige Reparaturen zu gönnen. Mit dem Wagen sollte er nämlich, ab der darauffolgenden Woche, als Kurierfahrer arbeiten. Jetzt hat er nichts mehr. Tochter weg, Job weg, Ehe und Auto kaputt. Was ihm bleibt, ist eine Zelle und viel Zeit."
„Manchmal hasse ich meinen Job." Pit malt nachdenklich ein Mondgesicht in den Staub des Armaturenbretts und wischt es dann mit einer ein-

zigen Bewegung unwirsch wieder weg. „Soll ich jetzt Mitleid mit dem armen Tropf haben oder ihn verdammen, weil er eine Bank überfallen hat?"
„Du, das müssen nicht wir entscheiden. Wir sorgen nur dafür, dass sich ein Richter darüber den Kopf zerbrechen kann", gebe ich zu bedenken.
„Ich finde das unbefriedigend", setzt er einen Schlusspunkt und ich stimme ihm in Gedanken zu.
Wir fahren ein paar Minuten schweigend, als er mich aus meinen Gedanken reißt: „Dreh bitte. Der junge Mann in dem blauen 3er-BMW möchte gerne seine Handyrechnung bei uns begleichen."
Pits Interpretation ist nicht ganz korrekt. Der junge Mann hat zwar während der Fahrt telefoniert, ist aber weit davon entfernt, dies einzugestehen. Er zeigt auf sein Handy, das im Fußraum auf der Beifahrerseite liegt. „Ich hätte es gar nicht benutzen können! Es liegt doch so weit weg von mir, dass ich es nicht hätte erreichen können!" – So jedenfalls lautet seine Argumentation.
„Das ist überhaupt kein Problem", erklärt ihm Pit. „Wir stellen das Handy einfach als Beweismittel sicher und dann sehen wir mal ..."
„Schon gut!" Der junge Mann wird zugänglicher. „Wenn ich zugebe, dass ich telefoniert habe, kann ich es dann behalten?"
„Natürlich", stimmt Pit großzügig zu. „Ich sehe kurz drauf, um ganz sicher zu sein." Ein Blick von ihm in die Anrufliste hilft bei der Wahrheitsfindung.
„Was passiert jetzt?", wird er gefragt, als er das Smartphone zurückgibt.
„Wenn alles gut geht, passieren drei Dinge. Zuerst bekommen Sie Post mit einem Bußgeldbescheid, dann bezahlen Sie diesen und, wenn es gut läuft, ärgern sich über das nutzlos ausgegebene Geld. Am Ende hoffen wir, dass Sie ein wenig nachdenken und einsehen, wie gefährlich es ist, während der Fahrt das Telefon zu nutzen und es in Zukunft bleiben lassen. Einen schönen Tag noch!"
„Auf Wiedersehen!", antwortet der junge Kerl mit einem resignierten Nicken.
Na, das wollen wir doch nicht hoffen, denke ich bei mir und nicke ihm ebenfalls freundlich zu.

*

Wir stellen beim *HIT*-Markt Personalien von einem Ladendieb fest und wollen gerade zurück zu den Brötchen auf der Wache, als wir noch schnell einen Ausparkunfall auf dem Parkplatz aufnehmen sollen.
„Siehst du die Unfallstelle?“ Ich blicke mich suchend um.
„Nein, vielleicht auf der Seite zum Eingang?“
„Ach ja, da vorne stehen sie. Du hast recht.“ Ich zeige mit der Hand auf eine Parkreihe, in der sich zwei Autos Heck an Heck gegenüberstehen.
„Guten Tag, mein Name ist Heider!“, begrüße ich die Frau, die hektisch um eins der Fahrzeuge herumwuselt. Das zweite Auto scheint verlassen.
„Gott sei Dank, dass Sie da sind! Das ging aber schnell.“ Die Frau bleibt stehen und gibt uns anschließend im Stakkato Anweisungen, was genau wir jetzt zu tun hätten. Wir sparen uns, darauf einzugehen, und ich frage nach dem Verbleib des anderen Fahrers.
„Eine Frau!“, korrigiert sie mich. „Die müsste gleich wiederkommen. Sie hat Sie, also die Polizei, nur kurz von der Information aus angerufen. Ach, da vorne kommt sie.“
Ihre Hand deutet in Richtung Eingang, von wo eine äußerst attraktive Mittvierzigerin auf uns zueilt. Ihre Wangen sind von der Aufregung leicht gerötet und … Pit zupft mich am Ärmel und flüstert: „Siehst du das auch?“
„Ja!“, antworte ich und versuche, nicht hinzusehen. Aber sie macht meinen Versuch zunichte, als sie schnurstracks auf uns zukommt und uns ihre beringte Hand entgegenstreckt: „Guten Tag, meine Herren, mein Name ist Gabriele Sommer. Schön, dass Sie so schnell kommen konnten.“
„Ähm, ja gerne!“, stammele ich. Pit steht neben mir und sagt ausnahmsweise nichts. Ich kann sehen, wie er angestrengt versucht, Frau Sommer nicht auf den Busen zu sehen. Bei den beiden Brüsten handelt es sich um ganz außergewöhnliche Prachtexemplare, bei denen sicher ein fähiger Arzt seine Finger im Spiel hatte.
Was aber unsere Aufmerksamkeit fesselt, sind die beiden großen, zartrosa Nippel, die sich durch die Maschen des lose gestrickten Sommerpullis drücken. Leicht wippend, ohne von einem BH oder Ähnlichem verhüllt zu sein, spitzen sie keck aus den Maschen des Pullovers. Dabei scheinen sie uns und unseren akuten Hormonüberschuss wissend anzusehen.

Ich versuche, mich auf ihre braunen Augen zu konzentrieren, schaffe es aber nicht ganz und wende mich zu den Autos. *Hoffentlich merkt sie nichts. Das wäre zu peinlich …*
„Pit, machst du bitte Fotos? Ich zeichne erstmal die Endstellung der Fahrzeuge auf dem Boden mit Kreide ab."
Den Blick zu Boden gewandt, reibe ich die Kreide über den Asphalt. Während ich in gebückter Haltung meine Markierungen anbringe, blicke ich kurz auf und bitte die beiden Damen, ihre Papiere bereitzulegen, damit ich gleich die Personalien aufnehmen kann. Die Dame, die sich bisher noch nicht namentlich vorgestellt hat, drückt mir sofort eine Mappe in die Hand, in der sich alle notwendigen Unterlagen befinden, ordentlich sortiert und hinter Folie. „Sie müssen …"
„Gute Frau, jetzt lassen Sie uns doch erst einmal unsere Arbeit machen und dann können Sie, falls wir etwas vergessen haben, Verbesserungsvorschläge machen."
Sie funkelt mich böse an, bleibt aber still.
Nachdem ich mit der Kreidezeichnung fertig bin und Pit seine Fotos geschossen hat, bitte ich die beiden Damen, mir ihre Wahrnehmung des Unfallhergangs zu erläutern. Pit und ich hören uns beide Versionen in Ruhe an und vergleichen sie mit dem Spurenbild.
„Sie können jetzt Ihre Fahrzeuge zurück in die Parkreihen fahren, damit der Verkehr auf dem Parkplatz wieder fließen kann."
Frau Sommer hält mir ihren Ausweis, Fahrzeug- und Führerschein aufgefächert so entgegen, dass sich mir direkt über ihnen ihre schwellenden Nippel entgegenrecken.
Das muss doch irgendwann weggehen. Oder sind die nicht nur aufgrund der Aufregung so groß?
Ich wende mich von Frau Sommer ab, die kein bisschen peinlich berührt zu sein scheint, und der anderen Dame zu.
„Sehen Sie!" Ihre Stimme klingt schnippisch. „Hätten Sie eben auf mich gehört, statt der da ständig auf die Titten zu glotzen, könnte der Sachverständige schon lange hier sein!"
Ich bin verwirrt. Erstens bin ich sicher, Frau Sommer nicht offensichtlich auf den Busen geschaut zu haben und außerdem – wofür brauchen wir einen Sachverständigen?

„Wofür genau, glauben Sie, benötigen wir einen Sachverständigen, Frau …“, ich sehe in den Führerschein, „Frau Riegler“.
„Na, für die Rekonstruktion des Unfallgeschehens und die Klärung der Schuldfrage!“ Sie wirkt ehrlich verärgert.
„Welches Unfallgeschehen und was für eine Schuldfrage? Die Sachlage ist eindeutig. Gemäß den Spuren und Ihren Schilderungen sind Sie beide gleichzeitig rückwärts aus Ihren Parktaschen gefahren und haben gleichermaßen Ihre Sorgfaltspflichten verletzt. Sie hätten sich vergewissern müssen, dass hinter Ihnen niemand ist. Das haben Sie beide nicht getan und sich dann genau in der Mitte der Fahrbahn getroffen. Aufgrund der geringen Bewegungsenergie ist es dabei nur zu geringen Schäden an den Stoßfängern gekommen. Wahrscheinlich ist bei Ihnen sogar lediglich der Lack in Mitleidenschaft gezogen. Da bleibt nichts unklar und es bedarf auch keines Sachverständigen, um diesen, entschuldigen Sie bitte, banalen Sachverhalt zu klären.“ Ich versuche, nicht zu streng zu klingen und ernte von Frau Sommer neben einem bezaubernden Lächeln auch ein kurzes Wippen ihrer Brüste. Langsam geht mir auf, dass eine Frau, die mit solchen Vorzügen gesegnet ist, so strahlend lächeln kann und keinen BH unter ihrem Strickpullover trägt, dies nicht ganz ohne Absicht tut.
„Pit, siehst du den Unfallhergang genauso wie ich?“
Pit blickt von Frau Sommers Brüsten zu mir. „Ja, den Unfallhergang beurteile ich ganz genauso, das ist komplett unzweifelhaft!“
„Sie hormongesteuerte Chauvis!“, schimpft Frau Riegler los. „Das gibt es doch gar nicht! Nur weil ich meine Titten nicht so zur Schau stelle, wie diese …. habe ich doch keine Schuld an dem Unfall!“
Da wäre auch nichts Sehenswertes zur Schau zu stellen, schießt es mir durch den Kopf, bevor ich nun auch leicht ungehalten entgegne: „Bitte, Frau Riegler, Sie werden unsachlich. Parken Sie jetzt bitte Ihr Fahrzeug zurück.“
„Das werde ich nicht tun!“
„Dann werden wir einen Abschlepper bestellen, der Ihr Fahrzeug von dem Parkplatz entfernt. Sie können es sich aussuchen.“ Pit hat anscheinend die Geduld verloren.
Frau Riegler reißt mir das Mäppchen mit ihren Papieren aus der Hand, setzt sich schimpfend in ihr Auto und fährt los. Allerdings nicht, wie

von uns gefordert, in die Parktasche, sondern direkt zum Ausgang.
Pit will ihr nach, aber ich halte ihn auf: „Lass sie fahren. Wir haben alles, was wir brauchen. Die Unfallmitteilung schicken wir ihr mit der Post."
„Aber ich bekomme meinen Bericht doch jetzt gleich von Ihnen?" Frau Sommer klimpert mit ihren Wimpern.
„Selbstverständlich. Wir können Ihnen den Bericht aber auch zu Hause vorbeibringen", bietet sich Pit selbstlos an.
Ich hoffe, er meint es im Scherz. Offensichtlich hat er auch schon geschnallt, wie der Hase läuft.
„Das wäre natürlich ganz bezaubernd! Wenn die Herren das für mich tun würden …" Sie lässt den Satz offen und drückt uns beiden je eine Visitenkarte von sich in die Hand. „Meine Handynummer habe ich Ihnen bereits fürs Protokoll angegeben." Ihre Brüste wippen einladend.
„Ich denke, wir können das doch einfach gleich hier regeln." Ich reiche ihr eine Durchschrift und meine Hand, die sie fest und doch sinnlich einige Sekunden zu lange drückt. Pit wirkt über mein Vorgehen nicht sehr glücklich, fügt sich aber in sein Schicksal und setzt sich, nachdem er sich ebenfalls verabschiedet hat, neben mich ins Auto.
Bevor wir fahren, sehen wir beide noch einmal kurz und verschämt zu dem Strickpulli hinüber.

„Sollen wir unseren Frauen davon erzählen?"
Wir sind wieder auf dem Weg zur Wache und den übrig gebliebenen Brötchen.
„Das kaufen die uns doch sowieso nicht ab."
„Was?"
„Na, dass wir das gesehen und dann souverän ignoriert hätten. Würdest du dir das glauben?"
Ich zögere. „Eher nicht!"

*

„Ihr seid zu spät!" Susi kommt uns entgegen. „Jetzt sind alle Brötchen weg. Das tut mir leid."

„Ist nicht schlimm“, winkt Pit ab. „Wir wurden ausreichend für den Verlust entschädigt.“

Ich blicke erst in ihr ratloses Gesicht, dann auf die Uhr und rufe „Feierabend“, bevor ich in mein Büro eile, um den Dienst zu übergeben. Heute ist ausnahmsweise pünktlich Schluss.

Kapitel 8
„Funken“ (Spätdienst)

„Mach's gut! Bis heute Abend. Komm nicht so spät!“ Anja blickt mir nach, als ich das Haus in Richtung Garage verlasse. „Und setz bitte den Helm auf!“

Ich nicke ergeben, befestige meine Tasche am Gepäckträger und ziehe den Kinnriemen des Helms fest. Ich hege eine starke Abneigung gegen Helme, aber sie hat ja recht.

Als ich mein Fahrrad aus der Garage schiebe, steht sie noch immer an der Tür und winkt mir zu.

„Tschüüüß. Du kannst jetzt wieder reingehen. Ich lasse den Helm auf, keine Sorge!“ Ich zeige auf meinen Helm und recke einen Daumen nach oben.

Die Temperatur ist angenehm und der Wind streicht über meine Haut, als ich die wenigen Kilometer zur Dienststelle fahre. Ich sollte das viel öfter machen. Das spart Ressourcen und macht fit.

An einer Ampel hält ein Streifenwagen neben mir. Die Kollegen des Frühdienstes, die auf dem Weg zurück zur Wache sind, bleiben extra stehen, drehen die Scheibe runter und grinsen mir frech ins Gesicht.

„Na, Frank, ist dein Auto kaputt?“

„Nein, ich wollte einfach etwas für mich und die Umwelt tun.“

„Na dann, bis gleich!“

Die Scheibe fährt wieder hoch und ich blicke dem Streifenwagen hinterher, bis er an der nächsten Kreuzung nach rechts verschwindet.

*

„Wir haben schon gehört, dass du heute mit dem Fahrrad gekommen bist. Alles gut zu Hause?“ Susi sieht tatsächlich ein bisschen besorgt aus.

„Ja, alles gut. Was habt ihr heute alle mit mir? Ist das so ungewöhnlich, dass ich das Fahrrad nehme?“

„Unbedingt!“ Kai schiebt sich an mir und Susi vorbei. „Um genau zu sein, glaube ich nicht, dass ich dich jemals mit dem Fahrrad gesehen

habe. Und dann noch an einem Tag, an dem es wie aus Kübeln schütten soll."
„Echt? Draußen ist doch herrlichstes Wetter." Ich beginne, meinen Entschluss zu bereuen.
„Habt ihr zwei Hunger?" Susi ist mit ihrer Einsatztasche auf dem Weg zu ihrem Streifenwagen. „Hinten steht eine Kleinigkeit, die ich von heute Mittag übrig habe. Die könnt ihr euch in der Mikrowelle aufwärmen. Bis nachher."
„Tschüss, Susi."
„Wo muss sie hin?", wende ich mich an Kai.
„Sie fährt mit Pit zu einem Umweltdelikt an der Sieg und danach ist ein weiterer Einsatz in der Abtei Michaelsberg offen. Die anderen schreiben an ihren Vorgängen."
„Haben wir Besuch in den Zellen?"
„Nee, bis jetzt ist noch alles leer. Das darf auch gerne so bleiben. Sag mal, wo ist denn der alte Mann heute? Kommt der erst später zur Übergabe?"
„Hans ist bei Holger. Er hat mich vorhin zu Hause angerufen und mir Bescheid gesagt. Er holt Holger aus den Landeskliniken in Bonn ab und bringt ihn nach Hause. Ich denke, die beiden werden das eine oder andere zu besprechen haben."
Kai lehnt sich entspannt in seinem Sessel zurück. „Das ist doch schön. Weißt du noch mehr Neues dazu?"
Ich schüttele den Kopf. „Nein, nur, dass heute eventuell noch seine Frau dazukommt."
In meinem Büro lehne ich mich beim Hinsetzen vorsichtig an die Rückenlehne meines Bürostuhls. Doch anstatt zu quietschen oder zu knacken bewegt sie sich flüssig und geräuschlos vor und zurück. *Die wird doch nicht etwa repariert worden sein?*, geht es mir durch den Kopf.

Ein paar Minuten und einige E-Mails später komme ich mir vor, als säße ich plötzlich in einer Bahnhofshalle. Mein Büro kann man durch zwei Türen betreten, eine vom Flur und eine zum Wachraum.
„Für dich!" Jasmin legt einen dicken Packen Papier vor mich auf meinen Schreibtisch, schließt die Flurtür wieder und verschwindet in die Wache. Die Tür öffnet sich erneut schwungvoll und Aramis betritt die Bühne.

„Für dich zur Durchsicht". Auch er entschwindet in die Wache und zieht Jasmin hinter sich nach draußen zu ihrem Einsatzfahrzeug.
„Olize" schließt die offene Tür wieder hinter sich, grinst mich an und legt mir ebenfalls einen Haufen beschriebener Blätter auf den bereits beträchtlichen Stapel vor mir. Sie drängt sich an Lukas vorbei, der aus Richtung Wachraum kommt und den Haufen Papier vor mir noch um einige Seiten erweitert.
„Was war das denn? Die Reise nach Jerusalem?", frage ich, als alle wieder verschwunden sind. Kai zuckt nur die Schultern und geht ans Telefon.
Ich widme mich den Vorgängen, die jetzt zuhauf vor mir liegen, lese und zeichne sie ab. Olize macht ihre Arbeit bereits nach kurzer Zeit ziemlich gut. Ich habe ein paar Anmerkungen und lege ihr einen der Vorgänge zurück in ihr Fach. An dem muss sie noch etwas nacharbeiten. Zufrieden trage ich die Vorgänge hoch zum Geschäftszimmer.
Im Flur höre ich Kai fluchen: „Wenn die Bürger nicht wären, könnte unser Job so schön sein. Wir haben 15 Uhr und ich werde wegen einer Ruhestörung angerufen. Der Typ spinnt doch!"
Oben im Geschäftszimmer grüße ich Elke, deren Brüste mir nach meinem Erlebnis von gestern gar nicht mehr so beeindruckend vorkommen.
„Magst du einen Kaffee?"
„Da sage ich nicht Nein." Ich drücke ihr den dicken Stapel Papier in die Hände. „Bleib sitzen, ich hole einen von hinten. Chef, willst du auch einen?"
„Ja!" Offensichtlich hat er uns zugehört. An seinem Bart zwirbelnd kommt er zu uns nach vorne und wir plaudern.
„Gibt es etwas Neues von der Plastiktütenfront?", will ich wissen.
„Ich weiß nichts Genaues, außer dass man die Ermittlungen in Köln erheblich weiter ausgedehnt hat. Mittlerweile ist klar, wo das zweite Opfer gearbeitet hat." Elke hört ebenfalls gespannt zu.
„Hornstraße", rate ich ins Blaue.
„Genau. Im *Pascha*. Woher weißt du das?"
„Ich hatte Kontakt zu RvK. Er hat diesbezügliche Hinweise recherchiert und sich mit der Mordkommission kurzgeschlossen. Das *Pascha* habe ich nur geraten."

„Was ist denn das *Pascha*?“, fragt Elke.
„Das kann man nicht so einfach erklären.“ Der Chef grübelt über die richtigen Worte. „Ich glaube, das *Pascha* würde man als Bordell beziehungsweise Laufhaus, Stripclub, Tabledancebar und Gentleman's Club bezeichnen.“
„Soso“, sage ich, „glaubst du ...“
„Na ja, ich bin mir sogar ziemlich sicher! Aber nicht, wie du denkst.“ Er wendet sich an Elke: „Ich musste dort vor Jahren dienstlich tätig werden.“
„Natürlich“, beeilt sich Elke zu versichern.
„VE?“ Ich glaube nicht, dass Elke diese Abkürzung für „Verdeckte Ermittler“ schon einmal gehört hat.
Der Chef nickt.
„Hast du deine Narbe daher?“ Ich denke an mein Gespräch mit Pit von gestern.
„Die, die du sehen kannst, nicht, die habe ich aus dem Kosovo. Die andere, die hier“, er hebt seinen langen gezwirbelten Schnauzbart auf der einen Seite an, „die hier habe ich mir tatsächlich in einem solchen Etablissement eingefangen.“
Unter seinem Bart erscheint eine leicht gezackte weiße Linie, die sich quer über seine Oberlippe zieht.
„Bis zu diesem Zeitpunkt hatte ich geglaubt, abgeschlagene Flaschenhälse würden nur im Fernsehen verwendet.“
„Das hätte übel ausgehen können!“ Mir gehen meine eigenen Erfahrungen mit abgeschlagenem Glas durch den Kopf.
„Genau, das und einiges andere mehr. Deshalb habe ich dann auch damit aufgehört.“
„Das wusste ich alles nicht.“ Elke sieht ihn ungläubig an. „Um Gottes willen!“
Ob Elke tatsächlich weiß, was ein VE genau ist und was der so macht? Ob sie ermessen kann, welchen Gefahren sich ein verdeckter Ermittler aussetzt und wie viel Privatleben er dafür opfern muss? Ob ich selbst es realistisch einschätzen kann? Ich bin mir da nicht so sicher.
„Es wäre auch schön, wenn das unter uns bleiben könnte. Ich habe zwar keine Geheimhaltungspflichten mehr, aber ich möchte Getratsche ver-

meiden.“ Er blickt uns auffordernd an und wir nicken bestätigend. Ich werde diesem Mann ohne Not keinen Wunsch abschlagen.

*

„Ich bin kurz draußen und hole mir was zu essen.“
Kai setzt eben seine Dienstmütze auf und knüddelt seine Haarpracht darunter.
Ich schaue ihn fragend an. „Susi hatte uns doch etwas übrig gelassen.“
„Ja, aber das haben die anderen schon verputzt. Willst du auch eine Currywurst-Pommes?“
„Nein, danke“, antworte ich nach kurzem Zögern, „ich habe noch keinen Hunger. Vielleicht hole ich mir nachher selbst noch was.“
„Kann ich deinen Wagen haben?“
Ich werfe ihm den Schlüssel für meinen Dienstwagen zu.
Kai ist kaum aus der Tür, als das Telefon klingelt. Bereits nach dem ersten Klingeln nehme ich ab. „Sie sprechen mit der Polizei, mein Name ist Hauptkommissar Heider. Was kann ich für Sie tun?“
„Hier will sich einer anzünden!“ Atemlos schreit mir eine Stimme durch den Hörer ins Ohr.
„Können Sie das genauer beschreiben und wo befinden Sie sich?“ Ich gebe meiner Stimme einen ruhigen Klang. Es reicht, wenn einer panisch ist.
„Was soll ich da groß beschreiben … der will sich anzünden!“
Okay, so wird das nichts.
„Dann sagen Sie mir doch bitte, wo Sie sich aufhalten, damit ich einen Einsatzwagen, die Feuerwehr und den Rettungsdienst zu Ihnen schicken kann.“
„Ich bin in der Hohenzollernstraße in Troisdorf. Die Nummer weiß ich nicht, ich bin hier alleine und nur zu Besuch.“
„Wo ist die Person, die sich anzünden will?“, frage ich erneut nach.
„Keine Ahnung! Ich stehe auf einem Balkon und sehe über Grundstücke hinweg auf ein gegenüberliegendes Haus. Auf einem der Balkone steht ein Mann und will sich anzünden.“
Langsam bekomme ich doch ein paar Informationen.

Den Hörer mit der Sprechmuschel an die Brust gedrückt schreie ich durch den Flur: „Lukas! Nicole! Los, raus! Einsatz!“ Zwei Sekunden später stehen die beiden in der Tür zum Wachraum.
„Was ist los?“
Lukas scheucht Nicole weiter zur Türe raus.
„Ich habe einen Anrufer aus Troisdorf-Hohenzollernstraße in der Leitung, der angibt, ihm gegenüber würde sich ein Mann auf einem Balkon anzünden wollen. Er weiß nicht genau, wo in der Hohenzollernstraße er sich befindet, und kann den Mann nur über ein Grundstück hinweg sehen. Ich möchte, dass ihr schon einmal startet, und schicke euch zusätzlich Susi und Pit nach. Die sind laut Einsatzstatus gerade mit ihrem Einsatz fertig geworden.“
„Geht klar!“ Lukas ist bereits auf dem Weg.
„Lukas, ich möchte, dass *du* fährst. Das ist noch nichts für unsere Olize.“
Ein „Ja“ hallt durch den Flur, bevor ich den Anrufer wieder an mein Ohr drücke.
„ … allein im Hochparterre. Ich sehe einen Hof mit einem länglichen Flachbau. Das könnten Garagen sein. Das Haus ist ein Sechsparteienhaus mit insgesamt drei Etagen.“
Der Melder hat sich offenbar gefangen und beschreibt die Situation nun deutlich zusammenhängender.
„Geben Sie mir ein paar Sekunden Zeit, damit ich meine Einsatzkräfte instruieren kann“, bitte ich ihn, dann gebe ich den Einsatz an die Leitstelle und meinen zweiten Wagen mit Susi und Pit durch. Meine Anforderung von Rettungsdienst und Feuerwehr wird mir sofort bestätigt.
„Ich brauche von den eingesetzten Wagen im Einsatz ‚Hohenzollernstraße‘ die Eintreffzeiten“, frage ich über Funk an.
„Fünf Minuten bis Eintreffen.“ Das war Nicole.
„Sieben, vielleicht acht Minuten.“ Das war Susi. Pech! Ich hätte es lieber gesehen, wenn Susi und Pit zuerst da gewesen wären. Aber das ist jetzt nicht zu ändern.
„Okay. Fahrt weiter in die Richtung und sprecht euch ab. Ich habe noch keinen genauen Einsatzort, den werde ich jetzt versuchen zu erfragen. Wenn ich die Situation richtig einschätze, könnte sich der Suizident in der Heidestraße, Kölnerstraße, Schwarzstraße, Alfred-Nobel-Straße

oder auf dem Ravensburger Ring befinden. Bisher weiß ich nur, dass es sich um ein dreistöckiges Haus handelt, hinter dem sich ein Hof oder Garagenhof befindet."

Ich stelle das Telefon auf laut. „Ich bin jetzt wieder bei Ihnen. Ist in der letzten Minute etwas passiert?"

„Er hat einen Kanister mit Benzin auf die Balkonbrüstung gestellt und hält ein Feuerzeug in der Hand." Die Stimme des Melders klingt wieder etwas panischer. Ich halte den Funkknopf gedrückt, sodass die Einsatzkräfte mithören können.

„Ich brauche ganz dringend von Ihnen eine genaue Beschreibung der Örtlichkeit. Die Häuser dort sind alle ähnlich groß. Ich benötige ein Alleinstellungsmerkmal, um meine Kräfte an den Einsatzort leiten zu können. Vielleicht können Sie mir sagen, ob Sie die Sonne sehen können, um die Himmelsrichtung festzustellen."

„Ach du Scheiße!", unterbricht er mich. „Er dreht den Verschluss des Kanisters auf."

Ich drücke wieder für alle auf den Funkknopf.

„Der macht Ernst! Jetzt dreht er das Füllrohr dran! Das ist so ein kleiner Fünfliterkanister."

„Ich muss wissen, wo Sie sind, damit ich herausfinden kann, wo er sich aufhält." Mein Tonfall ist mehr als eindringlich.

„Ich habe keine Ahnung!"

„Können Sie niemanden fragen? Ist da niemand außer Ihnen?"

„Hier ist niemand, außer dem Irren, der sich gerade Benzin über den Kopf schüttet!"

Ich drücke erneut den Funkknopf und gebe die Information weiter: „Er schüttet sich gerade Benzin über den Kopf. Wie lange noch bis Eintreffen?"

„Zwei!", schallt es aus dem Lautsprecher, dann „Vier!"

„Sehen Sie die Sonne?", frage ich den Melder erneut. Jetzt nur die Ruhe bewahren. „Können Sie etwas Markantes in Ihrer Nähe erkennen? Los, Mann, schnell, sonst können wir nicht helfen!"

„Ja, ich kann die Sonne sehen. Sie steht leicht rechts von mir."

Ich blicke in die Karte auf einem der Monitore vor mir. Wir haben Nachmittag – leicht rechts – dann sollte er sich auf der Rückseite der

Straße befinden, die in Richtung Heidestraße liegt.
„Sie sind sich mit rechts ganz sicher?"
„Ganz sicher! Der Kanister ist jetzt leer. Er stellt ihn gerade wieder auf den Boden."
„Wie weit ist das nächste quer zu Ihnen stehende Gebäude entfernt? Wie weit ist Ihr Standort von der nächsten Kreuzung weg?"
„Wie meinen Sie das?"
„Zählen Sie die gegenüberliegenden Häuser von dem des Mannes nach rechts, bis Sie an der nächsten Kreuzung beziehungsweise Hausecke sind."
Es dauert ein paar Sekunden. „Es müssten fünf Häuser sein, mit dem auf der Ecke sechs, oder sieben. Verdammt, ich kann es von hier aus nicht genau sehen!"
Ich muss mich entscheiden. „Nicole, ihr seid der erste Wagen. Ich glaube, der Einsatzort ist in der Heidestraße. Wenn ihr von der Kölner Straße aus anfahrt, müsste es das fünfte bis siebte Haus auf der linken Seite sein."
„Das taugt nichts, hast du es nicht etwas genauer?" Ich kann Nicoles Frustration durch das Geplärre ihres Einsatzhorns hindurch hören.
„Nein!"
Ich wende mich wieder an den Melder. „Welche Wohnung innerhalb des Hauses ist es von Ihnen aus, rechts oder links?"
„Von mir aus rechts. Er hat das Feuerzeug wieder in der Hand. Jetzt machen Sie doch! Wie lange wollen Sie noch warten? Der zündet sich gleich an!"
Ich spare mir eine Antwort und gebe die Info weiter: „Von der Straße aus ist es die linke Wohnung im Hochparterre. Ich komme mit mehr Infos, wenn ich noch etwas erfahre."
„Wir sind jetzt in der Heidestraße", gibt Nicole durch.
Sie haben das Horn ausgeschaltet, um den Suizidenten nicht aufzuscheuchen. Gut mitgedacht!
„Das Feuerzeug brennt!", ruft mein Melder dazwischen. „Da braucht es jetzt nur noch einen kleinen Funken …"
„Es wird jetzt eng", gebe ich sofort an die Kräfte weiter. „Er hat das Feuerzeug bereits entzündet. Wenn er tatsächlich mit Benzin übergossen ist, entzünden sich womöglich die aufsteigenden Gase."

„Sie sind vorbeigefahren! Sie sind jetzt gerade vorbeigefahren. Schnell zurück!"
Ich brauche eine Sekunde, um zu begreifen: „Einer meiner Streifenwagen ist an dem Haus vorbeigefahren?"
„Ja, von rechts nach links an einer Hofeinfahrt vorbei. Sie müssen wieder zurück!"
Ich presse meinen Finger auf den Funkknopf: „Ihr müsst wieder zurück! Ihr seid am Objekt vorbei. Fahrt nicht *zu* schnell wieder ein paar Häuser zurück und achtet auf meinen Funk. Ich gebe durch, wenn der Melder euch sieht."
Zur Bestätigung bekomme ich ein kurzes „Ja", dann ist Ruhe am Funk.
„Jetzt sehe ich sie", schallt es aus meinem Telefon. „Da müssen sie rein. Das ist es!"
„Jetzt! Diese Einfahrt. Der Melder kann euch genau jetzt sehen."
„Wir sind auch angekommen und ziehen mit rein!" Das war Pit. Ich habe jetzt zwei Wagen vor Ort.
„Teilt euch auf. Ein Team von vorne, eins in den Hof!" Mehr Anweisungen kann ich jetzt nicht mehr geben. Den Rest regeln meine Frauen und Männer vor Ort alleine.
„Sie müssten …" Weiter komme ich nicht, bevor mich der Melder erneut unterbricht: „Jetzt fahren sie in den Hof. Er hat das Feuerzeug noch immer in der Hand. Der Polizeiwagen hält vor dem Balkon. Die Polizisten steigen aus. Sie reden mit dem Mann. Der hält sein Feuerzeug demonstrativ nach oben und gestikuliert. Die Hand, in der er das Feuerzeug hält, nähert sich immer weiter seinem Kopf. Ich glaube … gleich wird er brennen. Oh Gott! Der eine Polizist greift nach seiner Waffe. Jetzt fällt er um!"
Mir krampft sich der Magen zusammen. „Wer ist umgefallen?", schreie ich ins Telefon.
„Der Mann mit dem Feuerzeug. Er ist einfach umgefallen. Jetzt steigen die beiden Polizisten über die Brüstung auf den Balkon. Der Mann bewegt sich immer noch nicht."
Die werden doch nicht, um einen Brand zu vermeiden … Nein, den Gedanken will ich nicht zu Ende denken!
„Frank!"

Betont ruhig antworte ich am Funk: „Ja, bitte?"
„Die Lage ist geklärt. Der Suizident liegt vor uns und ist nicht mehr in der Lage, sich anzuzünden. Wir brauchen aber dringend einen Rettungswagen für ihn."
„Der müsste bereits auf dem Weg sein. Wie ist die genaue Anschrift für die Einsatzörtlichkeit?"
Susi gibt mir die genaue Adresse durch. Sie war mit Pit an der Eingangstür und geht jetzt zu dem Melder, der von seinem Balkon aus winkt.
„Was soll ich den Sanitätern mitteilen lassen? Auf welches Verletzungsmuster müssen sie sich vorbereiten?"
Insgeheim rechne ich mit der Antwort *Schussverletzung* – nein, das kann nicht sein. Aber die Schilderung des Zeugen ...
„Kreislauf und massive Reizung der Schleimhäute. Wir haben ihn so dermaßen mit Pfefferspray vollgepumpt, dass er zu Boden gegangen ist. Wahrscheinlich ist er danach von den Benzindämpfen bewusstlos geworden."
Pfefferspray – wie geil ist das denn?! Pfefferspray wäre mir in dieser Situation in tausend Jahren nicht eingefallen, aber natürlich ist es die beste aller Lösungen. Ich sacke erleichtert in meinem Stuhl zusammen, als ich den Hörer wieder aufnehme, um mit dem Melder zu sprechen: „Das haben Sie super gemacht. Sie haben dem Mann das Leben gerettet. Ohne Ihre Hilfe wären wir sicher zu spät gekommen. Vielen Dank dafür! Wir haben die Person jetzt unter Kontrolle. Die Kollegen haben ihn mit Pfefferspray überwältigt, somit besteht kein Grund zur Sorge. Bei Ihnen klingeln gleich meine Kollegen, denen erzählen Sie bitte noch einmal den Ablauf aus Ihrer Sicht."
„Es klingelt schon. Ich gehe dann zur Tür."
„Ja, und nochmals danke!" Ich lege auf und atme tief durch.
„Braucht ihr jemanden vom Ordnungsamt für die Zwangseinweisung in die Rheinischen Landeskliniken?" Meine Frage über Funk richtet sich an Pit, der vor Ort die Fäden zusammenhält.
„Darum hätte ich dich gleich gebeten. Unser Suizident ist jetzt wieder auf den Beinen und redet wirres Zeug. Der Notarzt ist vor Ort und würde die Einweisung befürworten. Wenn das Ordnungsamt einverstanden ist, unterschreibt der Löschzugführer für die als Amtswalter."

„Ich kläre das ab und melde mich wieder."
Natürlich ist das Ordnungsamt einverstanden und so kann ich Pit mitteilen, dass sie alles mit den sich vor Ort befindlichen Kräften allein regeln können.

*

„Und, war was los, während ich weg war?" Kai drückt die schwere Eingangstür zum Wachbereich auf.
„Och …", höre ich mich sagen, „nichts Dramatisches."
„Dann ist es ja gut!" Kai lässt sich auf seinen Stuhl plumpsen, den ich inzwischen wieder freigemacht habe.
Kurz darauf kommen beide Wagen gleichzeitig auf die Wache zurück. Nicole ist völlig aufgedreht und kann nicht einen Moment stillstehen.
„Jetzt rate, wer den Einsatz gerettet hat, wer die zündende Idee hatte, die verhindert hat, dass der Funke übersprang", will Lukas von mir wissen.
Ich sehe mich um. Da stehen sie. Alle mit einem zufriedenen Ausdruck im Gesicht! Aber nur eine, die kaum noch an sich halten kann.
„Nicole?"
„Ja", schreit sie mir entgegen und fällt mir um den Hals. „Wir hatten neulich in einer Ausbildungseinheit einen ganz ähnlichen Fall, den wir genau so gelöst haben! War ich nicht gut?"
„Ja, das warst du! Sehr gut sogar. Denk bitte an unser Gespräch von neulich zurück. Als wir über Angst gesprochen haben. Du warst heute wirklich sehr, sehr gut!"
Ich drücke sie noch einmal kurz und schiebe sie dann von mir weg. „Darauf gebe ich heute Abend einen aus."
„Ich auch!", ruft Nicole.
„Ich natürlich auch. Da kann ich als Tutor nicht zurückstehen." Stolz glimmt in Lukas Augen.
„Dann werden wir heute wahrscheinlich nicht pünktlich nach Hause kommen."
„Sehr unwahrscheinlich."
„Kann mir jemand sagen, was hier los ist?" Kai blickt irritiert von einem zum anderen.

Statt einer Antwort erhält er ein gefrotzeltes: „Wo warst du eigentlich?"
„Wie, wo war ich?"
„Er war in der Zeit nett essen", antworte ich an seiner statt.
„Dann bekommt er auch keinen ausgegeben!"
„Frank, jetzt erklär mir schon, was passiert ist!" Kai ist aufgesprungen und schwankt zwischen Neugier und Ärger.
„Setz dich, ich erzähle es dir! Ich muss den Einsatz auch noch in der Einsatzdokumentation abschließen."

*

Da gerade kein weiterer Einsatz anliegt, sitzen alle in den Schreibräumen und fertigen ihre Berichte. Einer nach dem anderen wandert über meinen Schreibtisch und von dort, nachdem ich ihn abgezeichnet habe, in den Ausgang für die Sachbearbeitung. Auch der korrigierte Vorgang von unserer kleinen Olize, den ich ihr heute zurückgegeben habe, ist jetzt fehlerfrei. Sie wächst im Moment über sich hinaus.
Im Flur höre ich Türen schlagen. Ungewohnt aggressive Wortfetzen dringen an mein Ohr. Neugierig trete ich auf den Flur und sehe, wie Jasmin mit zornigem Gesicht Aramis beschimpft. Der steht da wie ein begossener Pudel und lässt es über sich ergehen. Als sie mich sieht, dreht sie sich um und verschwindet in den Umkleideräumen. Auf meinen fragenden Blick antwortet Aramis schlicht: „Wir haben uns getrennt."
„Ich wusste nicht einmal sicher, dass ihr zusammen seid. Wie lange geht das mit euch schon?"
„Seit der letzten Freischicht."
„Und dann habt ihr euch nach einer knappen Woche wieder getrennt. Meine Hochachtung!" Ich kann mir meine Ironie nicht ganz verkneifen.
„Es tut mir leid …"
So zerknirscht kenne ich diesen Baum von einem Mann nicht. Von seinem Musketiergehabe ist nichts mehr übrig.
„Es muss dir nicht wegen mir leidtun. Mit ihr solltest du reden."
„Das braucht er nicht!", fällt mir Jasmin ins Wort, die unbemerkt wieder in den Flur getreten ist. „Ich rede mit dem nie wieder auch nur ein einziges Wort!"

Obwohl sie mit mir spricht, sieht sie Aramis an. Dann wendet sie sich zu mir: „Kann ich gehen? Ich nehme eine Überstunde, oder brauchst du mich noch?“
Ich muss an das Benzin und den Funken von vor ein paar Minuten denken und entscheide, um eine Verpuffung zu verhindern: „Nein, das sollte klappen. Ruf mich an, wenn irgendetwas ist. Wir sehen uns gleich zum Frühdienst. Nicht vergessen!“
Wir hören, wie sie ihre Pistole ins Waffenfach pfeffert, dann ist sie weg.
„Da hast du uns einen schönen Mist eingebrockt!“, wende ich mich erneut an Aramis. „Ich darf doch davon ausgehen, dass du und deine übersteigerte Libido der Auslöser wart?“
Aramis schüttelt den Kopf. „Ich möchte darüber heute nicht reden. Kann ich auch gehen?“
Ich nicke. Vielleicht haben sie sich bis morgen wieder gefangen. Allerdings ist die nächste Schicht wegen des kurzen Wechsels nur noch neun Stunden weit weg. Wir werden sehen. Der Rest der Bande steht in den Türen und hat alles mitgehört. Ich zucke die Schultern.
„Lasst uns gleich ein alkoholfreies Bier auf Nicole trinken. Ihr Einsatz muss gefeiert werden! Die beiden werden sich schon wieder einkriegen.“
Aber im Grunde bin ich mir da nicht so sicher.

Es wird eine kurze Feier. Die Stimmung ist hin. Schade!
Nachdem wir uns alle verabschiedet haben, setze ich brav meinen Helm auf und schwinge mich auf mein Fahrrad.
„Hattest du nicht gesagt, es sollte heute noch regnen?“, will ich von Kai wissen, der eben in seinen Oldtimer einsteigt.
„Quatsch! Da musst du dich verhört haben.“ Breit grinsend startet er den Boxermotor und fährt vom Parkplatz.
Die Fahrt nach Hause macht mich wieder frisch. Als ich ankomme, bin ich kein bisschen müde und froh, Anja noch vor dem Fernseher anzutreffen.
„Schön, dass du nicht wieder so spät kommst“, sagt sie und macht neben sich Platz auf der Couch.
An mich gekuschelt will sie wissen, wie mein Tag war. Ich erzähle wort-

reich von unserem Suizidenten, bis ich merke, dass sie eigentlich von ihrem Tag erzählen wollte.

Ich kann ihr zwar fachlich nicht helfen, dafür habe ich von Steuern zu wenig Ahnung, aber ich kann ihr zumindest zuhören.

Kapitel 9
„Wo?“ (Frühdienst)

Samstags empfinde ich den Frühdienst immer als angenehmste Schicht. Morgens sind die Städte zwar mit dem Kaufrausch verfallenen Familien voll, aber aus polizeilicher Sicht passiert in der Regel nichts Schlimmes. Kleinere Sachschadenunfälle, ein paar Fahrrad- oder Ladendiebstähle kommen vor, doch im Großen und Ganzen sind Samstage bis zum frühen Nachmittag eher beschaulich.

Gähnend begrüßen wir uns. Vom Nachtdienst sind noch nicht alle Wagen wieder zurück auf der Wache, sodass wir uns nicht komplett aufrüsten können. Bei so schönen Nächten wie der vergangenen gibt es an den Wochenenden für die Nachtschicht immer viel zu tun. Von Ruhestörungen über Alkoholfahrten bis zum Gewaltdelikt ist oftmals alles vertreten.

„Kai, hast du den Dienstplan für heute schon geändert?“

„Nein, warum? Wegen unseres Liebespaares? Die können das schön untereinander ausdiskutieren.“

Ich schüttele den Kopf. „Das stimmt, aber nicht im Auto, und vor allem nicht im Einsatz. Ich möchte, dass du mir heute Aramis und morgen Jasmin zuteilst. Den Rest der Bande kannst du verplanen, wie du magst.“

Susi schleppt einen Picknickkorb in die Wache. „Ich habe mir gedacht, wir könnten heute und morgen, wenn es die Zeit zulässt, schön frühstücken. Dann können wir alle in Ruhe quatschen.“ Sie zwinkert mir zu und nickt mit dem Kopf in Richtung Jasmin, die wie eine schöne Rachegöttin in der Ecke gegen den Wachtresen lehnt. Ihre Augen sprühen Funken.

„Jetzt bekommst du erstmal einen Kaffee.“ Susi packt den Korb mit der einen und Jasmin mit der anderen Hand und zieht sie in Richtung Aufenthaltsraum. „Kai, besorg uns bitte Brötchen aus Spich!“

Ich nicke ihm zu: „Du hast es gehört.“

„Wie soll ich …“

„Bleib locker“, mischt sich Hans ein, der die Szene bisher kommentarlos

mit angesehen hat. „Ich habe noch einen Wagen in der Nähe von Spich. Der kann die Brötchen auf dem Rückweg mitbringen. Wie viele braucht ihr?“
Ich rechne kurz. „Ich denke, fünfzehn sollten reichen. Danke!“
„Keine Ursache. Ihr habt noch was gut bei uns.“
Nach kurzem Klingeln meldet sich sein Wagen am Telefon und Hans kann unsere Bestellung durchgeben.
„Am besten fahren Susi und Jasmin heute zusammen. Das scheint mir eine sinnvolle Lösung zu sein“, meint Kai, der meine Idee bereits umsetzt. Nicole grinst und fragt: „Wisst ihr, wie wir in der Ausbildung zwei Frauen auf dem Wagen nennen?“ Gespannt sieht sie sich um.
„Ja. Hühnerstreife!“, ruft Aramis, der gerade an uns vorbeieilt. Er ist spät dran. „Eine verdammte Hühnerstreife!“ Er verschwindet in der Umkleide.
Kai seufzt. „Da hast du dir heute eine echte Aufgabe gegeben. Viel Spaß dabei!“ Er dreht sich von mir zu seinem Arbeitsplatz um. „Meine Monitore sind noch leer. Lasst uns frühstücken gehen.“
Jasmin und Susi haben den Tisch gedeckt und als die Brötchen eintreffen, zieht bereits der Duft von frischem Kaffee durch die Wache. Jasmin ist wortkarg, aber nicht mehr so verschlossen. Aramis kommt kurz rein, spießt mit seinem Messer ein Brötchen auf, verschwindet dann aber sofort nach vorne in den Wachraum und übernimmt Kais verwaisten Platz.
„Cooler Auftritt. Es haben nur noch Federhut und Umhang gefehlt“, kommentiert Kai lakonisch und wir versuchen alle, uns so normal wie möglich zu benehmen.
Später nimmt mich Susi zur Seite. „Sprichst du heute mit Aramis? Ich kläre die kleine Beziehungsproblematik mit Jasmin. Morgen können wir tauschen. Was hältst du davon?“
„Du bist ein Schatz! Danke!“ Auf unsere Mutti ist in solchen Dingen immer Verlass. Unser körperliches und seelisches Wohl stehen immer ganz oben auf ihrer Agenda.
Plötzlich kommt Aramis’ Stimme aus der internen Sprechanlage: „Das müsst ihr euch anschauen. Die gesamte Mordkommission ist auf den Beinen und auf der Dienststelle!“
Da wir mit unserem Frühstück fertig sind, schlendern wir alle nach vor-

ne und sehen dem Treiben im und um das Gebäude zu.
Im Treppenhaus fange ich Rüdiger ab. „Was ist denn hier los?"
„Keine Zeit!", versucht er mich abzuwimmeln. „Während eurer Freischicht hat sich einiges getan. Wir müssen gleich los. Tut mir leid. Vielleicht habe ich nachher Zeit für dich."
„Okay." Dann müssen wir wohl noch etwas warten. Ich sehe ihm nach, wie er zum Parkplatz eilt und in seinen Dienstwagen steigt. Einige Sekunden später setzt sich die ganze Karawane in Bewegung, und der Parkplatz wirkt wie leergefegt.

*

„So, mein Lieber, jetzt erzähl mal. Dir ist doch klar, dass das so nicht weitergehen kann!"
Aramis fährt, während ich zu ihm hinübersehe.
„Aber was soll ich machen? Ich habe es doch nicht so gemeint. Sie lässt mich einfach nicht zu Wort kommen." Er klingt beinahe hilflos.
„Was genau ist überhaupt passiert? Warum hast du dich so schnell wieder getrennt? Das ist sogar für dich ein neuer Rekord."
„Das habe ich gar nicht! Diesmal wollte ich alles richtig machen. Ich weiß, dass mein Ruf in puncto Frauen nicht der allerbeste ist."
Ich nicke zustimmend.
„Aber bei Jasmin ist das anders. Sie ist wahnsinnig attraktiv, liebevoll, freundlich, nett, zuvorkommend, witzig, intelligent. Alles, was eine tolle Frau so ausmacht. Und sie ist sexy!"
„Aber die Reihenfolge stimmt nicht?" Mein Scherz läuft ins Leere.
„Kein aber. Ich würde ihr jederzeit mein Leben anvertrauen!"
„Dann verstehe ich nicht …"
„Ich habe ihr gesagt, dass ich es langsam angehen will, weil sie mir wichtig ist. Mein Vorschlag war, sich erst einmal nicht mehr privat zu treffen, bis wir uns über unsere Gefühle im Klaren sind. Dann wären wir zu dir gekommen und hätten dir mitgeteilt, dass es etwas Ernstes ist. Da Paare bekanntlich nicht in derselben Dienstgruppe arbeiten sollen, hätten wir danach mit dir und dem Chef besprochen, wie man zu einer gemeinsamen Lösung kommen könnte."

„Das hört sich doch sehr ver-…"
„Genau, das finde ich auch!"
Ob ich heute noch einmal einen Satz zu Ende bringen darf? Aramis spricht schon weiter: „Jasmin hat aber offensichtlich nur den Teil hören wollen, in dem es um die Reduzierung unserer außerdienstlichen Treffen geht. Sie hat mir vorgeworfen, ein Frauen verschlingender Schuft zu sein. Ich hätte mit ihren Gefühlen gespielt, sie nur benutzt und würde sie jetzt danach wegwerfen wollen. Aber genau das Gegenteil ist doch der Fall! Ich möchte mit ihr zusammen sein."
„Vielleicht solltest du ihr das …"
„Habe ich versucht! Echt! Ist aber auch egal jetzt. Sie hat Schluss gemacht und will mit mir nichts mehr zu tun haben."
„Das wird sie sich doch bestimmt noch einmal über- …"
„Eben nicht!
Mein Satz war offensichtlich noch immer zu lang. Jetzt ist Aramis richtig in Fahrt: „Sie will unbedingt noch heute mit dir sprechen und darum bitten, in eine andere Dienstgruppe versetzt zu werden." Er schweigt wütend und hilflos, was fast noch eindringlicher wirkt als sein Wortschwall von vorher.
„Herrje!" Mit den Daumen massiere ich meine Schläfen gegen den beginnenden Kopfschmerz. „Das wird doch aus der Welt zu schaffen sein! Heute kann sie sich bei Susi ausweinen und morgen nehme ich sie mir vor. Es kann doch nicht so schwierig sein, ihr zu erklären, was du mir eben erzählt hast."
„Na, dann warte ab!"
Ich kann bloß den Kopf schütteln. „Kaum zu glauben, dass ihr keine pubertierenden Gören, sondern erwachsene Polizeibeamte seid."
Beleidigt schweigt Aramis mich an und ich lasse die Angelegenheit fürs Erste auf sich beruhen. Einige Zeit lang herrscht Stille bei uns im Wagen. Über Funk können wir hören, wie die Mordkommission vereinzelt Anfragen an die Leitstelle stellt. Aus den Anfragen ist aber nicht zu entnehmen, worum es genau geht. Es wird lediglich klar, dass die beiden bereits bekannten Wohnungen erneut durchsucht werden. Auf jeden Fall ist da was im Busch.
„Hast du etwas in der Sache gehört?", bricht Aramis sein Schweigen.

„Nein, ich hab vorhin versucht, Rüdiger anzuzapfen, aber der war in Eile. Ich schätze, dass wir mit etwas Glück bis Dienstschluss mehr wissen."
Mein Handy klingelt. Auf der Anruferkennung kann ich „RvK" lesen.
„Na, du Tintenkleckser?", begrüße ich ihn. „Was liegt an?"
„Was ist da bei euch los?", fragt er ohne Begrüßung.
„Dir auch einen guten Morgen!"
„Entschuldige, aber ich bin in Eile."
„Du wolltest mich doch auf dem Laufenden halten. Sag du es mir." Es passt mir nicht, wenn ich das Gefühl habe, ausgenutzt zu werden.
„Ich rufe dich nachher zurück. Jetzt lass dich nicht bitten …"
„Ruf den Leiter der Mordkommission an. Er heißt Karl Hartmann. Er kann dir sicher genaue Informationen geben."
„Ich hab zwar seine Nummer, aber ich erreiche ihn nicht!"
„Kennst du die Wohnanschriften des Opfers?"
„Ja!"
„Dann setz dich in dein Auto und fahr los."
„Danke!"
„Tschüss."

*

„Ich brauche dringend freie Einsatzmittel im Bereich Ruppichteroth!", tönt es aus dem Funk. „Zwischen Much und Windeck hat es einen schweren Verkehrsunfall mit einem Motorradfahrer gegeben. Der beteiligte Zeuge weiß aber nicht, wo genau sich die Unfallstelle befindet."
Sofort melden sich mehrere freie Streifenwagen.
„Wir sind auch dabei. Derzeitiger Standort ist Bröl." Ich lasse die Funktaste wieder los.
„Aramis, lass uns erstmal auf der B478 weiterfahren. Die Leitstelle wird schon noch zeitnah mit näheren Informationen aufwarten können."
Während ich Blaulicht und Sirene einschalte, gibt Aramis Gas. Da meldet sich wieder Mike, der Kollege von der Leitstelle: „Ich habe neue Informationen für die eingesetzten Kräfte in dem Unfall Ruppichteroth."
Wir versuchen Mike trotz des lauten Einsatzhorns und des plärrenden Funks zuzuhören.

„Die beiden Motorradfahrer sind als Zweiergruppe gefahren. Von Windeck in Richtung Rupp und dann über die B478. Mehr weiß der Melder nicht. So können wir das Gebiet zumindest eingrenzen. Ich verteile jetzt die Einsatzräume."
Anhand der derzeitigen Standortmeldungen von den eingesetzten Streifenwagen verteilt die Leitstelle in der Folge die Land- und Bundesstraßen, auf denen die verschiedenen Streifenwagenbesatzungen suchen sollen. Als wir unseren Bereich zugeteilt bekommen, biegt Aramis mit quietschenden Reifen ab und beschleunigt in die vorgegebene Richtung. Kostbare Minuten vergehen, ohne dass wir etwas entdeckt hätten.
„Wo ist diese verdammte Unfallstelle?" Mein Blick haftet noch immer am vorbeifliegenden Straßenrand. Leitpfosten verschwimmen zu einem weißen Band, die Bäume verlieren ihre Konturen.
„Ich weiß es doch auch nicht! Sie müsste hier irgendwo sein." Aramis atmet hörbar aus, lenkt mit viel zu hoher Geschwindigkeit in die nächste Kurve. Nichts. Immer noch nichts! Wir suchen jetzt schon viel zu lange. Stattdessen taucht plötzlich, direkt vor uns, ein Sonntagsfahrer auf. Aramis nimmt sich noch nicht einmal die Zeit, abzubremsen. Er beschleunigt weiter aus der Kurve und wir jagen unter dem Schutz unseres Blaulichts heulend an dem Hindernis vorbei. Das Geheul unserer Sirene erfüllt den ganzen Wagen, kreischt in meinen Ohren. Ich schalte sie ab, um klarer denken zu können. „Wir können die Unfallstelle nicht finden! Dabei sind wir die Strecke schon fast ganz abgefahren." Ich drücke die Ruftaste und frage die Leitstelle: „Habt ihr den Unfallzeugen noch einmal erreichen können? Wir brauchen genauere Angaben."
Verrauscht und abgehackt kommt die Antwort: „Nein, der Handykontakt ist abgebrochen. Der zweite, nach derzeitigen Erkenntnissen unverletzte Motorradfahrer kennt sich in unserer Gegend überhaupt nicht aus. Es kommen nach seiner Beschreibung aber im Grunde nur die von mir benannten Straßen als Unfallort infrage. Vielleicht sind die anderen Streifenwagen oder der Rettungsdienst erfolgreicher. Fahrt euren Bereich bis zum Ende durch und meldet euch dann wieder."
Die letzten Worte kann ich trotz höchster Funklautstärke nur noch erahnen. Wir sind zu weit draußen, zu weit weg von der nächsten Stadt, vom nächsten Funkmast.

„Verdammt, wenn wir ihn nicht bald finden, hat er keine Chance mehr!" Das Sprechgerät schrammt über die Armaturentafel, knallt gegen die Scheibe und verschwindet, vom Spiralkabel gezogen, im Fußraum. Unsere Hilflosigkeit macht mich wütend. Weitere wertvolle Minuten vergehen. Aramis schüttelt den Kopf. „Wir sind mit der Strecke durch. Soll ich noch einmal zurückfahren?"

Meine Gedanken schwirren und ich nehme Aramis' Frage nicht wirklich wahr.

Sind wir nicht aufmerksam genug gewesen? Könnten wir zwei verunglückte Motorradfahrer einfach übersehen haben? Lagen sie zu tief im Straßengraben, vielleicht unsichtbar hinter der ersten Baumreihe verborgen? Nein, das kann nicht sein, darf nicht sein!

„Wohin soll ich jetzt fahren?", fragt mich Aramis ein zweites Mal, diesmal energischer.

Was hat die Leitstelle vorhin als Möglichkeiten durchgegeben? Mein Zeigefinger fährt über die Karte auf meinem Schoß, spürt die Knicke, die sich über die Jahre gebildet haben, entlang der vielen Einsatzorte. Wir sind jetzt hier – was genau hat der Zeuge beschrieben?

„Aramis, fahr da vorne rechts und halt dich dann in Richtung Bereichsende." Meine Hand rutscht zum unteren Kartenrand, als Aramis erneut beschleunigt. Ich angele nach dem Funkgerät im Fußraum, um die Leitstelle über meinen Entschluss zu informieren.

Plötzlich deutet Aramis nach vorn. „Da, da vorne ist etwas!" Seine Stimme ist laut und rau.

Ich blicke von der Karte hoch. „Wo?"

„Da vorn rechts, hinter der Leitplanke. Siehst du das silberne Motorrad? Du hattest recht!"

„Wir haben die Unfallstelle gefunden. Leitet den Rettungsdienst und die anderen Einsatzwagen zu uns um", melde ich sofort der Leitstelle. Während ich die erforderlichen Daten durchgebe, bremst Aramis scharf ab und stellt den Wagen so, dass er bestmöglich als Sicherung der Unfallstelle dient.

Unsere Türen werden von ihren Fangbändern zurückgeworfen, als wir aus dem Fahrzeug stürzen. Ich reiße schnell den Verbandskasten aus dem Kofferraum, während sich Aramis ein Handfunkgerät greift. Nicht

dass es hier draußen funktionieren würde, aber an irgendetwas muss man sich klammern.
Ich renne über Bremsspuren, Verkleidungsteile eines Motorrades, springe über eine zerrissene Leitplanke, den Blick suchend nach vorn gerichtet. Ein silbernes Motorrad liegt unbeschädigt am Straßenrand. Das muss dem Zeugen gehören.
Wo ist der Fahrer? Meine Gedanken kreisen, während ich mit Aramis den kleinen Abhang hinunterstolpere. Jetzt endlich kann ich einen schwarz gekleideten Rücken erkennen, der sich über jemanden am Boden beugt. Lange, blonde, zum Pferdeschwanz gebundene Haare fallen über das verwitterte Leder seiner Kombi. Ein Helm liegt achtlos hingeworfen gleich neben den vorderen Bäumen.
Mit jedem Schritt, den ich näher komme, kann ich mehr Einzelheiten erkennen. Jetzt sehe ich einen zweiten Körper, ebenfalls in schwarzer Motorradkleidung. Er liegt ganz unten im Kanalbett, das nach dem langen und schönen Sommer ausgetrocknet ist. Frisches Blut sickert in seinen Verlauf.
Ich sehe den Kopf des Liegenden, der noch immer seinen Helm aufhat. Das Gesicht ist durch das verspiegelte Visier nicht zu erkennen.
Sehe das seltsam verrenkte Bein, an dem der Stiefel fehlt.
Sehe, nach einem unbewussten Zögern, dass das zweite Bein in Gänze fehlt, dass ein Arm des knieenden Bikers mit der Faust auf die Arterie des Liegenden drückt, genau dort, wo das Blut aus dem Körper schießen will.
Sehe das Blut, das sich dennoch in kleinen Fontänen seinen Weg bahnt, als wolle es den trockenen Sommer verhöhnen.
Mit wenigen schnellen Schritten habe ich den Helfer erreicht, lege ihm eine Hand auf die Schulter. Gleichzeitig erwacht auch mein Gehör wieder aus seiner Erstarrung. Der Verletzte unter mir verschafft sich stöhnend Erleichterung – wimmernd, leise, gequält – gleichsam im Takt seines Blutes.
Ich höre die Stimme des blutverschmierten Helfers, der mit mir spricht, mir Fragen stellt.
Ich will hier nicht sein! Was soll ich tun? Aber das ist nicht er, der da spricht, das bin ich selbst in meinem reizüberfluteten Kopf.

Keine Ahnung, was der Helfer zu mir gesagt hat, will es auch nicht wissen, will einfach weg!
Jetzt spricht auch Aramis mit mir.
Konzentrier dich!, befehle ich mir. Es ist als würde ich mich selbst anschreien. *Du bist verantwortlich. Mach deinen Job!*
Ich starre auf Aramis' Mund, sehe die Worte, erkenne jedoch keinen Inhalt.
Er dreht sich um und rennt zurück in Richtung Streifenwagen. Dabei brüllt er die ganze Zeit in sein Handfunkgerät. Ich will ihm nachrufen, dass das hier draußen zwecklos ist. Wir sind viel zu weit im Outback, hier gibt es keinen Empfang.
Mir zupft jemand am Gürtel, gleich neben der Pistole. Reflexartig will ich die Hand abwehren, dann bin ich auf einmal wieder ganz bei mir. Zum Hören kommt auch wieder das Verstehen.
„Was soll ich tun?" Die flehentliche Stimme des großen Mannes erscheint mir unpassend. Sein Haar glänzt vom Schweiß in der Sonne. Ich knie mich neben ihn, reiße den Verbandskasten auf und drücke ihm einen sterilen Druckverband in die Hand. „Sie machen das super! Genau richtig. Drücken Sie weiter fest auf die Schlagader. Können Sie noch oder soll ich Sie ablösen?"
Warum frage ich? Ich will die Antwort doch gar nicht hören.
„Das wäre gut, ich drücke nämlich schon ziemlich lange." Seine Stimme gewinnt an Festigkeit, hofft auf Erleichterung.
Plötzlich bin ich es, der versucht, die Schlagader mit einem Verbandspäckchen zu verschließen, damit sich nicht auch der Rest von Leben in die Erde ergießt.
Wo genau ist die Arterie? Bin ich hier überhaupt richtig?
Vor lauter Blut kann man nichts richtig erkennen. Eine Hüfte sieht mit nur einem Bein ganz anders aus. Ich orientiere mich an den Geschlechtsorganen. Ein bisschen Glück scheint er gehabt zu haben, die sehen unversehrt aus. Hier, der Beinansatz – das sollte stimmen. Mittlerweile läuft nur noch wenig Blut über meine Finger. Kein kleiner Springbrunnen mehr.
Ist da kein Blut mehr, das vom Herz herausgedrückt werden könnte? Was ist mit der Atmung?

Meinen Ersthelfer kann ich nicht fragen, der kniet wenige Meter neben uns und übergibt sich lautstark. Mir wird ebenfalls schlecht. *Wo verflucht ist Aramis?*
Ich blicke über den Verletzten, lege meine freie Hand auf seine Brust und fühle das Herz schnell schlagen, genau der Takt, den auch mein Daumen spürt. Ohne den Druck in der Leiste zu verringern, öffne ich das Helmvisier und blicke in sein fahles Gesicht. Er atmet noch. Gut so! Ich habe mein Zeitgefühl verloren. Neben mir taucht Aramis wieder auf. „Der Hubschrauber ist alarmiert und sollte gleich kommen", keucht er. Der Rettungswagen steht ebenfalls kurz vor dem Eintreffen. Soll ich dir helfen oder kann ich wieder hoch, den Hubschrauber einweisen?"
Drück du bitte weiter mit deinem Daumen genau hier auf die Schlagader. Lass du dir bitte das Blut über Gesicht und Hände spritzen. Schau du bitte in seine flehenden Augen und sprich mit ihm!
Tatsächlich jedoch sage ich: „Geh nur!" Und schon bin ich wieder allein. „Können Sie mich hören? Können Sie sprechen? Versuchen Sie, wach zu bleiben! Nicht einschlafen! Der Rettungswagen kommt gleich! Hilfe ist unterwegs!" Ich versuche verzweifelt, seine Aufmerksamkeit zu erregen. „Sind Sie verheiratet? Haben Sie Kinder? Wie ist Ihr Name? Wann sind Sie geboren? Sollen wir jemanden für Sie anrufen?"
„ADAC – das Motorrad!" Das ist alles, was er auf meinen Redeschwall antwortet.
Verdutzt halte ich inne. Kaum eine Antwort erwartend, hatte ich auf keinen Fall mit dieser gerechnet. Egal – er ist bei Bewusstsein. *Jetzt nicht nachlassen!*
„Wir kümmern uns um Ihr Motorrad. Aber jetzt geht es erst einmal um Sie!" Beruhigend lege ich ihm meine freie Hand auf den Oberarm. Sein Zucken und meine Fingerspitzen verraten mir, dass dieser ebenfalls verletzt sein muss.
„Ich will euch ja nicht unterbrechen, aber du störst jetzt", sagt plötzlich jemand neben mir. Mein Daumen wird durch einen anderen ersetzt und ich werde unsanft zur Seite gedrängt. Stolpernd komme ich auf die Beine und bin froh über die Sanitäter, die mit dem Notarzt zusammen meinen Platz eingenommen haben. Ich blicke mich suchend um und kann Aramis an der Straße erkennen, auf der mittlerweile mehrere Strei-

fenwagen stehen. Absperrung, Einweisung für den Hubschrauber – alles scheint organisiert zu sein.
Neben mir steht nun auch wieder der zweite Motorradfahrer.
Mein Gott, ist der fertig!, geht es mir durch den Kopf. *Sehe ich genauso aus?*
„Wie geht es Ihnen? Sind Sie auch verletzt? Kennen Sie den Verletzten? Was genau ist passiert?" Rechtlich gesehen sollte ich ihn erst einmal belehren, bevor ich ihn so mit Fragen überhäufe.
Er schweigt einfach, blickt mich nur an. Dann setzt er sich an den Hang und weint. Ich drehe ihn mit einiger Mühe so gegen die Böschung, dass seine Beine hochgelagert sind. Er hilft nicht mit, verweigert sich aber auch nicht.
Dann zwinge ich mich, die wenigen Schritte zu dem Verletzten zurückzugehen und spreche einen der Sanis an. „Wenn bitte einer von euch in nächster Zeit nach dem anderen Motorradfahrer sehen könnte? Ich glaube, er hat einen Schock. Nicht, dass der uns auch noch zusammenklappt."
Der Sani nickt. „Wir kümmern uns gleich um ihn! Wir müssen unseren Schwerverletzten aber erst für den Transport stabilisieren."
„Gut." Ich wende mich ab und will wieder gehen, als mich der Sani zurückhält. „Du kannst uns einen Gefallen tun. Schau bitte, ob du das fehlende Bein finden kannst! Wenn es geht, würden wir es gerne mit ins Krankenhaus fliegen lassen."
Das Bein – natürlich! Der Hubschrauber kann jeden Moment eintreffen und dann geht alles sehr schnell. Bis dahin muss ich das Bein gefunden haben!
Ich eile entlang der Böschung hoch zur Straße, blicke mich suchend um, scharre mit den Füßen unter Sträuchern und Ästen, seziere jeden Zentimeter Boden.
Dort ist das Motorrad durch die Leitplanke gebrochen, da liegt das Opfer. Irgendwo dazwischen müsste es sein.
Mein Blick wandert rastlos umher. Nichts! Kein Blut, kein Bein!
Ich finde ein paar Motorradteile und auch das völlig zerstörte Motorrad, aber kein Bein!
Verzweifelt wende ich mich immer und immer wieder suchend um, rufe

nach Aramis, er soll mir helfen. Über dem Waldrand knattert der Hubschrauber heran.
Das Bein muss unbedingt mit! Schnell und konzentriert weitersuchen!
Wieder und wieder drehe ich mich um meine eigene Achse, und ein weiteres Mal sehe ich lediglich das Motorradwrack, den Verletzten, die zerrissene Leitplanke, die gedachte Linie. Kein Bein!
An der Linie renne ich jetzt entlang. Hin und her, rauf und runter. Der Hubschrauber ist gelandet, von dem Bein keine Spur!
Wieder laufe ich zurück, hoch auf die Straße, von dort hat man den besten Überblick. Kein Bein!
Der Verletzte wird auf die Trage gelegt, ich renne wieder runter in den Wald. Mein Atem rasselt und mein Herz schlägt wild in meiner Brust.
Vielleicht ist das Bein weiter weggeschleudert worden als vermutet.
Links, rechts, unter Gestrüpp, hinter Baumstümpfen – ich schaue überall – kein Bein!
Kein verdammtes Bein!
Die Trage wird zum Hubschrauber gebracht.
„Ich finde es bestimmt. Hab's gleich!", schreie ich gegen den Lärm der Rotoren.
Schnell zurück zum Liegeplatz des Verletzten. Noch einmal. Gedachte Linie, Fluglinie, mögliche Landepunkte. *Wie weit kann so ein Bein fliegen?*
„Aramis, wo bleibst du?"
Es kommt kein Aramis, der hilft oben an der Straße. *Verdammt!*
Die Trage verschwindet im Rumpf des Hubschraubers und die Türen werden geschlossen. Das Heulen der Turbinen verstärkt sich.
Zu spät!
Der Hubschrauber hebt ab und ich sinke völlig erschöpft zu Boden. Tränen laufen mir über die Wangen.
Das Rotorengeräusch verklingt in der Ferne. Enttäuscht lehne ich mich an die Böschung und sehe dem Hubschrauber nach. Leer und müde schweifen meine Augen über den Schauplatz, als ich plötzlich ein kurzes Blitzen hoch oben in den Bäumen sehe.
Das gibt es doch nicht! Das sind doch mindestens drei Meter! So hoch ist das Bein doch niemals geflogen – oder doch?
Ich verändere meine Position, um besser sehen zu können. Das könnten

Silbernieten einer Motorradhose sein. Noch während ich renne, blicke ich weiter nach oben.
„Das Bein – ich habe das Bein!“, rufe ich erleichtert. „Ich hab's gefunden!“
„Wo ist es?“, fragt eine Stimme zurück.
„Hier oben im Baum.“ Fast habe ich die Stelle erreicht. „Ich komme aber nicht dran. Hat die Feuerwehr eine Leiter dabei?“
Eilig kommen zwei Feuerwehrmänner mit einer Leiter die Böschung herunter und bergen das Bein. Es dauert nur wenige Minuten, bis ich es in den Händen halte und es mit schnellen Schritten zu einem der Rettungswagen bringe. Schwer atmend lehne ich mich an die offene Hecktüre. „Vielleicht nützt es was, wenn ihr es ihm schnell ins Krankenhaus nachbringt.“
„Meinst du im Ernst, dass er sein Bein noch braucht?“ Der ältere Sanitäter sieht mich aus blassen, müden Augen an. „Du hast doch selbst deine Hand in ihm drin gehabt. Er muss doch zu diesem Zeitpunkt schon mehr tot als lebendig gewesen sein.“
„Aber ihr müsst es doch zumindest versuchen!“ Zorn flammt in mir auf.
„Machen wir auch, aber mach dir nicht allzu viele Hoffnungen!“
Er nimmt mir meine Last ab und legt das Bein in einen sterilen Behälter des Krankenwagens.
Mein Ausrüstungsgürtel zerkratzt die Motorhaube des Streifenwagens, als ich mich rücklings auf sie fallenlasse. Um mich herum ist es still geworden. Ich höre das Zwitschern der Vögel, den knarzenden Funk aus den verschiedenen Fahrzeugen und die beiden Sanitäter, die sich gerade anschicken, das Bein nach Köln in die Unfallklinik zu fahren. Da hält der ältere Sani sie zurück. „Ihr braucht nicht mehr loszufahren. Er ist eben im Hubschrauber gestorben!“
Was mir bleibt, ist die Kühle der Windschutzscheibe, gegen die ich gesunken bin.

Als ich die Augen wieder öffne, steht Aramis neben mir und blickt in Richtung Sonne.
„Scheiße!“, sage ich frustriert.
„Scheiße!“, stimmt er mir zu.

Als ich eine gefühlte Ewigkeit später meine Hand abstütze, um mich aufzurichten, stelle ich fest, dass ich über und über mit Blut verschmiert bin. Kein Kleidungsstück ist sauber geblieben. Schnell fahre ich mir mit den Fingern durch mein Gesicht und spüre auch dort verkrustetes Blut.
„Du siehst ganz bezaubernd aus“, witzelt Aramis. „Du solltest dich weitgehend ausziehen, sonst versaust du uns den ganzen Wagen.“
Er versucht mich aufzuheitern und ich gehe darauf ein. „Das könnte dir so passen. Wer weiß, ob du nach deiner Trennung nicht etwas Neues suchst.“ Halbherzig zwinkere ich ihm zu.
Er nimmt Haltung an und zieht einen imaginären Degen: „Nimm das sofort zurück, du Schuft, sonst muss ich dich zum Duell fordern!“
Wir können zwar noch nicht wieder lachen, aber er hat es geschafft, die Spannung zu lösen. Mit neuer Energie gehe ich zu den anderen Kollegen, die mittlerweile den Unfall aufnehmen und die Spuren beseitigen.
Was man doch für einen Blödsinn sagt und macht, nur um sich abzulenken.
„Danke für die Unterstützung!“, meint der Dienstgruppenleiter der originär zuständigen Wache, als ich ihn erreiche. „Den Rest erledigen wir.“
„Was ist mit dem zweiten Motorradfahrer?
„Den haben die Sanis mitgenommen. Verdacht auf Schock. Wenn der Sachverständige seinen Kram erledigt hat, sammeln wir zusammen mit dem Abschlepper den Schrott auf und dann sind wir auch weg.“
Er deutet mit dem Finger auf mich. „Du solltest darüber nachdenken, die Uniform zu wechseln und dich zu waschen. Wenn du das nächste Mal versuchst, ein Leben zu retten, könntest du dich schon etwas mehr bemühen, Landeseigentum nicht mehr als notwendig zu beschmutzen.“
„Ist recht!“ Auch wenn er mich aufmuntern wollte, bleibt bei mir das schale Gefühl, versagt zu haben.
Kurze Zeit später liegen auf der mit Kunstleder überzogenen Rückbank ein Großteil meiner Ausrüstung und mehrere Uniformteile. Ich bin nur noch mit Schuhen, Hose und einem Unterziehshirt bekleidet. Alles an mir klebt, riecht nach Blut und Tod. Aramis fährt schweigend bei geöffneter Seitenscheibe. Ich würde uns gerne von dem eben Erlebten ablenken, würde gerne mit jemandem sprechen, finde aber ebenfalls keine Worte.

*

Als wir auf der Wache ankommen, trudeln die ersten Wagen der Mordkommission wieder ein, unter ihnen auch Rüdiger und Manfred.
„Wie siehst du denn aus? Hat euch Streifenhanseln keiner erklärt, wie man sich wäscht?", witzelt Manfred. Meine Faust will in sein Gesicht, aber Aramis drängt mich ab. „Verpiss dich, du Arsch!" Aramis stellt sich vor mir in Positur. „Du Vollwurst hast doch echt keine Ahnung."
„Ihr müsst es ja wissen." Manfred winkt ab und verschwindet im Gebäude.
„Tut mir leid", unterbricht Rüdiger die peinliche Stille.
„Ist ganz sicher nicht deine Schuld."
„Willst du die neuesten Neuigkeiten wissen? Wir hatten einen sehr erfolgreichen Vormittag."
„Du, unbedingt, aber nicht jetzt. Ich bin total fertig und dreckig. Im Moment will ich nur duschen und meine Ruhe."
„Kein Problem. Habt ihr morgen wieder Frühdienst? Dann sehen wir uns da. Wir fangen morgen auch wieder früh an. Heute muss ich noch einen Bericht schreiben, dann ist Feierabend." Er setzt erneut an: „Es könnte nicht schaden, wenn ihr morgen für uns eine Zelle freihaltet."
Er nickt uns zu und geht die Treppe zu den Büros der Mordkommission hoch.

In der Umkleide werfe ich meine Sachen auf einen Haufen und packe sie, so wie sie sind, in einen Müllsack, den ich mir aus dem Zellentrakt geliehen habe. Kaum ein Stück Stoff, das nicht mit Blut verschmiert ist. Wahrscheinlich muss ich mir die meisten Teile in der Kleiderkammer neu besorgen.
Unter dem warmen Wasser der Dusche spüle ich mir das Blut von den Händen, Armen und aus dem Gesicht. Ich suche an mir nach äußeren Verletzungen.
Hoffentlich habe ich mich bei dem vielen Blut nicht mit irgendetwas angesteckt.
Heißes Wasser rinnt mir in Bächen über den Kopf und die Schultern. Es reinigt und klärt meine Gedanken. Offensichtlich habe ich mich diesem Genuss mehr als nur ein paar Minuten hingegeben, denn plötzlich höre

ich eine Frauenstimme von der Tür. „Frank?“
Das ist Susi.
„Ich bin nackt. Was gibt es so Dringendes?“
„Stell dich nicht so an. Meinst du vielleicht, ich hätte noch nie einen nackten Mann gesehen?“
„Keine Ahnung“, erwidere ich ärgerlich, weil sie mich aus meiner wohligen Leere gerissen hat. „Aber sicher keinen, der gleich richtig sauer wird.“
Sie kichert: „Es geht um die Schöne und den Musketier.“
Jetzt fängt sie auch noch damit an.
„Hast du Zeit? Der Spätdienst ist bereits da und ich müsste heute pünktlich nach Hause.“ Ihre Stimme kommt noch ein bisschen näher.
„Ja, hab ich, aber nur, wenn du jetzt verschwindest.“
„Okay, okay. Ich bin schon weg.“
Missmutig stelle ich das Wasser ab, ziehe meine Privatklamotten an und quäle mich zurück in den Wachtrubel.
Susis Geschichte von Jasmin ähnelt frappierend meiner Geschichte von Aramis. Allerdings hat jeder der beiden eine sehr gegenläufige Sicht der Dinge. Susi und ich gleichen uns ab und verabreden einen Plan. Heute war Bestandsaufnahme, morgen wird vermittelt und korrigierend eingegriffen. Es müsste doch mit dem Teufel zugehen, wenn wir es nicht schaffen würden, aus Liebenden auch ein Liebespaar zu machen.
Die anderen sind bereits weg, als wir uns verabschieden. Es ist doch wieder später geworden.

*

Zu Hause erwartet mich Kathi, weil wir vor einer halben Stunde miteinander zum Inlinern verabredet waren. Das muss ich vergessen haben. Schnell werfe ich den Sack mit der blutigen Uniform in die Waschküche. Anja arbeitet noch in ihrem Arbeitszimmer. Sie nutzt gerne Zeiten, zu denen ich Dienst habe, für ihre Arbeit. Ich schaue kurz bei ihr vorbei. „Hi, Schatz! Ich habe Kathi vergessen. Wir fahren Inliner. In einer Stunde sollten wir wieder zurück sein. Den Sack mit den Uniformteilen kannst du einfach in der Waschküche liegen lassen. Ich muss die Sachen erst vorbehandeln. Das mache ich dann nachher selbst.“

„Ist gut!" Sie lächelt mir von ihrem Stuhl aus zu, bevor ich mir meine Sportklamotten anziehe und mich mit meinen Inlinern und meiner Tochter auf den Weg mache. Heute tut es richtig gut, sich zu verausgaben. Die Luft reinigt den Geist und die Sonne bringt mir wieder Lebensfreude zurück. Sie scheint für alle – die Lebenden und die Toten.

Kapitel 10
„Aufklärung“ (Frühdienst)

Beinahe bin ich froh, als mein Wecker klingelt. Ich drücke ihn aus und kuschele mich noch einmal kurz an den warmen Körper neben mir. Schnell, bevor es zu kuschelig wird, stehe ich auf. Seit Stunden habe ich mich im Bett hin und her gewälzt. Hoffentlich kann zumindest Anja noch einige Stunden Schlaf genießen.
Im Keller liegt ein Sack mit meinen gewaschenen Uniformteilen von gestern. Aus den meisten Teilen konnten wir das Blut nicht entfernen.
Susi hat für heute sicher wieder Frühstück vorbereitet. So kann ich darauf verzichten, mir selbst ein paar Brote zu schmieren. Frisch geduscht und unrasiert, wie eigentlich immer zu einem Frühdienst, verlasse ich das Haus.

Auf der Wache ist, trotz der frühen Stunde, mächtig Trubel. Die Mordkommission scheint bereits ziemlich komplett angetreten zu sein. In meinem Büro begrüßt mich Rüdiger von meinem Sessel aus: „Guten Morgen, Frank. Du siehst wieder ganz adrett aus.“
„Danke schön, aber das Kompliment kann ich leider nicht zurückgeben. Habt ihr gestern noch lange gemacht?“
„Ja. Es haben sich enorm viele neue Fakten ergeben. Wir bereiten gerade alles für den heutigen Tag vor und warten auf den Staatsanwalt. Er sollte in den nächsten Stunden mit einem Haftbefehl und Beschlüssen erscheinen. Bis dahin müssen wir warten.“ Rüdiger hat sich von meinem Sessel erhoben und bedeutet mir mit einem breiten Grinsen, selbst darauf Platz zu nehmen. Ich winke ab. „Du bist zu großzügig, aber lass mal. Ich glaube, Susi wollte für uns Frühstück machen. Vielleicht magst du unser Gast sein? Du kannst dich mit Informationen erkenntlich zeigen.“
„Das hört sich fair an.“ Rüdiger grinst erneut und schließt sich mir an, als ich in Richtung Aufenthaltsraum gehe.
Susi ist bereits fertig und heute sind auch schon die Brötchen da.
„Wo kommen die denn her?“, frage ich überrascht.

„Das habe ich gestern Abend telefonisch mit dem Nachtdienst abgesprochen. Die Jungs waren so nett …"
„Susi, ein Traum!" Begeistert sieht sich Rüdiger auf dem Tisch um. Auf den ungleich hohen Tischen liegen zwei Tischdecken, in der Mitte steht eine Kerze und das Frühstück ist auf Tellern angerichtet.
„Danke. Es ist doch Sonntag", erwidert sie verschämt. Ihre Wangen haben heute etwas mehr Farbe als sonst.
„Frühstück fassen!", schallt meine Stimme durch den Flur. Innerhalb weniger Sekunden ist der Frühstückstisch voll besetzt. Aramis und Jasmin sitzen an den jeweils am weitesten voneinander entfernten Ecken des Tisches, was allerdings dazu geführt hat, dass sie sich genau gegenübersitzen. Susi und ich sehen uns wissend an und lächeln uns Mut zu.
„Ich komme!", lässt uns Kai über die Sprechanlage wissen. Er eilt mit schnellen Schritten den Gang entlang und setzt sich neben mich.
„Was macht der Spion von der Kripo hier?", fragt er grinsend in die Runde. „Hast du kein Zuhause oder treibt dich der Hunger auf Brötchen und Susi herunter?"
Das war direkt. Da bin ich ja mal gespannt, wie Rüdiger reagiert. Unwillkürlich lehne ich mich auf meinem Stuhl etwas nach vorne.
„Natürlich bin ich wegen Susi hier, aber über ein Brötchen würde ich mich auch freuen." Er spricht mit Kai, sieht aber Susi an.
„Wer spricht, dem kann geholfen werden." Jetzt grinst Kai zu Susi hinüber. „Guten Appetit!"
Susi sagt nichts, aber ihre Wangen glühen noch etwas röter.

Die Thermoskanne macht zum zweiten Mal ihre Runde, als Rüdiger beginnt, über Hackepeter zu sprechen: „Ich denke, dass ihr von Frank auf dem Laufenden gehalten wurdet."
Ich nicke. „Meine beziehungsweise unsere letzte Information ist, dass ihr mit Observation und Abhörtechnik an den Fall herangegangen seid. Außerdem ist die zweite Tote eine Prosti aus dem *Pascha*", fasse ich knapp zusammen.
„Ach Gott, da seid ihr noch lange nicht auf dem neuesten Stand! In den letzten Tagen hat sich echt viel getan. Wo fange ich am besten an? Hmmm … mit den Durchsuchungen. Bei den ersten Durchsuchungen

haben wir bekanntlich in der unvermieteten Mietwohnung Blutspritzer gefunden, die einer Prostituierten zugeordnet werden konnten. Wir sind davon ausgegangen, dass es sich auch hierbei um ein Tötungsdelikt handelt.
Unsere eigenen Ermittlungen in der Szene haben aber keine brauchbaren Ermittlungsansätze ergeben, außer …" – kleine Kunstpause – „der Tatsache, dass ein Zeuge, genauer gesagt eine gewisse uns bekannte Quelle aus der Medienwelt, zu berichten wusste, dass unser Peter ein geheimes Schließfach in einer Kölner Großbank hatte."
Alle hören gespannt zu.
„Wo ist der Schlüssel?", fragt Kai.
„Genau das war die Frage. Aufgrund der Observation konnten wir feststellen, dass Frau Hackepeter mehrfach die Deutsche Bank in Köln angefahren hat. Sie muss ihn gefunden haben. Wir haben diese Informationen in Bezug zueinander gebracht. Der zuständige Richter ist unserer Argumentation gefolgt und so konnten wir mit Beschluss das Bankfach sichten. In dem Schließfach fand man belastende Unterlagen aus Peters aktiver Rockerzeit und Hinweise auf aktuelle interne Streitigkeiten, Verteilungsschlüssel und so weiter. Dazu noch über 100.000 Euro Bargeld."
„Hat er die Prostituierte umgebracht?", will ich wissen.
Rüdiger zuckt die Schultern. „Wie wir inzwischen von seiner Familie wissen, war Peter immer ein jähzorniger und gewaltbereiter Mann. Probleme wusste er immer schnell und endgültig mit der Faust zu regeln. Das mag im Rotlichtmilieu gut funktioniert haben, einer Ehe ist ein solches Verhalten aber eher nicht zuträglich. Es ist nicht auszuschließen, dass der Mord an der Prosti, falls sie tatsächlich tot ist, auf sein Konto geht. Wenn man aber unserer sehr gut unterrichteten Quelle von der Presse und den Unterlagen aus dem Bankfach glaubt, ist eher von einem Konkurrenzkampf rivalisierender Luden auszugehen, bei der sie als Kollateralschaden verbucht werden muss."
„Dann hat sie für ihn gearbeitet?"
„Genau. Sie war nicht nur seine Mieterin, sondern auch sein letztes verbliebenes Pferdchen aus alten Tagen. Sie hat in der Wohnung mit seinem Wissen und unter seinem Schutz Freier empfangen."
„Und seine Frau wusste davon nichts?"

„Das ist derzeit unklar. Das werden die weiteren Ermittlungen ergeben. Bleibt aber noch Peter selbst. Uns fehlt noch ein Bein. Die Abtrennungen der Gliedmaßen wurden alle postmortal vorgenommen."
„Ist jetzt zweifelsfrei klar, dass er durch ein Schädeltrauma, hervorgerufen durch stumpfe Gewalt, umgekommen ist?", fragt Aramis.
„Das ist als gesichert anzunehmen. Wir verdächtigen nach wie vor die Ehefrau. Dazu gab es in den letzten Tagen verschiedene Indizien. In ihrem Fahrzeug hat sie mit ihren Kindern über den ‚Papa' gesprochen und dabei sind merkwürdige Formulierungen gefallen, die den Schluss zulassen, dass sie alle über seinen Verbleib Bescheid wissen und nicht mit einer Rückkehr zu rechnen ist. Am Telefon erzählt sie den verschiedenen Anrufern und ihrer Verwandtschaft alle möglichen Versionen von seinem Verschwinden, aber nie die, die sie bei uns angegeben hat. Und das, obwohl sie wissen muss, dass in der Öffentlichkeit über die Medien fast alle Fakten kommuniziert wurden. Bei den Vernehmungen hat sie sich wiederholt in Widersprüche verstrickt und offenkundig mehr als einmal gelogen. Weiterhin hat sie derzeit intensiven Telefonkontakt mit Hackepeters Mutter und ist regelrecht erpicht darauf, zu erfahren, ob bei ihr im Garten alles in Ordnung sei. Peters Verschwinden hingegen scheint ausschließlich für seine Mutter von Interesse zu sein."
„Das könnte doch ein Hinweis sein!", wirft Jasmin ein.
„Das denken wir auch, deshalb haben wir heute auch noch einiges vor."
„Was war denn jetzt mit der zweiten Durchsuchung?", hake ich nach.
„Wir haben uns erneut mit der Wohnung von seiner Frau und den Kindern beschäftigt. Bei der ersten Spurensuche konnten keine Blutspuren gefunden werden, auch in den Kinderzimmern nicht. Die Zimmer waren klinisch sauber."
Ich schüttele skeptisch den Kopf. „Bei Kinderzimmern ist das eher ungewöhnlich."
„Genau, deshalb wurden von uns auch verschiedene Spurenträger aus dem Zimmer entfernt und mitgenommen, unter anderem ein Sportpokal und mehrere Stückchen Teppichboden. Bei der Analyse hat sich herausgestellt, dass der Teppichboden vor kurzer Zeit mit Bleiche gereinigt wurde."
„So ein Zufall."

„Eher nicht. Es konnten im Labor tatsächlich minimale Blutspuren festgestellt werden. Allerdings waren sie durch den Kontakt mit der Bleiche für einen DNA-Abgleich unbrauchbar geworden und konnten deshalb dem Opfer nicht zugeordnet werden."
„Du hast einen Pokal erwähnt", meint Susi.
„Auf dem Pokal konnten wir zwar keine Blutspuren sichern, aber es gilt als ziemlich sicher, dass er als Tatwaffe zumindest infrage kommt. Deshalb waren wir gestern wieder in der Wohnung und haben uns ein zweites Mal – und dieses Mal noch intensiver – umgesehen."
„Und?", frage ich gespannt.
„Ich habe keine Ahnung, wie unserem gemeinsamen ‚Freund' Manfred das beim ersten Anlauf durchgegangen sein kann, aber gestern haben wir im Keller eine Rolle Mülltüten gefunden. Und zwar genau die gleichen, in denen Hackepeter seine Flussfahrt angetreten hat. Außerdem gibt es in dem Haushalt kaum Werkzeug, außer – ihr dürft gerne raten …"
„Einer Bügelsäge und einer Axt!", ruft Kai.
„Exakt. Auf beidem finden sich keine Tatspuren, aber die Schnitt- und Sägemuster könnten passen. Das Gutachten liegt zwar noch nicht vor, aber vorab können wir das als Fakt annehmen. Und", er hebt den Finger, „wir haben den Kassenbon für das Werkzeug im Müll gefunden, den wir bei der ersten Durchsuchung mitgenommen hatten."
„Dann habt ihr doch fast alles zusammen."
„Es sieht ganz gut aus. Mal sehen, was der heutige Tag so bringt."
„Frank hat mir gesagt, ich soll eine Zelle bereithalten?" Kai hat die Hände auf den Tisch gestützt und ist bereits halb aufgestanden.
„Das würde nicht schaden."
„Was ist mit den beiden Kindern? Wie alt sind die?", fragt Susi.
„Das Mädchen ist zehn und der Junge zwölf Jahre alt. Aber die können und werden wir nicht festnehmen."
„Das ist klar, aber braucht ihr das Jugend- und/oder Ordnungsamt?" Kai ist jetzt ganz aufgestanden und drückt genießerisch den Rücken durch. „Soll ich mich darum kümmern?"
Rüdiger schüttelt den Kopf. „Nein, brauchst du nicht. Das haben wir bereits veranlasst. Alle involvierten Ämter schicken einen Vertreter, der die notwendigen Anordnungen treffen kann."

„Na, dann seid ihr doch bestens vorbereitet", schließe ich.
„Wir werden sehen." Rüdiger steht auf, dreht sich zu Susi und deutet einen Handkuss an. „Es war mir eine Ehre und vielen Dank für das köstliche Frühstück."
Diesmal hat Susi sich besser im Griff und erwidert mit einer leichten Verbeugung, ohne zu erröten: „*Mir* war es eine Ehre!"
Da heute, am heiligen Sonntag, bis jetzt noch kein Einsatz anliegt, räumen wir gemeinsam ab und spülen. Die feuchten Trockentücher nimmt wie immer Susi zum Waschen mit nach Hause. Jasmin geht Aramis auch weiterhin aus dem Weg.
„Hast du deine Sachen in meinem Auto?", frage ich sie.
„Ja. Deine Weste liegt auf dem Beifahrersitz, also nehme ich an, ich soll fahren?"
„Bitte!"
In meinem Büro schnappe ich mir meine Lederjacke, die über dem Sessel hängt. Kurz will ich meine Dienstmütze vergessen, entschließe mich dann aber doch, sie mitzunehmen. Ich kann sie später immer noch im Auto liegen lassen. Mützen sind kein Accessoire, auf das ich besonderen Wert lege. Allerdings, das muss ich gestehen, dienen sie der Erkennbarkeit und sind mit ihrem reflektierenden Weiß auf der Straße nicht nur nachts ein echter Sicherheitsfaktor.
„Dir ist hoffentlich klar, dass ich dein Verhalten auf Dauer nicht tolerieren kann", beginne ich im Auto unser Gespräch ganz ähnlich wie gestern mit Aramis. So sind die Fronten klar abgesteckt.
Jasmin sagt nichts, aber ihre Fingerknöchel heben sich weiß vom Lenkrad ab.
„Ich habe gestern mit Aramis gesprochen. Wenn ich ihn richtig verstanden habe, liegt zwischen euch ein Missverständnis vor, das er gerne ausräumen würde."
„Ach ja", bricht es aus ihr hervor. „Und was für ein Missverständnis soll das sein? Was könnte ich bei ‚Ich möchte nicht mit dir zusammen sein' falsch verstanden haben?"
„Hat er das so gesagt?"
„Bei mir kam es so an!"
„Ich habe ihn gestern so verstanden, dass er weiß, welchen eher uner-

freulichen Ruf er als Frauenheld hat. Ihm ist bewusst, dass du denken könntest, er habe dich benutzt, um dich jetzt, nachdem er dich in der Kiste hatte, wegzuwerfen."

„Genau! Das beschreibt sehr gut, was ich gerade fühle!", fährt sie dazwischen.

„Und genau das ist auch das Problem. Bei dir ist es anders. Du bist ihm wichtig. Obwohl er dich schon lange mehr als nur nett findet, hat er mit seinen Avancen bis jetzt gewartet, um ganz sicher zu sein. Als er sich mit dir – und vor allem auf dich – eingelassen hat, ist ihm endgültig klar geworden, welche Konsequenzen das für euch haben würde. Ihr könntet nicht mehr zusammenarbeiten. Ist dir das auch klar?"

Sie nickt.

„Deshalb will er euch die Möglichkeit geben, auszuloten, wohin eure Reise gehen soll. Freundschaft und auch weiterhin miteinander arbeiten oder Liebe und eine Trennung im Dienst. Ich hoffe, du erkennst seine Ernsthaftigkeit. Das hat mit deiner Interpretation von eben nicht mehr viel zu tun oder wie siehst du das?"

„Ich kann nicht aus meiner Haut raus! Ich liebe ihn und da bin ich halt enttäuscht, dass er die Vernunft so einfach über seine Gefühle stellen kann." Sie sieht leidend zu mir herüber.

Ich erwidere ruhig ihren Blick. „Ist das so? Lass dir Zeit und denk darüber nach."

*

Das Klingeln meines Handys beendet unser Gespräch. Es ist Kai. „Frank, ich habe einen Einsatz ‚Häusliche Gewalt' offen. Hast du Zeit?"

Ich blicke zu Jasmin. „Häusliche Gewalt. Bekommen wir das zusammen hin? Geht es dir gut genug?"

„Klar. Vielleicht ist das sogar das Richtige für mich, um den Kopf freizubekommen."

Ich hebe das Handy wieder an mein Ohr. „Kai, wir erledigen das. Wohin müssen wir genau?"

Nachdem Kai uns alle Details genannt hat, wendet Jasmin und wir fahren in Richtung der Hochhäuser. Dort ist der Einsatzanlass „Häusliche

Gewalt“ nicht ungewöhnlich. Ungewöhnlich ist dieses Mal eher, dass ein Mann der Geschädigte sein soll.
Wir klingeln an der Haustür, neben der eine riesige Wandnische mit Klingelknöpfen und Briefkastenschlitzen vollgestopft ist. Die Hausprechanlage summt kurz, dann wird uns ungefragt die Tür geöffnet. Im Treppenhaus riecht es penetrant nach Fäkalien. Jasmin holt den Fahrstuhl, aber wir steigen nicht ein. Der Geruch steigert sich mit jedem Zentimeter, den sich die Fahrstuhltüren öffnen.
„Dann werden wir die sieben Etagen lieber laufen“, entscheidet Jasmin. „Das hält fit und aktiv.“
Sie ist bereits auf dem ersten Treppenabsatz und blickt mit der Arroganz der Jugend lächelnd auf mich herab. „Na, alter Mann, wird es gehen?“
„Dir werde ich zeigen …“, rufe ich ihr nach, kann sie aber tatsächlich bis in den siebten Stock nicht einholen.
Im Treppenhaus liegt allerlei Müll rum, der aber von Etage zu Etage weniger wird. Tritt man aus dem Treppenhaus, liegen je zwei lange Flurstücke zur rechten und linken Seite.
„Links oder rechts?“ Ich lasse Jasmin die Entscheidung.
„Ich nehme rechts.“ Sie zeigt in ihren nur spärlich beleuchteten Flurteil. Somit bleibt für mich die linke Seite. Ich gehe an Türen vorbei, die zum Teil so stark beschädigt sind, dass man ihnen die in der Vergangenheit erlittenen Aufbruchsversuche deutlich ansehen kann. Vorbei an mit massiven Holzbalken verstärkten Türzargen, vorbei an Türen mit und ohne Namensschildern, mit und ohne Klingelknöpfen, Zusatzschlössern und ausgebohrten Türspionen.
„Hier ist es!“, ruft Jasmin laut und deutet auf eine Tür am Ende ihres Flurs. Ich gehe zu ihr rüber.
Die Tür wirkt völlig deplatziert in diesem Haus. Wie ein leuchtendes Vorbild steht sie am Ende des Flures: unbeschädigt, mit einem Blumenkranz um den Türspion. Das Türblatt ist blütenweiß lackiert und wird von einer dunkelgrauen Zarge eingerahmt. Die Klingel hängt fest an der Wand montiert neben dem kleinen Keramikschild mit der Aufschrift *Herzlich Willkommen*. Auf einem kleinen, sauberen Messingschild unter dem Türspion steht in geschwungener Schrift: *Fam. Blume*.
„Na, dann läute mal!“, ermuntere ich Jasmin.

Uns macht ein schmaler Mann mittleren Alters die Tür auf. In seinem Gesicht zeichnen sich auf einer Wange Fingerabdrücke ab. Unsanft wird er von einer Matrone von der Tür verdrängt und mit einem leichten Schubser zurück in den Flur befördert. Die Dame ist ebenfalls mittleren Alters und wirkt entspannt, aber resolut. „Wie kann ich Ihnen helfen?“, spricht sie uns an und knotet den Gürtel ihres in die Jahre gekommenen Bademantels etwas enger.

Ich stelle uns vor und teile ihr mit, dass wir angerufen worden sind. „Es soll bei Ihnen zu handgreiflichen Streitigkeiten gekommen sein. Dürfen wir kurz reinkommen?“

Um klar zu machen, dass dies kein Höflichkeitsbesuch ist und die Frage im Grunde nur rhetorisch gemeint war, trete ich an ihr vorbei und sehe mich um. Jasmin folgt mir auf den Fuß und so stehen wir zu viert in einem kleinen, freundlich tapezierten Flur. Auf einem Schränkchen stehen Familienbilder neben einer Blumenvase und eine Vielzahl an Frauenschuhen ist ordentlich nebeneinander aufgereiht.

„Hast du die Polizei gerufen?“, fragt die Frau den Mann neben sich, der sich bisher keinen Millimeter gerührt hat. Sie spricht zwar ganz ruhig, aber man kann den zornigen Unterton förmlich mit Händen greifen.

Der Mann scheint in sich zusammenzuschrumpfen. „Nein, das habe ich nicht. Ehrlich!“

„Das war ich!“, schallt es aus dem hinteren Teil der Wohnung. „Ich habe die Polizei gerufen.“

„Dann wollen wir doch mal sehen, wer ‚ich‘ ist.“ Jasmin und ich wenden uns dem Ausgangspunkt der Stimme zu.

Hinter dem kurzen Flur kommen wir in ein Wohnzimmer mit einem Balkon, der zur Straße heraus liegt. Auch das Wohnzimmer wirkt sehr ordentlich und ist hübsch eingerichtet. Gar nicht so, wie ich es bereits in anderen Wohnungen dieser Siedlung erlebt habe. Auf der Couch, die von einer großen flauschigen Decke im Tigerdekor beherrscht wird, sitzt ein weiterer Mann, der dem im Flur frappierend ähnelt. Im Hintergrund läuft halblaut Loungemusik.

„Schönen guten Tag“, begrüße ich auch ihn. „Sie haben uns gerufen?“

Er steht von der Couch auf und humpelt leicht gebeugt auf uns zu. „Ja.

Diese Furie ..." Er zeigt auf die Matrone, die sich gleich neben der Tür platziert hat und deren Augen böse funkeln. „Sie hat uns beide malträtiert. Sehen Sie uns nur an."

An seinem Hals kann man Kratzspuren und kleine rötliche Schwellungen erkennen.

„Gab es einen Grund für diese Tätlichkeiten, Frau Blume? Ich darf doch annehmen, dass Sie Frau Blume sind", wendet sich Jasmin an die Dame im Bademantel.

Ich sehe sie mir etwas genauer an. Unter dem Bademantel kann ich Pumps sehen, in denen kleine speckige Füße stecken, die wiederum von schwarzen Nylons umschmeichelt werden. Sie ist hübsch geschminkt und hat ihre Haare aufgedreht. An ihrem Hals, beinahe komplett vom Kragen ihres Bademantels verdeckt, ist ein schwarzes Halsband mit silbernen Nieten zu erkennen. Mir drängen sich eindeutige Gedanken auf.

„Ja, ich bin Frau Blume und das sind mein Mann und mein Schwager", stellt sie uns die beiden Männer vor. „Und ja, es hat tatsächlich einen Grund gegeben."

„Wollen Sie so freundlich sein und uns diesen mitteilen?", frage ich nach, ohne mir sicher zu sein, ob ich die Antwort wirklich hören will.

„Weil wir sie nicht so gevögelt haben, wie sie es wollte!" Das war wieder der Bruder von der Couch.

Stille. Ich schaffe es einfach nicht, mein Kopfkino abzustellen: Ich sehe diese beiden Heringsbändiger, wie sie versuchen, den sexuellen Vorlieben dieser fülligen und offensichtlich dominanten Frau gerecht zu werden.

„So, das musste mal gesagt werden", setzt er trotzig nach.

Jasmin sieht mich an wie ein Eichhörnchen, wenn's blitzt. Sicher fängt sie gleich an zu lachen.

„Sie können gerne schauen, ich bin schon ganz wund." Er hält die Jogginghose vorne am Bund etwas vom Körper weg, sodass man hineinsehen könnte. Ich bin genötigt, zumindest wahrzunehmen, dass er nichts darunter trägt.

„Ich denke, das wird nicht nötig sein", wende ich ein und sehe dann doch hin. Das kleine Ding sieht tatsächlich arg gerötet aus. Ich räuspere mich. „Frau Blume, was meinen Sie, wie es zu den Verletzungen gekommen ist? Sie müssen sich dazu natürlich nicht äußern, wenn Sie nicht wollen."

„Es stimmt. Wir hatten Sex und dann konnten die beiden auf einmal nicht mehr ... – na, Sie wissen schon..."

Es scheint ihr, zumindest uns gegenüber, ein kleines bisschen peinlich zu sein.

„Nein, weiß ich nicht. Das müssen Sie bitte etwas deutlicher erklären", fasse ich nach. Den kleinen Spaß gönne ich mir. Die Bilder werde ich heute sowieso nicht mehr los. Als Antwort macht sie mit beiden Händen sehr eindeutige Bewegungen. Ich ziehe fragend meine Brauen hoch. Ein Fehler, wie mir sofort klar wird. Plötzlich öffnet sie ihren Bademantel. Ich erstarre. Wie in Zeitlupe fallen die beiden Enden des Gürtels zur Seite weg und es kommt eine lederne Nietenkorsage zum Vorschein, die mächtig Mühe hat, ihren Bauch zu umspannen. Die vollen Brüste liegen in offenen Heben und die Nylons enden halterlos kurz unter ihrer Scham, die, ohne Schlüpfer, nur von einer kleinen herzförmigen Rasur geschmückt wird.

Sie deutet mit beiden Händen auf sich und fragt mich mit todernstem Gesicht: „Würden Sie dem hier widerstehen können? Ich verstehe die beiden Schlappschwänze nicht!"

Jasmin hat sich anscheinend gefangen und springt für mich in die Bresche: „Das sieht alles sehr erotisch aus, Frau Blume, aber Sie können die Männer doch nicht zum Sex zwingen. Das muss doch auf Freiwilligkeit beruhen. Sonst würde es Ihnen doch sicher auch keinen Spaß machen, oder?"

„Kindchen!" Jetzt ist Frau Blume ganz in ihrer Rolle. „Hier geht es genau darum. Ich bin hier die Königin und diese beiden Weichwürste sind meine fleißigen Bienchen."

Als sie sieht, dass Jasmin ihrem Bild nicht folgen kann, fügt sie erklärend „Sexsklaven" hinzu.

„Aber irgendwann können wir einfach nicht mehr!", klagt ihr Mann von der Tür aus und wendet sich an mich: „Bitte erklären Sie ihr, dass nicht einmal Sie unendlich oft können."

Ich wünsche mich weg, aber es klappt nicht. „Nun ja, ähm, jedem Mann sind in seiner sexuellen Leistungsfähigkeit Grenzen gesetzt." Das scheint

mir als Antwort unverfänglich.
„Siehst du?“ Triumphierend zeigt der Bruder von der Couch auf mich. „Selbst der Bulle kann nicht immer!“
Ich spare mir eine Erwiderung und hoffe, nicht allzu perplex auszusehen.
„So, meine Herrschaften. Um die Angelegenheit abzukürzen, fasse ich schnell zusammen: Sie hatten miteinander ehelichen und auch außerehelichen einvernehmlichen Sex, bei dem Sie alle ein unterschiedlich ausgeprägtes Machtgefüge durchaus erotisch finden.“
Alle nicken.
„Heute ist offensichtlich die Situation aufgetreten, dass Sie auch mit vereinten Kräften den Anforderungen ihrer ‚Herrin‘ nicht gerecht werden konnten.“
Wieder nicken alle, Frau Blume am meisten. Selbst ihre Brüste in den Heben wippen Zustimmung.
„Gewalt spielt bei Ihnen normalerweise eine gewisse Rolle beim Sex?“, frage ich unverdrossen nach.
Ihre Brüste hören nicht mehr auf zu nicken. Vielleicht sollte ich meine Fragen anders stellen.
„Es kommt sonst nicht zu übersteigerten Übergriffen durch die anwesende Dame?“
Alle schütteln den Kopf.
Geht doch.
„Ich war heute total geil und die beiden haben es einfach nicht gebracht. Es tut mir leid“, gesteht Frau Blume ein.
Sie sieht allerdings kein Stück betroffen aus, wie sie so dasteht mit ihren überkreuzten Armen, die die großen Brüste noch stärker in den Vordergrund heben und gleichzeitig versuchen, die vielen Speckfalten am Bauch zu kaschieren.
Mir stellt sich kurz die Frage: *War das jetzt ein Geständnis? Aber wofür?*
„Dann rate ich Ihnen für die Zukunft ein Codewort zu vereinbaren, das bei Benutzung allen Beteiligten deutlich macht, wenn Grenzen überschritten werden. Da Sie alle offensichtlich ganz entspannt mit Ihrer Sexualität umgehen, sollten Sie vielleicht jemanden zusätzlich ins Boot holen, um weitere Überlastungen zu vermeiden.“
Ich sehe alle der Reihe nach an. „Abschließend die Frage, ob jemand

Anzeige erstatten will oder ob wir die Angelegenheit hiermit als erledigt ansehen können?"
Wieder nicken alle und Frau Blume wedelt das eine Ende ihres Gürtels wie ein Lasso, nicht ohne mich dabei aufreizend anzulächeln.
Nein, ich möchte nicht der Vierte im Bunde sein ... Da hat sie mich sicher absichtlich falsch verstanden.
Wir wenden uns zum Gehen. „Einen schönen Tag noch!"
Als wir uns im Hausflur noch einmal umdrehen, steht Frau Blume mit je einem Mann in jedem ihrer Speckärmchen vor der Tür und sieht uns nach.
„Das ist ja ein herziges Blümchen", sagt Jasmin unten auf dem Parkplatz.
„Eher eine dornige Rose", korrigiere ich sie und wir müssen beide lachen. „Wie werde ich diese Bilder wieder los?"
„Ach komm", neckt sie mich, „dir hat sie doch auch ganz gut gefallen."

*

Die gesamte Mannschaft ist vorne im Wachraum versammelt, als wir wieder eintreffen. Eigentlich wollten wir unser blumiges Erlebnis von eben zum Besten geben, aber Nicole und Lukas sind uns zuvorgekommen.
„Wir erzählen gerade von unserem Einsatz in Sachen Hackepeter." Lukas beginnt für uns noch einmal: „Also, als wir zur Unterstützung der Mordkommission ankommen, steht die Ehefrau an der Gartentüre und sieht den Kollegen ganz entspannt zu, wie sie den Garten umgraben. Echt keinerlei Regung."
„Welcher Garten?", frage ich nach.
„Der Garten von seiner Mutter, die ist vor ein paar Tagen aus dem Urlaub wiedergekommen", erklärt Lukas.
„Und dann haben sie den Torso gefunden", erzählt Nicole aufgeregt weiter, „und jetzt ratet wo!" Sie sieht uns alle erwartungsvoll an.
„Keine Ahnung!"
„Los, nun ratet!" Sie lässt nicht locker.
„Unter der Terrasse?"
„Nein, ganz kalt, aber ich gebe euch einen Tipp: Was sieht man von

unten, wenn man tot ist?"
Sie grinst von einem Ohr zum anderen. Offensichtlich kann sie dem Tod noch etwas Amüsantes abgewinnen.
„Radieschen! Natürlich, man sieht die Radieschen von unten!", triumphiert Susi.
„Genau!" Nicole jauchzt beinahe.
„Die wird ihn doch hoffentlich nicht in einem Beet vergraben haben?"
„Doch!" Jetzt ergreift Lukas wieder das Wort. „Sie hat den Torso ihres Mannes tatsächlich in einem Beet eingegraben und Radieschen drauf gepflanzt."
„Knaller!", sagt jemand und dann reden alle durcheinander.
Als sich alle wieder etwas beruhigt haben, können die beiden auch den Rest der Geschichte erzählen. Lukas räuspert sich. „Wir wissen noch nicht alles, aber es scheint festzustehen, dass sie ihren Mann im Streit erschlagen hat. Dann hat sie die Leiche zerstückelt, die Extremitäten in Plastiktüten verpackt und in den Rhein geworfen. Der Torso war aber zu groß und sie konnte oder wollte den nicht auch noch zerteilen und so musste er vergraben werden. Da seine Eltern im Urlaub waren – die sind immer mehrere Monate in ihrem Ferienhaus – hatte sie genügend Zeit, die Leiche im Garten zu verscharren."
„Mein Gott, wie schrecklich!" Susi ist völlig entsetzt. „Stell dir vor, wie das sein muss. Es mag vielleicht angehen, dass du deinen Mann im Streit erschlägst, das kommt in den besten Familien vor … Aber du hast doch vorher jahrelang Tisch und Bett geteilt und dich geliebt. Wie kann man dann an den eigenen Mann eine Säge ansetzen?"
„Oder mit einer Axt auf ihn einschlagen, wenn er tot ist. So viel Hass kann man doch überhaupt nicht in sich haben!", fügt Jasmin hinzu und sieht dabei Aramis an. Ich bemerke, dass sie nicht mehr so weit auseinanderstehen wie noch heute Morgen.
„Weiß man etwas über die Kinder?", möchte Susi wissen. „Die Armen werden doch hoffentlich nichts mitbekommen haben …"
„Davon sollte man ausgehen", werfe ich ein.
„Wovon sollte man ausgehen?"
„Na, dass die Kinder etwas mitbekommen haben. Immerhin ist eins der Kinderzimmer der Tatort gewesen. Wie willst du das verheimlichen?"

Wir diskutieren noch, als wir vom Spätdienst abgelöst werden und es wird auf der Wache immer voller, lauter und aufgeregter.
Hans, der neben mir in der Tür zu unserem Büro steht, nimmt mich zur Seite: „Du wolltest doch noch wissen, wie es Holger geht."
„Ja, unbedingt. Was gibt es Neues?"
„Er ist wieder zu Hause und es scheint ihm besser zu gehen. Die Gespräche im LKH haben ihm offensichtlich gut getan und man hat ihn mit Medikamenten eingestellt. Ab Ende nächster Woche kommt er sogar wieder zum Dienst. Allerdings erstmal in den Innendienst, weil man das amtsärztliche Gutachten abwarten will, um zu entscheiden, ob er seine Waffe zurückbekommen sollte."
„Das hört sich alles ganz gut an. Was ist mit seiner Frau? Wird sie zurückkommen?"
„Das bleibt unklar. Zumindest hat sie mir gegenüber geäußert, dass sie darüber nachdenken will. Sie hat im LKH gemeinsam mit Holger an einigen psychologischen Sitzungen teilgenommen. Das war offensichtlich für alle sehr gewinnbringend."
Hans klingt sehr hoffnungsvoll und ich klopfe ihm auf die Schulter.
„Halt uns weiter auf dem Laufenden!"
„Mach ich!"

*

„Was sieht man von unten, wenn man tot ist?", frage ich Anja, als ich nach Hause komme. Ohne nachdenken zu müssen, antwortet sie: „Radieschen!"
Wenige Minuten später ist auch sie gebannt von Hackepeters Schicksal.

Kapitel 11

„Kindermund“ (Nachtdienst)

„Können wir euch wieder zusammen einsetzen?“ Mein Blick wandert zwischen Aramis und Jasmin hin und her. Beide nicken.
„Habt ihr euch heute Mittag ausgesprochen?“
Jasmin nickt nur, während Aramis grinst.
„Gut!“, beschließe ich die Angelegenheit. Sie haben offensichtlich die wenige Zeit genutzt und mehr getan als nur geredet.
Seit unserem Dienstschluss heute Mittag sind acht Stunden vergangen und Teile der Mordkommission sind noch im Dienst.
„Die wollen die Sache heute mit Gewalt zum Abschluss bringen“, vermutet Kai, der sich gerade den Schlüssel für die Zellen aus dem Schlüsselkasten nimmt, um hinten nach unserer Gefangenen zu sehen.
Wenn die Zellen belegt sind, müssen regelmäßig Sichtkontrollen durchgeführt werden. Um Gefährdungen, Verletzungen, Ausbrüche oder sogar Suizide in den Zellen zu verhindern, werden die Gefangenen vor Betreten der Zelle durchsucht und ihnen werden alle gefährlichen Gegenstände oder Kleidungsstücke wie zum Beispiel Gürtel oder Schnürsenkel abgenommen. Die Zellen sind so gebaut und ausgestattet, dass ein Ausbruch unmöglich ist und sich die Insassen bei einem Mindestmaß an Bequemlichkeit nicht selbst gefährden können.
„Der Spätdienst hat erzählt, dass die Kinder unseres Opfers auch zur Befragung bei der Mordkommission waren oder sogar noch sind. Das Jugendamt ist involviert und es drückt sich auch bereits ein Pflichtverteidiger im Gebäude rum. Den habe ich aber noch nicht gesehen.“
„Presse?“, frage ich bei Kai nach.
„Die war auch schon da, wurde aber auf morgen zur Pressekonferenz vertröstet.“
„Und unser Pressesprecher?“
Er sieht demonstrativ zur Uhr. „Wir haben Nachtdienst. Du glaubst doch nicht im Ernst …“
„Nein, glaube ich nicht“, muss ich ihm zustimmen. „Heute übertreibst du übrigens!“ Mein Blick scannt seinen verwaschenen Pullover, die zu

große Cargo-Hose und die roten Sneakers. „Es können jederzeit Pressevertreter reinkommen, der Staatsanwalt oder was weiß ich, wer noch alles. Zieh dich bitte um, ich halte hier vorne so lange die Stellung."
„Alte Gewohnheit!" Entschuldigend sieht er an sich runter. „Ich habe nicht darüber nachgedacht." Er steht auf und macht sich auf den Weg in die Umkleide.
„Wenn du immer Uniform anziehen würdest, müsstest du gar nicht nachdenken", gebe ich ihm mit auf den Weg.
Kurz darauf brummt der Türsummer aufdringlich und Rolf vom Kurier steht, nachdem ich die Schleuse aufgedrückt habe, in der Wache.
„Herzlichen Glückwunsch", begrüße ich ihn. „Wenn man dem Flurfunk glauben darf, bist du nicht ganz unbeteiligt an den Ermittlungserfolgen."
„Danke. Ist der Hartmann schon im Haus? Ich muss ihn sprechen und erreiche ihn nicht am Telefon."
„Du, das weiß ich nicht, ich kann aber oben mal nachfragen." Ich nehme den Hörer ab und wähle. „Was gibt es denn so Wichtiges?"
„Eine Quelle kennt vielleicht den Namen des Täters von der Prosti. Sie scheint tatsächlich tot zu sein."
„Hartmann", meldet sich der Leiter der Mordkommission.
„Hallo, Karl. Hier ist Frank. Hör mal, ich habe hier den Polizeireporter vom Kurier ..."
„Rolf ist unten? Er soll hochkommen! Danke!"
Ich lege den Hörer auf. „Weißt du, wo du hinmusst?"
Rolf schüttelt den Kopf.
„Wo muss er denn hin?", fragt Kai, der jetzt aussieht wie aus einem Werbekatalog für Uniformteile. Naja, bis auf seinen Pferdeschwanz, die Ohrringe und den fetten Silberring am Mittelfinger.
„Hoch zu Hartmann. Er hat das Büro am Ende des Flurs."
„Na, Rolfi, dann komm mal mit." Er dreht sich um und winkt Rolf in Richtung Treppenhaus.
„Wenn du mich noch einmal ‚Rolfi' nennst, schneide ich dir deinen Zopf ab."
„Pferdeschwanz", korrigiert Kai lachend. „So viel Zeit muss sein!"

*

„Habt ihr Zeit?“ Karl Hartmann steht vor meinem Schreibtisch und sieht mich fragend an.
„Was brauchst du und wofür?“ Ich schiele mit einem Auge zum Einsatzmonitor.
„Wenn Rolf Recht hat, könnten wir heute Nacht noch eine Festnahme machen. Der Tatverdächtige wohnt in Niederkassel und wir könnten euch gut für eine fingierte Verkehrskontrolle brauchen.“
„Kai, wie sieht das Einsatzgeschehen aus? Können wir dem lieben Karl helfen?“
„Unser wiedervereintes Liebespaar ist im Einsatz, Nicole fände ich für so einen Einsatz noch zu unerfahren, somit bleiben Pumuckl und Mutti für den Job.“
„Ich fahre auch mit“, beschließe ich. „Pit und Susi sind gut. Sie sollen sich bereithalten und unsere Nicole mitnehmen. Lukas fährt mit mir. Melde den Einsatz bitte bei der Leitstelle an.“
„Wird gemacht!“
An Karl gewandt fahre ich fort: „Wie hast du dir das vorgestellt?“
Er setzt sich zu mir an den Schreibtisch und erklärt seinen Plan.

*

„Olize war ganz schön knatschig, dass sie nur mitfahren darf.“
Lukas hat die Kofferraumklappe geöffnet und wir räumen die benötigten Einsatzmittel auf die Straße. Eine Warntafel mit der Aufschrift *Polizeikontrolle*, „Lübecker Hüte“ für einen Geschwindigkeitstrichter und „Nissen-Leuchten“ mit der Aufschrift *Polizei*.
„Aber nicht so sauer wie Rolf, dass er nicht bei uns mitfahren durfte, sondern jetzt bei Karl im Auto sitzt“, feixt Lukas.
Wir räumen das Material so an den Straßenrand, dass wir es, wenn es soweit ist, nur noch auf die Straße ziehen müssen, um unsere Kontrollstelle vorbereitet zu haben.
„Jetzt heißt es erst einmal warten.“ Ich setze mich auf den Beifahrersitz und zerre solange an meiner Schutzweste rum, bis sie einigermaßen sitzt.

„Meinst du, er kommt hier vorbei?"
„Keine Ahnung, aber er kann eigentlich nur über die B8 oder die A59 aus Köln kommen. Egal welchen Weg er nimmt, er kommt entweder bei uns oder bei den anderen vorbei. Hauptsache, wir müssen nicht die ganze Nacht warten." Nachdem ich die Lehne zurückgedreht habe, rutsche ich mich bequem auf meinem Sitz zurecht und greife nach dem Funkgerät.
„Karl, wir sind soweit vorbereitet. Wo stehen deine Zivilwagen?"
„Zwei stehen gleich bei euch am Waldrand, die anderen beiden bei deinem anderen Team. Ich habe auf beiden möglichen Streckenverläufen je ein Fahrzeug von mir als Melder postiert. Wir sollten also rechtzeitig Bescheid bekommen, wenn unsere Zielperson auftaucht."
„Gibt es neue Erkenntnisse bezüglich des genutzten Fahrzeugs?"
„Nein, die Quelle von Rolf und auch die Fachdienststelle beim PP Köln, mit denen ich eben noch telefoniert habe, gehen von den eben besprochenen Möglichkeiten aus. Die Kollegen aus Köln kommen übrigens hierher, um uns zu unterstützen. Sie treffen sich in etwa einer halben Stunde mit mir. Ich stehe etwas abgesetzt in Ranzel."
„Na dann – warten wir."

*

„Karl, ich glaube, er kommt. Harley-Davidson, matt-schwarz, das könnte eine umgebaute Fat-Boy sein. Das Kennzeichen stimmt", hallt die Stimme von Rüdiger durch den Funk. Offensichtlich hat er einen der Posten besetzt. „Wenn er direkt nach Hause fährt, kommt er wahrscheinlich an dir vorbei über die K24."
„Verstanden! Frank, hast du gehört? Euer Streckenabschnitt, euer Einsatz!"
„Wir sind schon draußen! Macht die Kiste ordentlich Krach, sodass wir sie gut von Weitem hören können?", frage ich Rüdiger.
„Davon kannst du ausgehen. Mir wackeln jetzt noch die Ohren."
Man kann sein Grinsen förmlich hören.
„Los, Lukas, aufbauen! Wir haben noch etwa 2 Minuten, bis er hier ist. Ich will es nicht vermasseln."

Wir sind kaum fertig, als wir das grollende Anschwellen eines übergroßen Motorradmotors hören.
Lukas schwingt die Kelle, ich spreche den Mann an. So ist der Plan. Hoffentlich spielt er mit. Mit Rockern ist meist nicht zu spaßen.
„Er ist da. Ihr könnt losfahren", spreche ich noch in den Funk, bevor ich mich auf das Motorrad mit seinem Fahrer konzentriere.
Er folgt Lukas' Haltezeichen und bleibt vor mir stehen. Schwarze Kutte mit Jeansweste und aufgenähter „Vereins-Zugehörigkeit", Halbschalenhelm ohne Zulassung, vernarbtes Gesicht und kaum Hals zu den breiten Schultern. Aus dem Kragen lugen einige martialische Tattoos.
Seine Jacke ist zu, keine Tasche auf dem Tank und die Satteltaschen sind für ein überraschendes Ziehen einer Waffe zu weit weg. Dann wollen wir mal!
„Einen schönen guten Abend. Die Polizei im Rhein-Sieg-Kreis. Wir führen in dieser lauen Nacht Alkoholkontrollen durch. Zu diesem Zweck müssten Sie mir die Zulassungspapiere und die Fahrerlaubnis aushändigen. Und stellen Sie bitte den Motor ab."
„Hab ich nicht dabei!" Er ist genervt, will mich provozieren. Lukas steht mittlerweile schräg hinter ihm in einer Sicherungsposition.
„Das macht die Angelegenheit für uns natürlich nicht leichter. Insbesondere, da mir das doch auffällig laute Geräusch Ihrer Abgasanlage aufgefallen ist. Ich vermute fast, Sie haben es noch nicht geschafft, die Abgasanlage beim TÜV vorzustellen?"
„Mach dich nicht nass, Bulle. Die Anlage ist eingetragen. Du kannst mir vertrauen!"
Er geht auf mich ein. Läuft doch wie geschmiert! Innerlich frohlockend sehe ich die Hand von Lukas an der Waffe und nur ein paar hundert Meter weiter nahen die Scheinwerfer der Kollegen.
„Wie wäre es, wenn Sie doch noch einmal nachsehen würden? Überlegen Sie. Sonst müsste ich das Motorrad sicherstellen. Es würde auf einen Abschlepper geladen und Sie wissen ja selbst, dass die Jungs schon mal etwas gröber mit den Fahrzeugen umgehen. Nicht auszudenken, wenn man einen Spanngurt über den schönen Rindsledersattel ziehen würde. Das ist doch Rindsleder, oder?"
„Nappa!" Er sieht mich an, als verstünde er die Welt nicht mehr.

„Oder hier, Ihre schöne Mehrschichtlackierung mit den jungen Damen auf dem Tank. Tragisch, wenn da was dran käme!"
„Pass mal auf, Bulle. Du nervst mit deinem Gequatsche. Ich fahre jetzt einfach weiter und du kannst das nicht ändern."
„Vielleicht doch!" Die Zivilwagen sind da und ich ziehe den Schlüssel aus dem Schloss des Motorrads. Lukas schiebt von hinten das Motorrad geistesgegenwärtig nach vorn vom Seitenständer und der eilige Herr in Kluft verliert das Gleichgewicht. Wie er so unter seiner schweren Maschine liegt, sieht er schon gar nicht mehr so bedrohlich aus.
„Sie sind festgenommen. Aber da wir beide offensichtlich keinen guten Start hatten, wird Ihnen alles weitere mein freundlicher Kollege in Zivil erklären." Ich deute auf Karl, der genau in diesem Moment in seinem doch etwas eingeschränkten Sichtfeld erscheint.
„Los, Handschellen dran und dann hoch mit der Maschine", weist Karl seine Männer an, während Rolf ein Foto nach dem anderen schießt.
„Karl, wenn du uns nicht mehr brauchst, empfehlen wir uns."
„Super gemacht, Jungs. Danke für eure Hilfe!"
„Immer gerne. Was passiert jetzt mit ihm?"
„Wir bringen ihn auf die Wache und beginnen mit den Vernehmungen."
„Viel Spaß mit ihm. Ich glaube, er ist ein wahrer Polizistenfreund!"

„Wann hattest du denn die Idee mit dem Ständer?", frage ich Lukas. Wir räumen gerade die letzten Leuchten zurück ins Auto.
„Die ist mir gekommen, als er sich zu dir umgedreht hat. Du hast seinen Zündschlüssel aus der Maschine gezogen und er stand ganz verdreht auf seiner Kiste. Da dachte ich mir, dass nicht mehr viel fehlt. Na ja, was soll ich sagen. Ich mag es nicht, wenn noch etwas fehlt."
„Nicht schlecht! Gar nicht schlecht! Du hast immer die besten Ideen!"
Ich schmeiße die Schutzweste auf die Rückbank und schnappe mir das Funkgerät. „Pit, Susi, wir haben ihn. Abrücken!"
„Wir fahren noch schnell in Spich vorbei. Vielleicht gibt es schon frische Schoko-Croissants."
„Unsere Susi. Immer auf unser Wohl bedacht." Über Funk schiebe ich noch „Wir hätten gerne jeder zwei Stück" ein.

*

Ich bin abgespannt und müde, als ich mit dem letzten Croissant und einem lauwarmen Kaffee in meinem Büro sitze und tatenlos auf die Dienstpläne der nächsten Woche starre. Der Bleistift in meiner Hand wandert sinnlos zwischen meinen Fingern, während der Kaffee sein Koffein wirkungslos an mich verschwendet.

Pit und Susi haben sich in einen der Schreibräume verdrückt und arbeiten ihre liegengebliebenen Vorgänge ab.

Ob sie besser vorankommen als ich?

„Darf ich stören?" Rüdigers Kopf schiebt sich fragend an der Türfüllung vorbei.

„Klar, komm rein. Ich bin allerdings im Moment ein müder Geselle. Was gibt es Neues?"

„Außer deiner Festnahme von vorhin? Das hier!" Er zeigt auf einige Seiten Papier in seiner Hand. „Ich weiß nicht, ob es dich unbedingt munterer macht. Ich denke aber, es wird dich in jedem Fall interessieren. So etwas hast du bestimmt noch nie gelesen!"

„Was ist das?" Ich deute auf die DIN A4-Bögen.

„Das ist das Befragungsprotokoll von Felix, dem zwölfjährigen Sohn des Toten – frisch aus dem Drucker."

Sein Gesicht wirkt verkniffen, als er mir die Seiten auf meinen Schreibtisch legt. „So etwas macht mich krank!"

Mit einem kurzen „Bis morgen" verschwindet er auf dem Parkplatz. Es dauert lange, bis er den Motor startet und nach Hause fährt.

Die Lichter seines Wagens sind bereits einige Minuten in der Dunkelheit verschwunden, als ich mich endlich dazu aufraffe, die Seiten zur Hand zu nehmen. Die ersten Zeilen überfliege ich bloß. Standardisiertes Vorgeplänkel: Grund der Befragung, Rechtsgrundlagen, Belehrung, Anwesende. Es handelt sich offensichtlich um das Protokoll einer Videobefragung.

Um die wichtigsten Informationen zu filtern, beginne ich, quer zu lesen und arbeite mich durch die erste Seite, bevor ich ungläubig innehalte. Mein Blick wandert zurück zum Anfang, dem Anfang, an dem ein kleiner Junge erzählt, was mit ihm und seiner Familie passiert ist:

P(olizist):

„So, Felix, wenn du soweit bist, erzähle uns bitte, was sich nach deiner Erinnerung an dem Tag zugetragen hat. Du weißt, welchen Tag ich meine?“

F(elix):

„Ja, ich weiß, welchen Tag Sie meinen. Es gab wieder einmal Streit und ich bin vor Papas Gebrüll durch die Wohnung weggelaufen. Ich weiß nicht mehr genau, warum er so wütend war. Mein Papa war sehr oft wütend.

Ich bin sofort zu meiner Schwester Sandra ins Zimmer gelaufen, habe die Tür hinter mir zugeschmissen und abgeschlossen. Dann habe ich an der Tür gelauscht. Mein Herz hat so laut gehämmert, dass ich dachte, er könne es noch durch die Tür hören. Er wurde immer sehr böse, wenn er merkte, dass ich Angst hatte. Jungs haben so etwas nicht!

Ich konnte nicht alles verstehen, was die beiden vor der Tür geschrien haben. Papas Stimme war zu laut und zu wütend, aber ich wusste, dass Mama im Wohnzimmer für uns kämpft. Sie hat immer zu uns gehalten! Sie hat uns immer gegen ihn in Schutz genommen.

Ich hätte Mama so gerne geholfen, aber ich habe mich nicht mehr aus dem Zimmer rausgetraut.

Meine kleine Schwester Sandra hat in ihrem Bett gesessen, die Arme um die Beine geschlungen, den Kopf zwischen den Knien. Ich konnte sie doch nicht alleine lassen! Sie ist doch noch so klein. Diesmal musste ich unbedingt auf sie aufpassen! Er sollte sie nicht schon wieder schlagen und auch sonst nicht anfassen. Nicht dieses Mal!“

P:

„Du konntest die Situation nicht besser meistern, mach dir keine Sorgen. Erzähl einfach weiter, das wird dir gut tun.“

F:

„Sandra hat vor Angst gezittert, als ich meinen Arm um sie gelegt habe. Wir haben auf dem Bett gesessen, uns festgehalten und panisch auf die geschlossene Tür gestarrt. Mama und Papa haben sich draußen weiter

angeschrien, und er hat sie bestimmt auch geschlagen. Er hat sie dauernd geschlagen und … und uns auch.
Dann hat ein ganz lauter Schlag die Tür getroffen. Wir sind zusammengezuckt und haben uns noch weiter in die Ecke vom Bett verkrochen.
‚Geh mir aus dem Weg!' Papas Gebrüll vor der Tür war jetzt total deutlich, ganz nah. Was Mama geantwortet hat, konnte ich nicht genau verstehen. Ihre Stimme klang schrecklich dünn. Dann hat sie immer wieder gebettelt: ‚Peter, lass sie, so lass sie doch!'
Aber Papa hat sie geschlagen, man konnte es genau hören, und dann hat er an der Türklinke gerüttelt. Aber ich hatte die Tür ja verschlossen. Er hat gerüttelt und gedroht: ‚Macht auf oder ich vergesse mich!' Dann war es kurz leise. Als wir dachten, er gibt auf, hat er die Tür eingetreten und ist ins Zimmer gestürmt. Sein Gesicht war total rot vor Zorn und er hat – ich weiß nicht, wie ich es sagen soll – die Zähne gefletscht.
Gleich dahinter kam Mama rein – ganz blass und ihr Gesicht war geschwollen.
Ich bin aufgesprungen und habe mich vor Sandra gestellt. Da hatte ich auf einmal keine Angst mehr, nur entsetzliche Wut. Meine Hände waren zu Fäusten geballt. Das weiß ich noch, weil ich so stolz war, keine Angst zu haben.
Dann kam Papa langsam auf mich zu und hat Mama wie einen Käfer von sich abgeschüttelt. Er war nicht stolz darauf, dass ich keine Angst gezeigt habe, überhaupt nicht. Er hat mich gegen den Kopf geschlagen. Einmal, zweimal und den Ring, diesen dicken goldenen Klunker, den er von Opa geerbt hat, konnte ich bei jedem Schlag spüren.
Ich hatte nur noch einen Gedanken: Ich musste versuchen, meine kleine Schwester zu schützen, mich gegen ihn wehren. Aber jeder Schlag von Papa hat mich weiter von ihr weggerissen.
Mama hat seinen Arm festgehalten und hat fürchterlich geschrien. Papas Augen haben geglüht und dann hat er ihr eine so schlimme Ohrfeige gegeben, dass sie umgefallen ist.
‚Hör auf! Hör auf! Lass sie in Ruhe!', habe ich nur noch geschrien!
Dann hat er wieder mit der Faust gegen mich ausgeholt. Aber ich wollte und wollte nicht aufgeben. Dieses Mal nicht. Nie mehr!"

P:
„Felix, du kannst ruhig weinen. Lass dir Zeit. Du hast sehr mutig gehandelt."

F:
„Als ich wieder aufgewacht bin, habe ich Blut in meinem Mund geschmeckt. Um mich herum war alles still. Ich konnte nichts sehen, weil ich mit dem Kopf auf dem Teppich lag. Als ich ihn etwas gehoben habe, konnte ich zwei Augen erkennen, die mich angesehen haben – aber irgendwie auch nicht. Ich wusste, dass es Papa war, aber es waren nicht seine Augen – so starr und kein bisschen zornig.
Ich habe versucht, meinen Kopf zu drehen, wollte aufstehen, wollte weg von diesen Augen, nur weg! Sandra und Mama haben sich um mich gekümmert. Beide haben geweint, und ich wusste nicht, warum. Papa hatte doch endlich aufgehört zu schimpfen.
Mama hat meinen Kopf in ihren Schoß gelegt und mich immer wieder gelobt und gestreichelt. Ich wäre so mutig gewesen, so mutig.
Ich war sehr stolz, als sie das zu mir gesagt hat, aber mir hat mein Kopf schrecklich wehgetan.
Auch Mama ging es nicht gut, das konnte ich sehen. Er muss sie oft getroffen haben. Mich nur ein paar Mal."

P:
„Was ist danach passiert?"

F:
„Ich wollte aufstehen und habe mich mit meiner Hand abgestützt. Da habe ich in was Warmes, Ekliges gepackt. Ich wusste erst nicht, was es war, aber als ich hingesehen habe, wusste ich es doch.
Es war Blut, so viel Blut und Papas Kopf lag darin. Die Pfütze wurde immer größer und ich wollte es aufhalten. Dann habe ich Mama angeschrien, dass sie schnell für Papa Pflaster holen soll, aber Mama hat den Kopf geschüttelt und ist einfach in dem vielen Blut sitzengeblieben.
Sie hat meinen Kopf an ihre Brust gedrückt und hat geweint. Dann habe ich auch geweint. Ich wollte das nicht!

Sie hat Sandra, die an meinen Beinen gleich neben der Pfütze gekniet hat, gesagt, dass sie den Verbandskasten aus dem Schlafzimmer und Kühlpacks aus dem Gefrierschrank holen soll. Aber nicht für Papa, sondern für mich. Das habe ich zuerst nicht verstanden.
Ich glaube, dass ich das ganz lange nicht verstanden habe.
Mama hat sich erst um mich gekümmert. Dann hat sie sich selbst sauber gemacht und Papa einfach liegen gelassen.
Da habe ich gewusst, dass Papa nicht einfach nur schlief."

P:
„Weißt du denn, was genau passiert war? Möchtest du uns davon erzählen?"

F:
„Ja, ich weiß, was passiert ist, weil Mama und Sandra es mir erzählt haben. Sie haben gesagt, dass Papa so lange auf mich eingeschlagen hat, bis ich ohnmächtig geworden bin. Mama hatte Angst, dass er mich totschlägt – sie hat mir gesagt, dass ich Ihnen das erzählen darf.
Dann hat Mama den Tennispokal von Sandra genommen, der Pokal steht immer in dem Schrank neben ihrem Bett, und hat ihn Papa auf den Kopf gehauen. Sie wollte, dass er aufhört. Das ist alles!"

P:
„Und danach? Was ist danach passiert?"

F:
„Der Rest vom Tag war ganz komisch. Ohne Papa war es sehr leise in der Wohnung, irgendwie unheimlich. Mama hat gesagt, dass wir ihn liegen lassen sollen.
‚Wir müssen uns was überlegen', hat sie gesagt, und dass wir keinem davon erzählen dürfen!
Weil Mama und ich solche Kopfschmerzen hatten, sind wir alle zusammen in Mamas und Papas Bett gegangen und haben eine DVD geguckt. Mama hat dafür extra Schokolade aus dem Fach im Wohnzimmer geholt. Die Leckere mit Nüssen.

Wir sind dann alle eingeschlafen. Es war so schön ruhig und kuschelig. Als ich nachts aufs Klo musste, musste ich an Sandras Zimmer vorbei. Das war vielleicht gruselig! Ich habe mir vorgestellt, dass er vielleicht doch noch so wütend ist, dass er einfach aufsteht und uns wieder verhaut, und dieses Mal richtig schlimm, noch viel schlimmer als sonst. Die Tür von Sandras Zimmer war nur angelehnt. Das Schloss hat rausgehangen und einen schrecklichen Schatten gemacht. Ich habe aber nicht ins Zimmer sehen können. Das war gut.
Morgens sind wir alle in Mamas Bett aufgewacht. Wir waren ganz eng aneinandergekuschelt. Das war richtig schön. Wir hatten vorher noch nie bei Mama schlafen dürfen.
Mama hat Sandra sogar gesagt, dass sie auch in der nächsten Nacht in ihrem Bett schlafen darf. Das wollte ich auch. Ich wollte nicht alleine schlafen. Platz war in dem großen Bett genug. Weil Papa in der Nacht nicht mehr aufgestanden ist, würde er das Bett nicht mehr brauchen.
Wir mussten auch nicht zur Schule. Wir durften eine ganze Woche zu Hause bleiben. Dafür hat Mama uns eine Entschuldigung geschrieben."

P:

„Was hast du gedacht, als dir klar war, dass dein Vater tot ist? Wie war das?"

F:

„Jetzt kann er uns nichts mehr tun! Wir haben auch nicht mehr über ihn geredet. Er war einfach nicht mehr da. Erst viel später am Tag wollte Sandra wissen, was wir jetzt mit ihm machen sollen. Es hat aus dem Zimmer auch schon gerochen.
Und Mama konnte ja jetzt alleine bestimmen. Sie hat gesagt, dass wir einkaufen gehen. Mannomann, die war ganz anders als sonst, viel toller. Sandra musste ihre Kleider vom Tag davor anbehalten. Wir haben uns alle nicht in ihr Zimmer getraut, um frische Sachen zu holen.
Auf der Fahrt zum Einkaufszentrum hat Mama das Radio aufgedreht. So richtig laut. Ich wusste gar nicht, dass es so laut spielen kann. Es war schön, Sandra und ich haben mitgesungen. Mamas Hände haben auf dem Lenkrad fröhlich den Takt mitgeklopft.

Mir hat der Kopf nur noch ein bisschen weh getan. Wir haben immer lauter und lauter mitgesungen und Sandra hat meine Hand ganz fest gehalten. Mama hat mir im Rückspiegel zugezwinkert und versprochen, dass jetzt alles gut wird."

P:

„Weißt du noch, was ihr in dem Einkaufszentrum eingekauft habt? Wo wart ihr genau? Kann es sein, dass es ein Baumarkt war?"

F:

„Was für ein Laden das war, weiß ich nicht, aber es gab dort Tapeten, Teppiche und so. An der Kasse hat Mama dann ganz viele Werkzeuge bezahlt.

Ich kann mich an eine große Schippe, ein Beil wie bei Karl May, eine Säge, eine Rolle total blauer Plastiktüten und eine große Plane erinnern. Für Omas Garten hat Mama noch so ein paar Tütchen mit irgendwas gekauft und für Sandra und mich eine große Tüte Weingummi. Einfach so. Im Auto mussten wir alles in große Tüten verstauen. Wir haben sie ganz leise und heimlich in die Wohnung getragen."

P:

„Wozu habt ihr die Sachen gebraucht?"

F:

„Für Papa, der musste doch weg. Aber ich habe erst nicht gewusst, was Mama vorhat. Sie war den ganzen Tag so fröhlich. Ganz anders als sonst. Und wir, also Sandra und ich, wir waren auch fröhlich. Ich war auch traurig, aber eigentlich mehr fröhlich.

Mich hat gewundert, warum wir nicht die Polizei gerufen haben. Die sind doch für so was da und Mama hat ja nichts falsch gemacht. Sie hat uns doch nur beschützt.

Wir haben dann die Tür zu Sandras Zimmer ganz langsam geöffnet und hineingesehen. Er lag immer noch da und war so seltsam ruhig. Vielleicht war er auch ganz froh, dass er nicht mehr wütend sein musste. Aber er hat ganz schön gestunken. Wir haben uns an den Händen ge-

halten und auf ihn runtergesehen. Sandra hat für ihn gebetet, glaube ich, aber ich nicht.
Dann hat Mama den Sack mit den Werkzeugen ins Zimmer getragen. Mich hat sie gefragt, ob ich schon ein großer Junge wäre. Ich war über die Frage erst beleidigt, habe aber ‚Ja, natürlich' gesagt.
Der Pokal, den Sandra dieses Jahr bei den Tennismeisterschaften bekommen hatte, lag immer noch neben Papas Kopf. Unten am Sockel haben etwas Blut und ein paar Haare geklebt.
Ich habe auf das Ding gezeigt und wollte wissen, ob wir den saubermachen oder wegwerfen sollen. Sandra hat ihn sich gleich geschnappt und ist damit ins Bad gerannt. Mama hat mich hinter ihr hergeschickt. Sandra hatte ihn schon unter Wasser gehalten und das ganze Waschbecken war rot. Als dann von dem Ding ein Stückchen Haut mit Haaren abgefallen ist, musste sie brechen. Das hat zwar nicht so eklig gerochen wie Papa, aber ich habe auch würgen müssen, als ich ihr die Haare hochgehalten habe.
Sandra durfte dann wieder ins Bett und fernsehen. Ich hätte auch lieber ferngesehen."

P:
„Möchtest du mir erzählen, was dann mit deinem Papa passiert ist?"

F:
„Mama hat ihn zersägt und ich musste ihn dabei festhalten!"

P:
„Felix, du bist ganz sicher, dass du ihn dabei festhalten solltest?"

F:
„Ja, weil ich doch schon ein großer Junge bin. Ich hatte ihr doch versprochen zu helfen. Aber das war schlimm! Auch wenn er oft böse und gemein war, aber das war schlimm! Mama hat gesagt, dass wir ihn verstecken müssen, weil sie sonst ins Gefängnis kommt. Aber Mama soll auf keinen Fall ins Gefängnis, sie hat uns doch nur beschützt.
Papa war ein großer Mann. Wir hätten ihn nicht tragen können. Des-

halb hat Mama ihn zersägt. Aber am Schluss hat sie doch noch ein Beil gebraucht, für die Knochen. Das hat sich scheußlich angehört.
Ihr hat das auch nicht gefallen, deshalb hat sie immer erst nur ein bisschen gesägt und gehackt. Ich habe dann auf der anderen Seite auch an der Säge gezogen, dann ging es besser, aber es war scheußlich, schrecklich scheußlich!"

P:
„Felix, so etwas wirst du nie wieder machen müssen. Das verspreche ich dir!"

F:
„Gut! Papas Körper haben wir nicht zerschnitten. Das wollte ich nicht. Als Mama angefangen hat zu sägen, ist mir eingefallen, was wir in der Schule gelernt haben. In Biologie. Der Körper ist doch voll mit Organen und die fallen dann alle raus. Das ging nicht. Wer hätte die denn wieder aufheben sollen? Mama hat das verstanden, mir über den Kopf gestrichen und aufgehört zu sägen."

P:
„Mein Gott, was bist du für ein kluger und tapferer Junge. Was habt ihr dann gemacht?"

F:
„Wir haben die einzelnen Teile in die blauen Tüten verpackt und ins Auto getragen. Papa hat mich dann noch einmal aus einer der Tüten angeschaut. Das war vielleicht gruselig! Aber ich wusste, dass er uns nichts mehr tun kann. Ich habe ihm seine Augen zugemacht. Dann war's besser. Papas Körper war zu groß für die Tüten. Den haben wir in dem Teppich eingerollt, auf dem er lag. Das war so ein Teppich mit aufgedruckten Straßen zum Spielen. Mama hat gesagt, dass wir den, wegen dem Blut, sowieso hätten wegwerfen müssen.
Den schweren Teppich haben wir dann zusammen ins Auto geschleppt. Es war schon dunkel und uns ist niemand im Flur begegnet.
Als wir fertig waren, haben wir Sandra geholt und sind mit ihr zusam-

men losgefahren.
Sandra saß zum ersten Mal vorne auf dem Beifahrersitz, möglichst weit weg von *ihm* und hat gefragt, wohin wir fahren und ob Papa jetzt immer im Kofferraum mitfahren würde.
‚Nein', hat Mama gesagt, ‚wir begraben ihn jetzt. Und zwar für immer. Wir werden nie wieder über ihn reden. Er wird eine große Reise machen und in unserem Leben keine Rolle mehr spielen. Er kann uns nie wieder einen Grund zum Weinen geben.'"

P:
„Wohin seid ihr gefahren?"

F:
„Wir sind zuerst zum Rhein gefahren.
Auf der Fahrt waren wir wieder ganz leise, auch die Musik. Als hätte Papa doch noch gelebt. Wir hatten alle das Gefühl, als würde er nicht im Kofferraum liegen, sondern wie sonst wachsam und zornig neben uns sitzen.
Dann haben wir die Tüten ausgeladen und jeder hat eine Tüte in den Fluss geworfen. Sandra wollte erst nicht, aber Mama hat ihr erklärt, dass er so auch wirklich weg wäre und bestimmt nicht wiederkommt. Da hat sie es gemacht. Am Ende hat sie sogar zwei Tüten in den Rhein geworfen, um ganz sicher zu sein.
Ich habe nur eine Tüte geworfen. Das war einer von den Armen mit der Hand dran, die uns immer geschlagen hat. Das hat mir gereicht."

P:
„Was habt ihr mit dem Teppich gemacht?"

F:
„Den haben wir mit dem Rest von Papa erstmal im Auto gelassen. Danach sind wir zu Oma gefahren. Die war da noch im Urlaub und wir hatten den Schlüssel. Mama muss bei Oma immer die Blumen gießen.
Bei Oma haben wir das Licht ausgelassen und sind alle ganz leise in den Garten gegangen. Sandra und ich haben das eine Ende und Mama das

andere Ende genommen. So haben wir Papa mit dem Teppich in den Garten getragen.
Mama und ich haben abwechselnd gegraben. Als das Loch groß und tief genug war, haben wir alle zusammen den Teppich mit Papa in das Loch gerollt und dann haben wir die Erde wieder zurück geschaufelt. Mama hat unsere Hände genommen und mit uns für ihn und seine Seele gebetet. Dieses Mal habe ich auch für ihn gebetet.
Sandra durfte den Samen ausstreuen und angießen, damit das Beet aussieht wie frisch bepflanzt. Mama und ich haben alles wieder sauber und ordentlich gemacht. Mama hat gesagt, dass es Radieschen werden, die mag Oma so gerne.
Wir haben dann das Werkzeug wieder ins Auto gelegt und sind zurück nach Hause gefahren. Später haben wir die Gummibärchen gegessen und eine DVD geguckt. Das hätte Papa nie erlaubt."

P:
„Was ist in den Tagen danach passiert?"

F:
„Nichts mehr, außer dass wir noch die ganze Wohnung und ganz besonders den Teppichboden in Sandras Zimmer geputzt haben. Dafür haben wir so ein komisches Zeug genommen und mussten Handschuhe tragen. Das hat total nach Schwimmbad gerochen. Wir hatten dafür viel Zeit, weil Mama uns in der Schule krankgemeldet hatte.
Sandra wollte aber trotzdem nicht mehr in ihrem Zimmer schlafen. Sie schläft jetzt bei mir im Zimmer. Oft kommt sie sogar zu mir ins Bett, weil sie aufwacht und schreit. Ich glaube, sie hat noch Angst, dass Papa doch wieder zurückkommt. Sie ist noch klein.
Der liebe Gott wird bestimmt böse auf mich sein, wenn ich das jetzt sage, aber es ist viel schöner ohne Papa."

Schockiert schiebe ich die Seiten von mir weg. So etwas hat niemand verdient.
Dann drehe ich mich langsam mit meinem Bürostuhl in den Schatten der kleinen Schreibtischleuchte und schließe die Augen.

Kapitel 12

„Schrei“ (Nachtdienst)

„Versuch bitte, morgen früh einigermaßen pünktlich nach Hause zu kommen.“ Anja sitzt in ihrem Hausanzug neben mir quer auf der Couch und hat ihre Füße unter meine Oberschenkel geschoben. „Wir haben an deinen freien Tagen echt viel zu tun. Wenn du erst wieder so spät kommst und bis nachmittags oder abends schlafen musst, kommen wir mit der Zeit nicht hin.“

Ich nicke ihr zu, sage aber nichts. Was soll ich auch sagen? Dass ich es nicht beeinflussen kann, was der Dienst für mich bereithält? Das weiß sie selbst.

In der Kiste vor uns flimmert irgendeine amerikanische Serie und hüllt das Wohnzimmer in flackernden Schein. Was genau läuft, weiß ich nicht – ist auch egal, ich kann die Folge doch nicht zu Ende sehen.

Irgendwann schläft Anja neben mir ein und ich stelle mit einem Blick auf die Uhr fest, dass es für mich Zeit wird. Ich decke sie ein wenig zu und streiche ihr zum Abschied durchs Haar. Sie zieht eine kleine Schnute, dann liegt sie still.

Kathi verabschiedet mich von oben an der Treppe und ich mache mich auf den Weg zu meinem letzten Nachtdienst für diesen Turn.

Da ich spät dran bin, muss ich den Wagen nehmen und lasse das Fahrrad stehen. Da ist mir doch noch schnell eine Ausrede eingefallen! Aus meinem Grinsen wird ein Gähnen, als ich den Motor starte und über leere Straßen zur Wache fahre.

*

„Frank, lauf nicht weg, ich habe noch ein paar Infos für dich.“ Kai ist wie immer schon vor mir da.

„Können wir das nach der Übergabe besprechen?“

„Klar, ich habe meinen Bereich schon übernommen. Jetzt muss ich noch die Zellen kontrollieren. Wir haben Besuch! Ach ja, und bevor ich es vergesse – Jasmin hat sich krankgemeldet.“

„Was hat sie denn?“
„Husten, Schnupfen, Heiserkeit. Und das Ganze mit Fieber.“
„Na klasse! Dann ist unser Aramis sicher auch bald krank.“
Kai zuckt zur Antwort nur die Schultern und verschwindet in Richtung Zellentrakt, während ich ins Büro der Dienstgruppenleiter trete, um den Dienst zu übernehmen.
„Hans, ich habe gehört, ihr habt uns die Zellen bevölkert?“
„Stimmt, sind aber nur zwei. Wir haben sie nach einem Handtaschenraub festgenommen. Sie hatten sich während der Fahndung in einem nahegelegenen Garten versteckt. Als ich die Fahndung abgebrochen habe, bin ich noch ein bisschen still in einer Hauseinfahrt stehen geblieben und – was soll ich sagen …?“
„Schwupps standen sie vor deinem Wagen.“
„Genau! Wir mussten die beiden Tiefbegabten nur noch einsammeln. Die Handtasche hatten sie freundlicherweise nur wenige Meter vorher weggeworfen.“
„Tiefbegabte?“ Den Ausdruck kenne ich noch nicht.
„Es gibt Hochbegabte und solche, die jetzt hinten in der Zelle sitzen.“
Wir schütteln uns zum Abschied die Hand. „Grüß Holger von mir, wenn du ihn das nächste Mal siehst“, fordere ich Hans auf.
„Das mache ich gerne. Ich glaube, er ist auf einem guten Weg.“

Ich treffe Kai im Aufenthaltsraum bei den anderen, die mittlerweile auch alle eingetroffen sind. Lukas und Nicole sind schon raus zu ihrem ersten Einsatz. Kai ist auch heute Nacht wieder tadellos gekleidet.
„Du machst dich!“, necke ich ihn.
„Mach dir nur keine Hoffnungen. Wenn die Mordkommission hier wieder raus ist und sich der ganze Trubel gelegt hat, ziehe ich mich wieder bequem an.“
Ich setze mein enttäuschtestes Gesicht auf und frage: „Was wolltest du mir sagen?“
„Du musst bitte daran denken, heute Nacht die Praktikumsbeurteilung für Nicole zu schreiben. Du hast ja sicher nicht vergessen, dass sie im nächsten Turn nur noch den Spätdienst mitmacht und dann wieder zurück ins Blockstudium geht, oooder?“

„Verdammt … Äh, ich meine natürlich, verdammt richtig! Kein Problem, das bekomme ich heute Nacht noch hin. Wer fährt denn jetzt mit wem? Aramis, wir beide?“
Aramis grinst. „Nur unter Protest. Du hattest diese Schichtfolge ziemlichen Mist an den Füßen. Ich habe heute Nacht keine Lust auf Tote.“
Ich bin mir nicht sicher, ob er scherzt oder es ernst meint. Wie immer rettet Susi die Situation. „Dann fährt mein schöner Aramis heute Nacht mit mir. Nur zu meinem Vergnügen!“ Sie grinst ihn an, fährt sich gespielt lasziv mit der Zunge über ihre Lippen und gibt ihm einen Klaps auf den Po. „Komm zu Mutti. Wir werden die Nacht schon schaukeln!“
Zur allgemeinen Erheiterung wird Aramis ein wenig rot.
„Apropos Schaukeln“, fährt Susi fort. „Denkt bitte alle daran, dass wir nach dem ersten Spätdienst zusammen losziehen und Nicole angemessen verabschieden.“
„Wohin geht es denn?“
„Ich habe im Brauhaus in Siegburg einen Tisch bestellt.“
„Na denn, Prost!“ Wir heben die Kaffeetassen. „Auf Mutti und Olize!“

*

„Dann hast du wohl die Niete gezogen und musst mit mir fahren“, wende ich mich an Pit.
„Wie schlimm kann es schon werden? Was soll jetzt noch kommen? Die Nacht wird ganz sicher ruhig. Ich spüre so etwas!“
„Ich hoffe auf dein Bauchgefühl. Hast du schon einen Wagen fertiggemacht?“
Er wirft mir einen Zweitschlüssel zu. „Es ist der silberne Passat vor der Tür. Der mit den blauen Aufklebern mit der Aufschrift *Polizei*.“
„Danke, du bist mir eine große Hilfe.“
„Immer gerne!“
Auf dem Parkplatz stelle ich mich zwischen die Einsatzfahrzeuge und bediene die Fernbedienung. Einsatztasche und Schutzweste verschwinden in dem Passat, der sich durch Blinkzeichen zu erkennen gibt. Dann gehe ich zurück in die Wache. Dort prüfe ich den freien Bürostuhl und als er nicht unter meinem Gewicht nachgibt, lasse ich mich darin zu-

rücksinken. Neben mir sitzt Kai, führt das Einsatzprotokoll und ändert den heutigen Dienstplan.
„Hatte ich dir schon gesagt, dass morgen früh die Abschlussbesprechung der Mordkommission stattfindet?“ Kai blickt fragend zu mir herüber.
„Nein, hast du nicht. Und wahrscheinlich sagst du mir auch noch, dass ich da dabei sein muss?“
„Nicht nur du, mein lieber Frank. Lukas auch und der ist echt sauer darüber, weil er nachmittags schon wieder auf der Drachenfelsbahn die Lok quälen wollte.“
„Wann denn?“, will ich wissen.
„Wann er die Lok quälen will?“
„Nein, wann ist die Besprechung?“
„Gleich um neun!“
„Um neun?! Wir werden um spätestens halb sieben abgelöst. Was soll ich denn die ganze Zeit machen bis dahin? Dann komme ich doch erst mittags nach Hause. Anja dreht durch.“
„So wie ich deine Anja kenne, bleibt sie locker und die Zeit bis neun kannst du Vorgänge schreiben. Du wirst dir heute Nacht schon noch irgendeinen Mist einfangen.“
„Na, danke! Ich schreibe ihr eine SMS. Darauf kann sie wenigstens nicht spontan reagieren.“
Ich verziehe mich in mein Büro und beginne, Olizes Beurteilung zu schreiben. Das ist eine einfache und wohltuende Beschäftigung, die mich auf angenehmere Gedanken bringt. Nicole hat sich wirklich prima gemacht, gut gearbeitet, sich produktiv eingebracht und in den Dienst der Sache gestellt. Wenn sie jetzt noch ordentlich Paragrafen paukt und ein bisschen mehr Erfahrung bekommt, wird aus ihr eine richtig gute Polizistin.
Pumuckl Pits roter Haarschopf lugt in mein Büro. „Wie schaut es bei dir aus? Bist du fertig? Ich habe alle Vorgänge bei dir ins Fach gelegt. Meinetwegen können wir ein bisschen durch unseren Bereich streifen.“
„Dann los! Den Rest kann ich nachher machen, bevor ich zur Besprechung muss.“

*

In unserem Streifengebiet ist um diese Uhrzeit angenehm wenig los. Kaum Fahrzeuge auf den Straßen, nur noch ein paar Hundebesitzer auf ihrer letzten Runde. Ich beginne mich zu entspannen und langsam zu glauben, dass diese Schicht tatsächlich ruhig und undramatisch werden könnte. Nach dem, was ich gestern über Peter Schusters Tod gelesen habe, wäre das genau das Richtige.

Pit biegt gerade auf die Zufahrt eines Fastfood-Restaurants ab, als wir von der Leitstelle angesprochen werden. „Ich brauche sofort ein Einsatzmittel für die Hauptstraße in Hennef! Verkehrsunfall mit eingeklemmter Person. Wer steht günstig?“, plärrt die Stimme aus dem Lautsprecher. Automatisch bewegt sich meine Hand zum Funkgerät und ich höre mich antworten: „Wir übernehmen das. Sind die Rettungsdienste benachrichtigt? Ich brauche Unterstützung bei den Sperrmaßnahmen.“

„Rettungswagen, Notarzt und Feuerwehr sind auf dem Weg. Um die Verstärkung kümmern wir uns sofort!“, kommt als Antwort.

Wortlos wendet Pit den Streifenwagen. Flackerndes Blaulicht begleitet unsere rasende Fahrt durch die laue Nacht.

Wir fahren schweigend, und während sich Pit auf den Verkehr konzentriert, hänge ich meinen Gedanken nach. Solche Einsatzstichworte lassen nichts Gutes vermuten. Es werden auch heute Nacht wieder Blut und Elend auf uns warten.

Die Unfallstelle ist nicht zu übersehen. Mitten auf der Hauptstraße hat sich ein Pkw mit der Front um einen meterbreiten Laternenpfahl aus Beton gewrungen. Das Fahrzeug endet an der geborstenen Frontscheibe. Nur die Kotflügel stechen wie zerknitterte Lanzen rechts und links des Pollers in die Luft. Dort wo einst der Motorraum war, steigt Rauch auf. Erste Flammen züngeln aus dem rechten Radkasten.

Über der Szenerie liegt ein Schrei. Trotz des überlauten Funks ist er bereits in unserem Fahrzeug zu hören – ein Schrei, der sich durch die geschlossenen Scheiben in meinen Körper bohrt, jede Faser vibrieren lässt.

Mit unserem Einsatzwagen sichert Pit die Unfallstelle. Wir springen aus dem Auto und sind dem Schrei nun schutzlos ausgeliefert.

Während ich den Feuerlöscher aus dem Kofferraum reiße, erkenne ich aus den Augenwinkeln das lautlos nahende Blaulicht der Rettungskräfte. Es beruhigt mich, dass ich heute nicht lange auf Hilfe warten muss.

Pit steht auf der Fahrerseite des Unglückswagens. Ich kann sehen, dass er seine Lippen bewegt. Hören kann ich ihn nicht. Nicht einmal das Fauchen des Feuerlöschers in meiner Hand dringt bis zu mir, es verhallt im Grauen meiner Ohren.
Die Zeit verliert an Tempo, alles in mir drängt zur Flucht – nur weg, weg von diesem alles beherrschenden Schrei!
Feuerwehrleute quälen sich mit verzerrten Gesichtern durch den Vorhang aus Schmerz zur Unfallstelle, kämpfen gegen die Flammennester. Rettungssanitäter brüllen mit vor Schrecken geweiteten Augen gegen den Schrei an. Der Notarzt gibt, mehr durch Zeichen als durch Worte, seine Anweisungen.
Durch die Seitenscheibe des Unfallwagens sehe ich den Fahrer, das Gesicht grau vor Qual, der Mund ein gähnendes Loch. Mein Blick senkt sich. Dort wo sich einmal Beine und Becken befanden, liegt nun der Motorblock. Eingeweide quellen, begleitet von erstaunlich wenig Blut, aus seinem Torso auf die Lichtmaschine. Grausend wende ich mich ab und blicke in die Gesichter der Helfer. Sehe in Augen, aus denen mir Entsetzen und Hilflosigkeit entgegenstarren.
Tatenlos bin ich zum Hören verdammt.
Feuerwehrmänner trennen das Dach des Wagens ab. Arzt und Sanitäter kämpfen um das Leben des Schwerstverletzten. Aus durchsichtigen Beuteln an Infusionsständern tropfen Flüssigkeiten in den Venenkatheter. Die HWS-Schiene wird dem Verletzten mit fahrigen Händen angelegt.
Wie unter schwerem Seegang taumeln die Helfer, trotzen dem Schrei.
Das Zischen der Hydraulik geht unter, als sie den Motorblock nach vorne ruckt. Eine neue Woge schallenden Schmerzes brandet zwischen die von Lichtmasten der Feuerwehr beschienenen Häuserreihen, wabert über die Unfallstelle, flutet unsere Gehirne. Mein ganzer Körper nimmt sie wahr, zuckt unter ihr zusammen.
So etwas Entsetzliches habe ich zuvor noch nie gehört. Ohne wahrnehmbare Pause gellt der Schrei laut und durchdringend aus dem geschundenen Körper.
Strauchelnd ruft der Arzt seinem Assistenten etwas zu, der zweifelnd zurückschaut, zögernd verharrt. Mit einer energischen Geste unterstreicht

der Arzt seine Anordnung, und der Sani läuft zum Notarztwagen. Die Spritze ist bereits aufgezogen, als der Sani sie dem Notarzt reicht. Nur zögernd gibt er sie aus der Hand. Aber der Arzt hat seine Entscheidung getroffen.
Die Nadel senkt sich in den Schlauch und der Kolben drückt den Inhalt in die Infusionsleitung.
Langsam verebbt der Schrei, fällt in sich zusammen, lässt uns ohne Energie zurück. Selbst die Flammen ersticken.
Ich schaue zum Notarzt. Unsere Blicke treffen sich, während er sich weiter um den Bewusstlosen kümmert. Nur wenige Minuten später schüttelt er wortlos den Kopf und wendet sich ab.

Die Unfallaufnahme wird von den Kollegen der zuständigen Wache übernommen und so können wir weg von diesem Ort, weg von dem in meinen Ohren nachhallenden Schrei.
Die letzten Reste beißenden Rauchs verwehen, als wir wieder zu unserem Einsatzwagen kommen.
Der zweite heftige Unfall innerhalb weniger Stunden, denke ich bei mir. *Und auch noch die Geschichte von Hackepeters Sohn. Jetzt noch den Nachtdienst und die Besprechung überstehen, dann brauche ich dringend die zwei Tage frei.*
„Fahr rein“, bitte ich Pit, „ich brauche jetzt einen Kaffee.“
Er startet wortlos den Motor, fährt aber nicht los, sondern blickt nur aus der Windschutzscheibe.
„Hast du schon jemals so etwas gesehen oder etwas vergleichbar Entsetzliches gehört?“, fragt er unvermittelt.
„Noch nie. Und ich lege auch keinerlei Wert auf eine Wiederholung!“
Pit hört meine letzten Worte nicht mehr, da er sich lautstark aus der Fahrertür auf die Straße übergibt.

*

„Ich habe schon gewusst, warum ich heute nicht mit dir fahren wollte.“ Aramis sieht mich an und schüttelt den Kopf. „Du hattest echt keine gute Woche!“ Er sitzt lässig auf dem Wachtisch und sieht sich in der

Runde um, als suche er nach Bestätigung.
„Wie war denn deine Nacht mit Susi?“, fragt Pit anzüglich.
„Wir hatten alle Hände voll zu tun.“ Sie lässt ihn mit dieser Information kurz zappeln, bevor sie den Streifenbeleg hochhält, auf dem jede Zeile mit Notizen über die Einsätze der Nacht gefüllt ist.
„Dann kann ich Rüdiger ja beruhigen“, mischt Kai sich ein. „Zwischen euch geht doch was. Der Mann will was von dir! Das sieht doch ein Blinder mit ’nem Krückstock.“
„Ich finde ihn auch sehr nett. Aber das darfst du gerne für dich behalten, mein kleines Plappermäulchen. Ich bin schon groß und regele das, sollte es etwas zu regeln geben, selber.“
Noch bevor Kai den Mund zu einer Erwiderung öffnen kann, schneidet Susi ihm das Wort ab: „Im Ernst, Kai! Halt dich da bitte raus!“
„Schade! Wo ich doch so gerne Amor spiele …“ Er spannt einen imaginären Bogen.
„Wenn Lukas und Nicole reinkommen“, unterbreche ich die Runde, „schickt bitte beide zu mir rein. Wir können dann Nicoles Beurteilung besprechen.“
Ein „Wird gemacht!“ begleitet mich in mein Büro, bevor ich die Tür hinter mir schließe und mich erneut mit der Beurteilung befasse.
Leider sind meine Bemühungen wenig ergiebig, da mir der Unfall von eben nicht mehr aus dem Kopf geht …

*

Lukas und Nicole verlassen mein Büro, als der Frühdienst die Wache überschwemmt. Unsere Vorgänge sind alle fertig und abgezeichnet. Unsere Gäste in den Zellen waren friedlich und so geht die Ablösung schnell vonstatten. Heute hätte sie ruhig etwas länger dauern können. Jetzt muss ich noch zweieinhalb Stunden totschlagen.
„Was machst du bis neun?“, frage ich Lukas.
„Ich ziehe mich um und haue mich kurz hin.“
„Auf die Blutliege?“
„Nein, die kannst du benutzen, wenn du möchtest. Ich habe mir neben

der Umkleide ein Stuhlbett gebaut. Für die kurze Zeit geht das. Weckst du mich bitte rechtzeitig?"
„Klar! Na dann, gute Nacht! Bis gleich."
Ich ziehe mich um und stelle den Wecker meiner Uhr, bevor ich mich mit einer sauberen Decke aus dem Zellentrakt auf die Liege im „Blutraum" lege.

Der Chef weckt mich zwei Stunden später. „So, mein Junge – aufstehen! Müßiggang ist aller Laster Anfang."
Sofort bin ich hellwach und springe von der Liege. „Habe ich verschlafen?"
„Nein, du liegst noch gut in der Zeit. Mach dich ein wenig frisch und dann gehen wir hoch. Weißt du, wo Lukas ist?" Er zwirbelt seinen Schnäuzer.
„Der liegt neben der Umkleide und pennt. Ich wecke ihn!"
Oben im großen Besprechungsraum sind beinahe alle Stühle besetzt. Dort sitzen die Mitglieder der Mordkommission, unser RvK, die neue Staatsanwältin, die ich nur vom Sehen kenne, unser Behördenleiter und einige Kollegen, die ich noch nie gesehen habe, wahrscheinlich vom PP Köln.
Wir setzen uns auf die drei einzigen Stühle, die nebeneinander frei sind. „Nun, da alle geladenen Gäste da sind", beginnt Karl seine Rede, „kann ich ja beginnen."
Er stellt die Anwesenden, von denen er ausgeht, dass sie nicht jedem bekannt sind, vor und fährt fort: „Wir können heute Abend auf erfolgreiche Tage zurückblicken. Wir haben zwei Tötungsdelikte aufgeklärt. Es liegen uns sowohl das Geständnis der Ehefrau von Hackepeter – entschuldigen Sie, Frau Staatsanwältin – von Peter Schuster vor, als auch das Geständnis von Jens Mieß alias ‚Stiernacken'. Beide Geständnisse sind unter Mitwirkung der Staatsanwaltschaft entstanden und bereits über den Modus Operandi verifiziert. Wir müssen noch die letzten Ergebnisse der Gerichtsmedizin abwarten, aber ich denke, das sollte nur noch Formsache sein.
Nach der Festnahme gestern", er nickt Lukas und mir zu, „und dem Geständnis von ‚Stiernacken' konnte die Bereitschaftspolizei mit der Hilfe

der hiesigen Hundeführer gestern Nachmittag die Leiche der vermissten Susanne Köhler in der Wahner Heide finden. Die Spurensicherung ist seitdem am Fundort. Es sieht derzeit so aus, als habe er sie, unter dem Vorwand, ein Freier zu sein, besucht. Dann hat er ihr handgreiflich geraten, in Zukunft für ihn die Beine breit zu machen – entschuldigen Sie, Frau Staatsanwältin, – für ihn zu arbeiten. Als sie sich weigerte, hat er sie erst ein bisschen verprügelt und danach erdrosselt."

Er macht eine kurze Pause und fährt dann fort: „Mein besonderer Dank gilt auch unserem Freund von der Presse." Er blickt zu Rolf und lächelt. „Er hat seine eigenen Quellen dazu genutzt, uns nach Kräften zu unterstützen."

Rolf nickt leicht verlegen, freut sich aber sichtlich.

„Aus der Geschichte kann er auf jeden Fall Kapital schlagen", flüstere ich Lukas zu. „So nah, wie er jetzt dran war." Ich nicke freundlich in Richtung Rolf und flüstere Lukas weiter zu: „Ich bin übrigens sehr froh, dass du hier im Raum deine Mütze abgenommen hast. Das wäre mir zu peinlich gewesen. Nicht dass uns sonst noch jemand seinen Fahrschein vorgezeigt hätte."

Ich konzentriere mich wieder auf Karl, um nicht in Lukas' Leichenbittermiene sehen zu müssen.

„ … somit gehe ich davon aus, dass wir die Mordkommission heute noch auflösen können. Die restlichen anfallenden Arbeiten werden von den Fachkommissariaten übernommen. Ich möchte mich noch einmal bei allen Anwesenden und all denen bedanken, die zu diesem Erfolg beigetragen haben. Aber", – er hebt bedeutsam den Finger – „bei allem Erfolg sollten wir die Opfer nicht vergessen, insbesondere die Kinder, die Unmenschliches erlitten haben und noch mehr Unmenschliches leisten mussten. Ich habe keine Ahnung, wie und wann sie diese Erlebnisse verarbeiten sollen! Ich habe nur die Hoffnung, dass das Sprichwort ‚Die Zeit heilt alle Wunden' auch tatsächlich zutrifft. Nochmals vielen Dank an alle!"

Er stützt sich am Tisch ab, steht auf und wendet sich zu der jungen Staatsanwältin. Sie grinst ein wenig schief. „Sie müssen nicht jedes Wort abwägen, Herr Hartmann. Ich bin schon groß. Ich halte das aus."

„Davon gehe ich aus, aber es ist doch ein Akt der Höflichkeit, sich zumindest nicht allzu vulgär auszudrücken."

Rolf tritt an unsere Seite. „Na, Jungs, das ist ja prima gelaufen. Seid mir nicht böse, aber ich muss in die Redaktion und die letzten Änderungen am Text vornehmen. Das wird ein Riesenaufmacher! Ich habe sogar schon Interviewanfragen von der Konkurrenz!"
„Mach's gut!" Wir schütteln uns die Hände.
„Wir sehen uns. Bis dann!"

*

Auf der Fahrt nach Hause weht die frische Luft durch das offene Fenster. Mein Blick fällt auf die Uhr. Wieder konnte ich Anjas Wunsch, nicht zu spät zu kommen, nicht erfüllen. Im Geist lasse ich die Ereignisse der letzten Tage noch einmal Revue passieren. In meinem Beruf kann man nie wissen, was einen als Nächstes erwartet: eine normale Streifenfahrt, die höchstens alltägliche Bürokratie mit sich bringt, oder schreckliche Erlebnisse wie heute, die man nicht mehr vergessen kann. Man kann nur versuchen, damit umzugehen und den schönen Momenten im Berufsalltag mehr Raum zu geben, auch wenn sie leider viel zu selten sind.
Als ich vor dem Haus ankomme, öffnet Anja gerade die Tür. Gespielt mürrisch deutet sie auf ihre Armbanduhr, lächelt dann aber doch.
Ich lächele zurück.

Nachwort

Natürlich hat meine Frau mich gefragt, wie es im Dienst war. Und natürlich habe ich ihr Antworten auf ihre Fragen gegeben.
Allerdings habe ich nicht immer alles erzählt.
Oft habe ich Details weggelassen, den Kontext geändert oder ihre Aufmerksamkeit auf die – leider viel zu seltenen – schönen oder amüsanten Erlebnisse in meinem Beruf gelenkt.
Ich glaube, dass der Partner von jemandem, der einen gefährlichen Beruf ausübt, einen feinen Gradmesser für seine eigene emotionale Belastbarkeit entwickelt. Solange man diesem Gradmesser die Möglichkeit gibt, sich im grünen Bereich zu bewegen, ist alles in Ordnung.
Verschiebt sich der emotionale Zeiger aber gegen Rot, weil man den in uns schlummernden Ängsten zu viel Nahrung gibt, wird es für den Partner schwierig. Er ist auf der Arbeit nicht dabei, kann nicht eingreifen, nicht helfen – kann nur warten.
Ein tägliches Bad in Hilflosigkeit und Angst.
Ich habe versucht, den Zeiger meiner Frau auf Grün zu halten. Dafür hat sie mich gestützt, wenn ich Halt brauchte; sie hat mich getröstet, wenn ich verzweifelt war; sie hat mir Rat geschenkt, wenn ich nicht mehr weiterwusste oder sie hat einfach nur mein Nörgeln ertragen, wenn etwas nicht so lief, wie ich es gerne gehabt hätte.
Dafür danke ich ihr.
Meine Tochter hat mich nie nach meiner Arbeit gefragt. Auch ihr danke ich für diese vertrauensvolle Unbekümmertheit.

Im Laufe meiner Dienstjahre habe ich viel Licht, aber noch mehr Schatten gesehen. Ich habe diese Erlebnisse in gedankliche Glaskugeln verpackt. Hat man zu viele dieser Glaskugeln vor Augen, so durchsichtig sie auch scheinen mögen, kann man irgendwann nicht mehr klar sehen. Deshalb habe ich sie, die Kleinen und die Großen, die Bunten und die Dunklen, die Klaren und die Trüben, in einen Wandschrank gepackt. Dieser Wandschrank steht ganz hinten in einer Ecke meines Bewusstseins, so dass man gerade noch an ihn herankommt.

Für Sie, liebe Leserinnen und Leser, habe ich diesen Wandschrank geöffnet und alle Glaskugeln herauskullern lassen. Nun liegen sie vor mir verstreut und ich habe für Sie in die meisten von ihnen hineingesehen. Einige der, wie ich finde, besonders farbintensiven Kugeln habe ich ausgewählt und in diesem Buch verarbeitet. Dazu habe ich sie ein wenig anders sortiert und zusammengefasst, zeitlich neu geordnet, Protagonisten und Schauplätze verändert und vielleicht auch hier und da bei der einen oder anderen etwas die Oberfläche poliert.

In meinem Wandschrank sind noch viele facettenreiche Glaskugeln übrig. Sie dürfen gespannt sein, in welche davon ich für Sie in meinem nächsten Buch schauen werde.

Danksagung

Ich danke meiner Frau und meiner Tochter, die mit mir die Entstehung dieses Buches, meiner Erstgeburt, ausgehalten haben. Sie haben mir immer mit Rat und Tat zur Seite gestanden und waren meine strengsten Kritiker.
Ohne euch hätte ich nie den Mut zu diesem Projekt gefasst!

Weiterhin danke ich meinen Testlesern für ihre Mühe und Geduld mit meinen Manuskripten.
Das Buch wäre ohne euch nicht das geworden, was es ist!

Nicht zuletzt danke ich meinem Verlag, dass er das notwendige Vertrauen in mich gesetzt hat, um die Idee meines Buches in die Tat umzusetzen.

Dirk Breitenbach

Impressum

Math. Lempertz GmbH
Hauptstraße 354
53639 Königswinter
Tel.: 02223 / 90 00 36
Fax: 02223 / 90 00 38
info@edition-lempertz.de
www.edition-lempertz.de

2. Auflage – August 2015

Text: Dirk Breitenbach
www.DirkBreitenbach.de
https://www.facebook.com/dirk.breitenbach

Find us on Facebook

Umschlaggestaltung, Satz: Ralph Handmann
Lektorat: Laura Liebeskind-Weiland, Philipp Gierenstein
Titelbild: fotolia
Printed and bound in Germany

ISBN: 978-3-945152-56-0